江戸の花道

西鶴・芭蕉・近松と読む軍記物語

佐谷眞木人

慶應義塾大学出版会

江戸の花道　西鶴・芭蕉・近松と読む軍記物語　目次

はじめに

夏目漱石の『坊っちゃん』では、「四国辺」の中学校に数学教師として赴任した「おれ」が生徒のいたずらにあう場面で、その心情が以下のように表現されている。

> これでも元は旗本だ。旗本の元は清和源氏で、多田満仲の後裔だ。こんな土百姓とは生まれからして違うんだ。[1]

右に漱石がやや戯画化して表現している「おれ」の系譜意識は、旧旗本家に生まれた人物の典型的思考（ステレオタイプ）として、明治時代においても馴染みの深いものだったのであろう。しかし、そもそもこのような武士の系譜意識はどのようにして生まれたのであろうか。

三河の一地方豪族に過ぎなかった松平氏の家系を清和源氏の末流の徳川氏と強引に結びつけることで、徳川家康は征夷大将軍となる資格を手にし、江戸幕府は支配の正統性の根拠を清和源氏という「武家の棟梁」の系譜に置くこととなった。それゆえ、近世における（公式の）歴史は、鎌倉幕府を開いた源頼朝と徳川家康の系譜上の連続性と、開幕者という相似性によって統治権を正当化するものでなくてはならなかった。たとえば、野口武彦は江戸時代前期の林羅山、鵞峰父子の撰述による幕府公認の歴史書『本朝通鑑』について、家康による覇権を王権として正当化することを叙述の目的としていたと指摘している。[2] さらに、出口久憲は、「『本朝通鑑』は、鎌倉幕府による武家政権樹立を是認する歴史解釈を提示する。鎌倉幕府の正当性は、同じく戦いにより勝ち取った源氏の政権である江戸幕府の正当性に通じることになる。」と指摘している。[3] 一方、思想史の立場から澤井啓一は徳川前期から中期にかけての儒学者たちが主に関心を向けたのは、公家政権から武家政権への不可逆的な移行を説明する、政治制度論と時代区分論を直結させた問題だったと指摘している。[4] 近世においては、平安時代と鎌倉時代は断絶していなければならず、鎌倉時代と江戸時代は地続きでなくてはならなかった。それが江戸幕府による歴史の説明原理だった。

こうして江戸時代と鎌倉時代は歴史的に地続きであった。清和源氏という徳川家の系譜の正しさが江戸幕府の支配の正当性を保証したためである。さらに注意しておく必要があるのは、このような系譜意識がひとり徳川将軍家のみならず、武家社会全体に波及していくということだろう。三代将軍徳川家光は『寛永諸家系図伝』の編纂を命じるが、それは大きな社会変革をもたらした。横田冬彦は、「武士の中下層と農民の中上層は本来は同じ土豪層から生まれた〈双生児〉であ」り、「社会的・文化的生活実態としては両者はきわめて近似し」ていたにもかかわらず、両者が異なった階層に属することを正当化するために行われたのが宗門改制度における武士と町人の別帳への登録と『寛永諸家系図伝』の編纂であったと指摘している。そして、横田は『寛永諸家系図伝』が「武士の家系を源平藤橘につなげてしまうことで、社会の上に立ち、社会を統治する正当性を持つ、「武士の種姓」を作り上げる手段となった」と記している。[5] むろん、ここで記録された武士の家系のほとんどは、後世に捏造されたものにすぎない。[6] しかし、だからこそというべきか、系譜意識が武士のアイデンティティを形成していく。虚構であるからこそ、それを糊塗するための過剰な「真実らしさ」が求められ、人を縛るのである。

およそ十七世紀半ばを境として、武士による支配の正当性の根拠は軍事力を脱却し、系譜の正しさへと移行した。合戦のない「泰平の世」を治めるためには、武士は文官でなくてはならない。当時の東アジアにおける支配的な教学は朱子学であった。明清朝の中国のみならず、朝鮮や越南（ベトナム）においても、朱子学は中国同等かそれ以上に正統教学の位置にあった。[7] 当然のことながら、日本においても朱子学が国家統治の理論的支柱となる。しかしながら、正統な朱子学においては、支配階層である「士」は科挙に合格した儒学者である。武士は「士」を名乗るが、科挙のような筆記試験は受けていない。享保四年（一七一九）に来日した朝鮮通信使の製述官である申維翰は、紀行文『海游録』において、日本を「兵農工商」の国と記していることがよく知られている。[8] 日本の武士は儒者ではないから「士」と呼ぶにふさわしくないという意識の反映である。[9] かくて、中世の「武者」が近世に「武士」になるためには、儒学の勉強が必須であった。「文武両道」という日本独特のスローガンが唱えられ、その影響は今日に及んでいる。しかし、武士がいくら儒学を学んでも試験を受けていないことに変わりはない。試験に拠らない「士」は、先祖崇拝を重んじる儒学のもと、系譜に頼るしかなかったのである。こうして、科挙という制度的な裏付けを欠いた、危うい支配のしくみが出来上がることになった。

支配の根拠を系譜という歴史性に置く社会では、歴史は「武士による統治を正当化する歴史」でなくてはならなかった。それには、武家政権の成立を記す『平家物語』や、天皇が南朝と北朝に分かれて対立し、天皇の王権といえども武力の裏付けなしには成立しえないことを記す『太平記』を始めとした軍記物語が最もふさわしい。[10] 横田は甲斐国下井尻村の豪農、依田長安の「書物目録」を手掛かりとして、その歴史観を書物とのかかわりから論じている。それは『前々太平記』『前太平記』といった江戸時代に刊行された軍書[11]を手始めとして、そこから『保元物語』『平治物語』『源平盛衰記[12]』『太平記』といった軍記物語を時代順に並べ（『源平盛衰記』と『太平記』の間に『北条九代記』が入る）、さらに『続太平記』『後太平記』『信長記』『太閤記』へと繋げるもので、軍記物語を年代順に読み継ぐことで日本の歴史を通史として把握しようとする読書態度である。横田の論考は、このような「軍記物語史観」とも呼ぶべき歴史観が、武士階級のみならず地方の豪農層にまで波及していることを示している。[13]

右に名前が挙がる『前々太平記』『前太平記』『続太平記』『後太平記』や『北条九代記』は、いずれも近世に成立した軍書であり、それらは既存の軍記物語の記述範囲を補い、通史を志向する意図があったことが指摘されている。[14] 最初の『前々太平記』は、聖武天皇から筆を起こし、最後の『後太平記』は織豊政権下の正親町天皇で筆を擱く。その間、軍記物語を間に挟んで歴史の切れ目がない。さらに、出版はされなかったものの、神武天皇から聖武天皇までの歴史を記す『前々太平記』の前編も企画されていた。[15] そうなれば、江戸時代に至るまでの日本の通史が軍記物語の叙述形式によって覆われる。そして、それらの「太平記もの」の軍書はいわば歴史の「増補部分」に過ぎず、歴史認識の核になるのはやはり『太平記』を中心とした既存の軍記物語であったということになろう。井上泰至は近世における軍書の刊行を四期に分類し、これらの一連の軍書の刊行を、およそ延宝から元禄期に相当する第三期に位置付けている。井上はこれらが「六国史以降の国史を、主に大本・藍表紙・漢字片仮名交じりの近世版本『太平記』のスタイルで覆い尽くすこととなる」と指摘し、これを軍書の「長編歴史読み物化」と捉えている。また、井上は、江戸時代に唯一刊行された通俗的な歴史読み物としての通史である『本朝通記』を重視している。[16] ここで私が問題にしたいのは、『太平記』の叙述範囲を拡張し、あらゆる時代に及ぼすことで、日本の通史を叙述することが可能だという想像力のありかたである。これらの書物は単一の版元から上梓されているのではない。そこには近世社会に広く共有された、軍記物語を基軸とする歴史認識が明確に示されている。

さらに、このような軍記物語を基軸とした認識のありかたは、たんに歴史認識に留まらない。志立正知は、『会津風土記』を始めとした十七世紀末から十八世紀の東北地方の地誌類において、地名や寺社の由来を説明する際に、源頼義・義家や頼朝・義経に結び付けられる傾向が強くあることを指摘している。そしてこれを幕府の政策と関連付けて以下のように論じている。[17]

この時期（引用者注：寛永から寛文にかけて）、幕府は、源頼義・義家の流れを汲む源氏の宗家として徳川氏を位置づけ、諸大名・旗本をはじめとした諸家の系譜をこの流れと関係づけるとともに、古代から徳川に至る歴史を明らかにし、それにあわせて、中世の戦乱によって混乱した国土・日本を、古代的な「国・郡」の枠組みによって再編しようとしたのである。

そのような意図のもとに近世において再編成された空間は必然的帰結として、軍記物語を基軸とした空間認識になるだろう。各藩は藩内の地名においても「由来」を幕府から問われている。そのとき、そこがどのような場所であるかは、過去の合戦や武将たちの事績に、すなわち軍記物語の登場人物やそこに描かれた事件に結び付けて説明されていく傾向が生じる。時間のみならず空間にまで軍記物語による認識は及んでいる。

かくて、中世に成立した軍記物語は近世社会のコスモロジー（時間・空間認識を軸とした世界観）の基軸となっていた。若尾政希は、『太平記』の人物・事件等を論評・批判して政治と軍事のありかたを教える『太平記評判秘伝理尽抄』の講釈が近世初期に流行し、その受容が諸大名を始めとして一般庶民にまで及んだことを指摘し、指導者像や政治のありかたに関する社会の共通認識・政治常識の形成に寄与したとしている。[18] そもそも、なぜ、政治思想の表現が『太平記』を通したものでなければならなかったのか、もはや贅言を要しないであろう。『太平記』は近世の時間・空間認識の核にあった書物の一つだったのである。こうして軍記物語は、時間・空間のみならず思想においても近世的世界を認識する核になっているといえよう。

ただし、ここで注意しておく必要があるのは、このとき『太平記』が原典に忠実に読まれているのではないということだ。『太平記評判秘伝理尽抄』における楠木正成は武勇に優れ智謀にたけた武将であるのみならず、仁政を行う優れた治者として再生されている。若尾政希は「まさしく武将から為政者への転換を余儀なくされた近世初頭の武士層にとって、「太平記読み」の教えは切実な生きたものだった」と指摘している。[19] 中世の軍記物語は近世に新たな意味を付与され、時代の要請に適合するように再創造されていくのである。

本書は以上のような「近世社会の時間・空間認識が軍記物語を基軸にしたものであった」という仮説のもとに、中世の軍記物語が近世文学においてどのように受容あるいは再創造され、新たな表現を生み出していったかを、いくつかの作品を分析することによって明らかにすることを目的としている。

第一章においては、井原西鶴の浮世草子『武家義理物語』を取り上げる。ここでは、西鶴が幸若舞曲『満仲』に見える清和源氏の始祖、多田満仲の伝承といかに向き合い、作品化していったかを問う。西鶴は、この武家の始祖物語の単純な再生産も、また正面からの否定も行わず、それとなくわかるようなやり方で側面から同時代の社会に支配的な主従の義理という価値規範を批判していると私は考えている。

第二章、三章においては、松尾芭蕉の『おくのほそ道』と『平家物語』や『義経記』といった軍記物語の関係を取り上げる。中世以前の紀行文においては和歌に詠まれた名所である歌枕が記されるが、合戦の起きた場所や武将の故地などが記されることはない。芭蕉はそれらの「新しい名所」を積極的に取り上げ、古代以来の歌枕と同列に並べて紀行文を叙述した。このような紀行文の叙述態度は近世社会の軍記物語による空間認識の更新を反映したものであり、名所における「革命」と呼ぶにふさわしい叙述態度であることを指摘したい。また、第三章では芭蕉の軍記物語への傾斜が木曾義仲との深い関係に及ぶことについても検討した。

第四章においては、近松門左衛門による浄瑠璃『佐々木大鑑』を取り上げる。この作品で近松は

『平家物語』巻十「藤戸」や能「藤戸」に描かれた物語をもとに、人物像を巧みに脚色して新たな物語世界を作り上げた。本作では軍記物語がたんに歴史を映す鏡としてではなく、同時代の社会や価値規範を描く器として用いられている。そこに軍記物語という歴史と向き合いながら、同時代性を織り込んでいく近松の表現の新しさがあったのである。

第五章においては、近世に刊行された軍記物語の評釈書のひとつ『平家物語評判秘伝抄』が、浄瑠璃『義経千本桜』の内容にどのような影響を与えているかについて検討した。『義経千本桜』においては、平家方の三人の武将、平知盛、平維盛、平教経が源平合戦後も実は生きていたという虚構の設定を持つ。本章では、そのような虚構性が浄瑠璃作者の着想によるものではなく、軍記物語を評釈し、「すぐれた武将の行動はいかにあるべきか」を論じる書物の中から生まれたものであることを明らかにした。

第六章においては、元禄時代に起きた赤穂浪士による吉良邸討ち入り事件（元禄赤穂事件）が浄瑠璃『仮名手本忠臣蔵』として演劇化される際に、『太平記』と重ね合わせられていく様相について検討した。近世の事件が『太平記』というフィルターを通して解釈され、表現されていくのであるが、それが浄瑠璃作者による『太平記』の詳細な読解に基づいていることを論じている。

第七章においては、第六章において取り上げた『仮名手本忠臣蔵』の内容を批判し、そこから逸脱することによって『東海道四谷怪談』という新たな作品を生み出した四世鶴屋南北について論じる。『四谷怪談』における民谷伊右衛門は、敵討における敵を討つ側と討たれる側という善悪二元論による世界認識を逸脱した人物である。それは、「忠義」という価値規範が支えた、世代を超えた主従関係の継承や職分の世襲という武士の存立基盤を否定することであった。かくて軍記物語を基軸とした歴史意識が否定され、歴史なき社会が現前しているのである。

第八章においては、南北を引き継いだ河竹黙阿弥による歌舞伎『三人吉三廓初買』を取り上げる。ここでは、歌舞伎において繰り返し再生産されてきた『曾我物語』をもとにした善悪二元論の世界が、主要登場人物である三人の「吉三」による三項対立によって無化され、さらにそこに貨幣の論理が導入されることで対立が無限に続き、歌舞伎を成立させてきた歴史的背景である「世界」そのものが無効化することを論じている。

第九章では、上田秋成の『雨月物語』から「浅茅が宿」を取り上げる。国学者たる上田秋成によって、軍記物語によるコスモロジー以前の和歌を基軸としたコスモロジーが復権される様相を検討した。「浅茅が宿」が『徒然草』の影響下にあるという先行研究を踏まえつつ、兼好の家集『兼好法師集』や近世に作られた兼好伝である『種生伝』との関わりから論じていく。

第十章では、中世にルーツを持つ『平家物語』伝承の一つ、平敦盛の遺児伝説がお伽草子の『小敦盛』を経て、近世・近代にどのように生き延びたかを、平敦盛の北の方が創始したと伝える御影堂扇の伝承をテーマとして考えた。そこから、軍記物語を基幹とした近世的な歴史観が現代にまで僅かに生き残っている様相を検討する。

以上の検討を通して、軍記物語や能・幸若舞曲といった中世文芸が、たんなる「典拠」としての参照対象に留まらず、近世的世界を形成する価値規範や歴史意識、空間意識にまで大きな影響を与えていたことが明らかになろう。それは軍記物語の中に新たな意味や価値規範を積極的に読みとっていこうとする態度であり、摂取や享受といった表現では明らかにしえない、創造的な営みである。中世の軍記物語や芸能は江戸時代に再創造されることで、近世的な世界観を下支えしている。このような「近世社会において作り上げげられた中世のイメージが、近世の現実を理解し表現するための拠り所となる」という関係のありかたを、本書は提示しているのである。

しかしながら、そのような「軍記物語史観」に基づいた世界認識の枠組みは、先に記したように朱子学の要求する科挙に拠らずに、武士を「士」と位置付けてその統治を正当化するという危うさを常に持っていた。やがて江戸時代中期頃から、そのような軍記物語史観は単なる世界認識の枠組みへと形骸化し、社会の実質と乖離していくことになる。本書の第六章以降においては、近世社会が貨幣経済の発達という現実に飲み込まれていく中で、軍記物語による世界観が緩やかに解体していく様相を記述している。そしてそれは、武士による支配以前の、天皇による支配に基づいた和歌的な世界観を基軸とする国学の擡頭によって、力を失っていくと言えるのではないだろうか。

以上に記したことは、さまざまな点でより精細な検討が必要であることは言うまでもないが、現在、私がおおよその道筋として想定していることを記したものである。本書が近世文学の底流にある世界認識を考察するための一助になることができれば幸いである。

【註】

（1）本文はちくま文庫版『夏目漱石全集2』（筑摩書房、一九八七年）に拠った。

（2）野口武彦『江戸の歴史家　歴史という名の毒』（筑摩書房、一九七九年。ちくま学芸文庫、一九九三年）。

（3）出口久徳「寛文期の『源平盛衰記』――寛文五年版『源平盛衰記』の挿絵の方法――」（『日本文学』五十八巻十号、二〇〇九年十月）。

（4）澤井啓一『〈記号〉としての儒学』（光芒社、二〇〇〇年）。

（5）横田冬彦『天下泰平』（日本の歴史16、講談社、二〇〇二年。のち、講談社学術文庫、二〇〇九年、三六七頁）。

（6）『寛永諸家系図伝』の作成に際して、福岡藩黒田家では、室町時代に実在した近江の黒田氏と強引に自家を結びつけ、宇多源氏を名乗った（平野仁也「『寛永諸家系図伝』の編纂と武家の歴史」『日本史研究』六九〇号、二〇二〇年二月）。また、盛岡藩南部家や佐賀藩鍋島家、弘前藩津軽家などの系譜が、明らかな偽文書の作成や強引な系図の捏造に拠っていたことが明らかにされている（千葉一大「近世大名南部家における系譜意識の成立」『青山史学』三十四号、二〇一六年）。一方、梶原正昭は『寛永諸家系図伝』および『本朝通観』の編纂が武士の系譜意識を刺激し、数多くの戦国軍記を生む原動力となったことを指摘している（「幕府・諸藩の修史事業と戦国軍記――『寛永諸家系図伝』と『本朝通観』を中心に――」『早稲田大学教育学部　学術研究（国語・国文学編）』第四十三号、一九九五年二月）。

（7）辻本雅史『江戸の学びと思想家たち』（岩波新書、二〇二一年）。

（8）姜在彦訳注『海游録――朝鮮通信使の日本紀行』（平凡社東洋文庫、一九七四年）付編「日本見聞雑録」に「国に四民あり、曰く兵農工商がそれである。士はあずからない」とある。

（9）姜在彦『朝鮮の攘夷と開化』（平凡社、一九七七年）に指摘がある。『海游録』は日本の統治を「礼教」に基づかず「軍法の如きもの」に拠っているとする。これについて姜は肯定的であるが、その一方で日本が科挙という制度を持たないものの、朱子学の強い影響下にあったこともまた事実であろう。

（10）中世後期から近代にかけて『太平記』が歴史認識に大きな影響を与えたことについては、兵藤裕己に指摘がある（『太平記〈よみ〉の可能性』（講談社、一九九五）。兵藤は、近世の政治体制が起源において天皇制を抱え込んでおり、「潜在的な緊張をはらんでしまう」と指摘しているが、公家政権から武家政権への移行を「不可逆」と捉える限り、危機は発生しない。『太平記』は時代や立場によってさまざまな読み方がされてきた。幕藩体制を肯定するためにも否定するためにも読めてしまうところに、このテキストの危うさがあるということだろう。さらに近世後期において『太平記』に準拠した歴史観が否定／克服されるためには、国学者による和歌的世界観の復権というインパクトが必要であったと考えられる。

(11) 以下、便宜的に近世に成立した軍記を「軍書」、中世に成立した軍記を「軍記物語」と呼び分ける。これらは近世においては全て「軍書」と呼ばれたが、現代の通行の呼称に従う。

(12) 近世においては、『平家物語』の諸本の中でも『源平盛衰記』が最も記録として尊重され、「武家の正史」としての扱いを受けていた（榊原千鶴『平家物語　創造と享受』三弥井書店、一九九八年）。

(13) 横田冬彦「近世の出版文化と〈日本〉」（酒井直樹編『ナショナル・ヒストリーを学び捨てる』東京大学出版会、二〇〇六年）、同『日本近世書物文化史の研究』（岩波書店、二〇一八年）。

(14) 八代和夫『前々太平記』「解題」（叢書江戸文庫5、国書刊行会、一九八八年）。

(15) 横田、前掲註13

(16) 井上泰至『近世刊行軍書論　教訓・娯楽・考証』（笠間書院、二〇一四年）、同「近世刊行軍書がもたらした歴史観――「武将」「大名」をめぐる「語り」――」（『民衆史研究』第八十二号、二〇一五年五月）。

(17) 志立正知「近世地誌にみる〈いくさ〉の記憶」（『文学』二〇一五年三月）。

(18) 若尾政希『「太平記読み」の時代』（平凡社、一九九九年）、同「日本近世における儒教の位置――近世前期を中心にして――」（『日韓相互認識』第四号、二〇一一年三月）。

(19) 若尾政希、前掲。

第一章　西鶴の義理批判――『武家義理物語』と幸若舞曲『満仲』

はじめに

『武家義理物語』は、西鶴が武士における義理のありかたを作品化した浮世草子である。その中でもとくに、巻一の五「死なば同じ浪枕とや」はよく知られた章段で、これまでにもしばしば論じられてきた。[1] 本論文は、その内容が幸若舞曲『満仲』を踏まえたものであることを論じる。この指摘は既に早川由美にある。[2] 両者が内容上の関連を有するか否かは読者諸氏のご賢察に委ねたい。ここで、『満仲』という「補助線」を引くことを通して、この作品の主題をあぶりだすことが本論の真の目的である。本話の分析を通して西鶴にとって「義理」とは何かを明らかにしたい。まずは、あらすじを確認しておきたい。

摂津国伊丹城の城主、荒木村重に横目役（家中の武士の監視役）として仕える神崎式部という武士がいた。あるとき、主君の次男である村丸が蝦夷見物を思い立ち、家臣を引き連れて旅に出る。式部は御供役を仰せつかり、一子勝太郎ともども御供に加わった。一行が駿河の大井川に差し掛かった時に、折節の雨で水かさが増していたので、式部は渡河を見合わせるよう諫言する。しかし、血気盛んな村丸は聞き入れずに渡河を強行し、波にのまれて何人もの家臣が流された。式部は国元を出る際に同役の森岡丹後からその子、丹三郎を預かってきたが、丹三郎も流されて姿が見えなくなる。一方、勝太郎は無事に川を渡った。式部は我が子に対して、丹三郎が死んで、お前が生き残ったのでは「武士の一分(いちぶん)立ち難し。時刻移さず相果てよ」と言い、勝太郎は父の言葉に従って川に飛び込んで死ぬ。式部はただ一人の子を死なせたことを嘆き、その後、若君の無事な帰城を見届けて夫婦で出家した。式部に子を預けた丹後夫妻も、その話を聞いて後を追って出家した。

さて、この話では、神崎式部が同輩である森岡丹後から一子を託された「義理」を重んじて、わが子を犠牲にしている。作中でも式部は以下のように述懐している。

「まことに人間の義理ほど悲しきものはなし。故郷(ふるさと)を出でし時、人も多きに、我を頼むとの一言(いちごん)、そのままには捨て難く、無事に大川を越えたる一子を、わざと最期を見し事、さりとては恨めしの世や。[3]

ここでは明らかに、息子を「頼む」と言われた同輩の信頼にこたえようとする「義理」が神崎式部を縛っているのである。しかし、じつはこの話にはもう一つの「義理」が隠されていることを見逃してはならない。それは神崎式部の村丸及びその父の村重に対する義理である。家臣である以上は主君の命令に従わねばならない。式部は危険な渡河を主張する村丸を諌めるが、村丸が意見を聞かない以上、それに従うより外ないのである。危険を認識しつつも、主君への義理によって渡河せざるを得ない。つまり、式部は同輩への義理と主君への義理という二つの義理によってわが子を失ったのだ。勝太郎に入水をさせたのは直接には同輩への義理であるが、そもそもの原因を作ったのは危険な渡河を命じた村丸及び、村丸の御供役を命じた村重に対する義理である。

これらの二つの義理について従来の研究では、重友毅[4]、吉江久彌[5]に指摘があり、それらを受けて堀切実もまた、「最終的には」「朋友間の義理に焦点を当てながらも、その底流には」「主君への義理の意識が働いていたものとみなければなるまい」と指摘し、本話の結末部について、以下のように論じている。[6]

この話のクライマックスが我が子を犠牲にして義理を貫くところにあり、そこには式部・丹後らのパーソナルな人間関係に基づく義理の美学が成立していることはもちろんなのであるが、そうした式部の行動を生むことの前提にあったのは、主君とその次男への全面的な忠誠心の働きであったからである。君臣の契約に基づく武士の一徹な実践力の崇高さこそが称賛に値するのであって、一編の感動もそこに通じているはずだからである。

私もまた堀切と同じく、本話は朋輩に対する義理と主君に対する義理の二つの義理を描くという立場から論を進めるが、じつは本話においては強調されない主従の義理こそが、隠された主題ではないかと考えている。但し、堀切の言うような主君への「全面的な忠誠心」が「称賛に値する」ものなのかは、やや問題があろう。

本話の冒頭には以下のように記されている。

> 人間定命(ぢやうみやう)の外(ほか)、義理の死をする事、これ弓馬(きゆうば)の家の習ひ。人皆魂に変はる事なく、只その時に至りて覚悟極むるに、見苦しからず。

「弓馬の家」すなわち武士は義理によって命を捨てる習いがある。そのとき、見苦しくないのがよい。この冒頭部が『武家義理物語』の序文と内容的に関わることは、すでに先学に指摘がある。(7) 以下に序文の一部を引用する。

> 弓馬は侍の役目たり。自然のために、知行を与へ置かれし主命を忘れ、時の喧嘩・口論、自分の事に一命を捨つるは、まことある武の道にはあらず。

この序文では右に明らかなように、「主命」への義理の大切さが説かれており、「自分の事」ではなく、主命のために命を捨てるべきだと説く。これとの関連を考慮するならば、本話冒頭文も同じく主命への義理を内包していると読むことが可能であろう。

我々が通常、武士における義理という観念から最初に想像するのは、序文にあるような主君への義理である。ところが『武家義理物語』に含まれる全二十三話のうち、正面から主君への義理が語られている話は、ほとんど存在しないのである。(8) そこに『武家義理物語』という作品の特殊な位置づけがある。本話とて、前述したように表に現れているのは同輩への義理であり、主君への義理は副次的に内在する問題に過ぎない。なぜ、西鶴は武士における義理を主題化しながら、主君への義理を書かなかったのであろうか。本話を通してその問題を考えてみたい。

「義理の死」の淵源

ここで、本章冒頭の一文に立ち返ろう。「人間定命の外、義理の死をする事、これ弓馬の家の習ひ。」とあるが、ここでの「弓馬の家」はたんに武士という職掌を指すだけではないと私は考えている。というのは「弓馬の家」のまさに本流である清和源氏の祖、多田満仲に「義理の死」にまつわる説話があるからだ。それが謡曲『仲光』（宝生・金剛・喜多各流では『満仲』）や幸若舞曲『満仲』である。ここでは、幸若舞曲によってその内容を摘記したい（なぜ謡曲を用いないかについては後述する）。

多田満仲は後世を願い、末子の美女御前を摂津の中山寺に登らせて仏道修行させる。ところが美女御前は修行を嫌い、武芸を好み、法華経を全く学ぼうとしない。二、三年の後、多田の里に下った美女御前は父から法華経を読めと命じられるが一字も読めない。激怒した満仲は家臣の仲光に美女御前の首を打てと命じる。美女御前は仲光に助命を嘆願し、進退窮まった仲光は美女御前と同い年の我が子、幸寿丸が寺で修行しているのを呼び戻し、主君の身替りになれと命じる。幸寿丸は「弓取りの御子と生まれ候よりも、主君の御命に替はるべきことをば、思ひ設けて候」と父の命令を快諾する。幸寿丸は母と泣く泣く別れ、首を打たれる。これを聞いた美女御前は自らの行いを深く悔い、そののちは恵心僧都のもとで修行し、十九歳で出家して円覚と名を改める。ある日恵心は円覚を伴って多田の里を訪れる。満仲の北の方は、美女御前の首を打たせたことを悲しんで眼を泣き潰してしまい、今は盲目になっている。それを知った円覚が一心に祈ると仏像から光が発して母の眼が開く。円覚は満仲に向かって自分こそは美女御前であると告白し、親子が再会する。満仲は身替りになって死んだ幸寿丸の菩提を弔うために、所領の半分を仲光に与えて小童寺という寺を建立する。

一方、謡曲『仲光』は作者不明であるが、美女御前（美女丸）の母が登場しないほか、幸寿丸のほうから身代わりを申し出ること、出家した美女丸が恵心僧都のとりなしで満仲と再会することなどが舞曲と異なる。室木弥太郎は、謡曲について「謡曲はその性質上思い切った脚色を余儀なくされ、幸寿の母が登場しないのもそのせいと思う」と指摘し、舞曲により当時の話の筋が残っていると指摘している。[9] また、本位田重美は謡曲で美女丸と幸寿丸が同時に登場することや、恵心が美女丸を満仲のもとに連れて行くのが出家してすぐであることなどは、子方を用いる能の演出上の都合であろうと指摘している。[10] つまり、謡曲は原話を演出上の都合によって改変しているのである。また、多田院の縁起は小異はあるものの舞曲とほぼ同じ内容である。これらのことから、舞曲のほうが典拠としては望ましい。

この『満仲』がのちの浄瑠璃や歌舞伎における身替り劇を生むことは既に指摘されている。[11] 主君の子息の命を救うために家臣が自分の子を殺すという浄瑠璃は、今日の文楽や歌舞伎で頻繁に上演される演目だけを見ても『菅原伝授手習鑑』（寺子屋）、『一谷嫩軍記』（熊谷陣屋）、『御所桜堀川夜討』（弁慶上使）、『伽羅先代萩（めいぼくせんだいはぎ）』（御殿）などがすぐに思い浮かぶ。このほか当時上演された浄瑠璃は、枚挙に暇がない。身替り劇はまさにこの時代の流行であった。早川由美は我が子を主君の身替りに殺す悲劇について、西鶴よりやや時代は下がるが、享保八年（一七二三）竹本座初演の『大塔宮曦鎧』の「身替り音頭」等を引用して、「当時の人々にとって身替りの趣向といえば、幸若『満仲』の中にある満仲と仲光の物語から始まったと理解されていたといえよう」と指摘している。(12)

さて、本話を舞曲『満仲』と比較してみると、その構成要素である主要人物関係が近似していることに気付く。荒木村重は多田満仲、子息の村丸が美女御前、家臣の神崎式部が仲光、その子の勝太郎が幸寿丸という関係である。もちろん、両者は筋が大きく異なっている。『満仲』では、満仲が美女御前の首を打てと仲光に命じるが、本話では、たんに若君の御供を命じられるだけである。また、『満仲』では仲光の朋輩の子も登場しない。しかし、主君の子の無謀な行動によって家臣の子の命が奪われることには変わりがない。

先に記したような本話に伏流する主従関係に焦点を当てるならば、両者が「義理の死」という説話の主題において近似していることがわかる。その際に最も異なっているのは、家臣の子が死んだ後の主君及びその子の態度である。『満仲』において美女御前は、幸寿丸が自分の身代わりになって死んだことを悔やみ、自らの行いを深く反省して修行に励み、出家して円覚上人となって母の病を救う。幸寿丸の死は結果として無駄にはならず、後には主君満仲から仲光に所領が与えられ、幸寿丸を祀る小童寺も建立されているのである。幸寿丸の犠牲は、美女御前の改心を招くとともに満仲によって弔われ、このことが結果として主従の絆を強化してもいる。

一方の本話においては、勝太郎や丹三郎は村丸の愚行によって命を落としているが、それは村丸の身替りになったためではない。それゆえ、村丸が反省する様子は一切描かれておらず、「若君機嫌よ

く ご帰城を見届け」とあるばかりである。[13] また、主君、荒木村重が神崎式部に感謝したり、勝太郎が荒木村重によって慰霊されたりする記述もない。勝太郎や丹三郎の死は旅の途中の事故死と受けとめられ、主君への義理のための死という認識さえされなかったのだろう。そもそも、この旅は村丸が「東国蝦夷が千島の風景御一覧の思し召し立ち」という、いわば遊興目的のものであった。主君の遊びに付き合わされて家臣が命を落としているのである。仮にこれが合戦における死であるならば、たとえ主君の無謀な戦術によるものであっても、その死は武士の名誉であり美談として語られるはずであった。しかし、旅の目的が遊興のためとあっては美談にすらならず、家臣は死んでも浮かばれない。神崎式部は帰国後に出家しており、この事件によって主従の絆が断ち切られているのである。

ここに西鶴の明確な作為があった。作者西鶴は、本話の裏に「美女御前の身替りになって幸寿丸が死に、それを契機として美女御前が改心する」という舞曲『満仲』の筋を響かせながら、その設定を巧みに裏返した。幸寿丸が美女御前の身替りになったのは、改心をさせるためではなかった。あくまでも主君への義理を重んじた仲光の自発的な判断に拠っている。仮に幸寿丸が死んでも美女御前の素行が改まらず、何ら悔悛の様子がうかがえないならば、幸寿丸の死は無駄になる。たとえそのような場合であっても、家臣の子は主君の子の身替りとして犠牲にならねばならない。そのような主従の義理という関係性が持つ酷薄さが本話には透けて見える。

一方で本話は、朋輩への義理立てとして描かれている。そのため、主従の義理は後景化し、強く意識されることはない。それとなく控え目に示されているだけである。しかしそれは結果として、義理において命を要求する主従関係に対する明確な批判と言えないだろうか。武家社会における義理とは、第一に主従の義理であろう。それは本書の序文において西鶴が記したとおりである。ところが『武家義理物語』に収められた全二十三話のうち、主従の義理によって命を捨てる話は本話以外には巻五の三しかないのである（巻五の三については、後に論じる）。主君の子の身替りのための家臣の子の犠牲死は、当時の人々が「武家」における「義理」というと真っ先に思い浮かべるような格好の話題だった。ところが西鶴は武家の義理をタイトルとした本書において、身替りの犠牲死を主題とした話を全く取り上げなかった。

どうして西鶴は身替りを描かなかったのだろうか。その背後には社会の変化に伴う義理概念の変容があると考えられる。西鶴における「義理」とはどのようなものだったのだろうか。そのことを考える前に、迂路ではあるがいま少し、同時代の社会状況を確認しておきたい。

伊丹城と多田院

本話に登場する人物のうち、実在が確認できるのは荒木村重のみで、「摂州伊丹の城主」と記されている。その他は史料に名が見えず、架空の人物と思われる。西鶴はなぜこの話を荒木村重に当てはめて造形したのだろうか。以下に荒木村重と伊丹城の関係を簡単に振り返っておきたい。

荒木村重は池田勝正の家臣であったが、池田氏の内紛に乗じてその勢力を強め、織田信長に属した。天正元年（一五七三）、高槻城に和田惟政を攻めて放逐し、自身は茨城城主となると、翌二年には旧主池田勝正を高野山に追ってその所領を我がものとし、さらに伊丹城に伊丹親興を攻めてこれを滅ぼすと、伊丹城を有岡城と改めて居城とし、摂津の有力大名となった。のち五年十一月、足利義昭・本願寺・毛利氏に通じて信長に叛旗を翻すが、攻められて有岡城に籠城する。同七年、妻子を残して有岡城を脱出し、嫡子、村安（村次ともいう）のあった尼崎城に入った。有岡城は陥落し、村重の妻子三十六人は信長方に捕えられて京の六条河原で惨殺され、家臣の妻子や郎党ら百二十人は磔刑、五百人は焼殺されたという(14)。

村重は典型的な下剋上の戦国大名であり、主君に対する義理とは程遠い人物であることがわかる。とくに妻子を残して有岡城を脱したことは悪名が高く、小瀬甫庵の『信長記』巻十二「荒木が一族京都に於て誅せらるゝ事」は以下のように記している(15)。

以て思ふに、道に違ふ人は皆盗賊なり。盗賊の長は主君荒木なるべし。誠に一僕の身たりしを、信長公の高恩を蒙り摂州の守護職を賜り、栄耀にほこりぬ。さらばなど臣道をば尽さで、剰へ謀反を起し、一門かやうに悉く滅亡しぬる事、天道照臨し給ふ事、恐れざるべけんや。

ここでは、甫庵は荒木村重を「盗賊の長」とこき下ろしている。本話の注釈においても、「妻女・家臣・家臣の妻女を見殺しにして自分のみが生き延びたという荒木村重の「不義無道」に対して、その家臣神崎父子の「侍の心根」が対照的に描かれている(16)」と指摘されている。

しかし、本話において無軌道な振る舞いをするのは荒木村重本人ではなく、その次男の村丸である。村重は冒頭にその名が見えるにすぎない。また、村重が居城としたのは、正しくは有岡城であって伊丹城ではない。西鶴はそのことを知っていた筈である。有岡城が陥落したのち、この地に城は再建されなかった。そのため、西鶴の生きた時代には伊丹にはもはや城はなかった。近世には伊丹は酒の産地として有名である。西鶴が本話で伊丹という地名を登場させているのは他の理由があるのではないだろうか。

伊丹から北に約十キロメートル離れたところに、多田神社がある。現在は神社であるが、明治初期の神仏分離以前は多田院と称する寺院で多田満仲の墓所を含む清和源氏の祖廟の地である。ここは先の『満仲』の伝承地でもある。西鶴の住んだ大坂から多田院に行くには、伊丹街道を進んで伊丹に出て後、多田街道を北上する。京からも同様で、西国街道を伊丹に出て、多田街道で多田院に至る。

多田院は、天正六年（一五七八）多田院御家人が石山本願寺の軍に加わった結果、織田信長に敗れ、引き続く戦火の中で多田院を始めとした諸社寺が焼亡し、御家人も無禄化されてしだいに没落の運命を辿った。これは先の荒木村重の居城であった有岡城の陥落と同じ時期である。そののち、豊臣秀頼による修復が伝えられるものの、近世初期には荒廃が進んでいたと考えられる。寛文二年（一六六二）多田院別当の智栄は廟堂の修復を幕府に訴えるために、古文書を携えて江戸に赴き、老中をはじめ多くの要人の閲覧を得ている。翌年、四代将軍家綱は源氏の祖たる由緒を以て再興を決定し、十余年の工事を経て延宝九年（一六八一）満仲・頼光の廟所や本殿・拝殿・釈迦堂・仁王門などが再建された。また、寛文五年（一六六五）には高五百石が寄進されている。[17] 西鶴の生きた時代、まさに多田院は幕府によって再興されたのである。本話において西鶴が荒木村重の時代には「有岡城」だった城をあえて「伊丹城」と記したのは、当時の大坂から見て伊丹の方角にある多田院を読者に連想させたかったためではないだろうか。伊丹と多田院は場所が離れているが、大坂から見れば地理的には「伊丹のほう」と把握されていたはずである。
加えて家綱による多田院再興は、徳川家康が舞曲『満仲』を好んだ故事が、影響を与えていると考えられる。早川由美は、『徳川実紀』に幸若を保護した家康が駿府城で舞を見た記事があることを指摘している。(18)そこには以下のようにある。(19)

また三郎君御勘当ありし初め、大久保忠世に預けられしも、深き思召ありての事なりしを、忠世心得ずやありけん。其後幸若が満仲の子美女丸を討と命ぜし時、其家人仲光我子を伐てこれに替らしめしさまの舞をご覧じ、忠世によくこの舞を見よと仰ありし時。忠世大に恐懼せしといふ説あり。いかゞ、誠なりやしらず。

この記事の背景には、家康の嫡男、徳川信康の切腹事件がある。信康は家康の正室、築山殿の子として生れ、九歳で織田信長の娘、徳姫と結婚した。元亀元年(一五七〇)家康が浜松に移った際に元服し、在来の家康の城であった岡崎城主となる。天正三年(一五七五)家康が大井川で武田勝頼と対峙し、陣を引こうとした際に、信康は殿軍を望み任務を遂行した。同七年、信康の妻が父信長に対して、夫とその母築山殿の罪状を記した手紙を送り、信長は家康の老臣、酒井忠次にその真偽を糺したが、忠次が弁疏しなかったため、両者に切腹を命じた。家康は築山殿を切り、信康に自刃を命じた。享年二十一歳であった。(20)
右に指摘したように、大井川は信康を語る際の重要な地名であって、本話の内容と重なりあう。右の『徳川実記』に見える説話は、家康が舞曲『満仲』を観た際に、信康の守り役だった大久保忠世や酒井忠次に対して「両人、あの舞は」と声をかけ、両人が恐怖したとも伝えられる[21]。

家康にとって長男信康の死は痛恨事であり、もしあの時、仲光のように我が子を身替りに差し出してくれる忠節な家臣がいたなら、という想像を禁じ得なかったのであろう。信康は一方でまた、性格が粗暴であったとも伝えられ、本話の村丸とはイメージが重なるところがある。西鶴は舞曲『満仲』の内容を意識するとともに、家康・信康の父子関係も考慮に入れながら、この話を書いたと考えられる。

以上に見てきたように、幸若舞曲『満仲』は、清和源氏の祖である多田満仲に関わるとともに、将軍家の祖たる徳川家康の個人史とも関わる二重の意味での「弓馬の家の習ひ」であった。そのために四代将軍家綱は、摂津多田院を再興した。そのことは同時代を生きた西鶴もよく知っていた。それが本話の歴史的背景である。伊丹城や大井川といった地名を作中に織り込んだ理由もそれで説明がつくのではないだろうか。

変容する義理

こうして近世には、『満仲』は主君に対して忠義な家臣の物語として喧伝され、わが子を身替りに立てる美徳が演劇を通して広く流布した。そこからは「義理」という概念が時代の変化に伴って少なからず変容していく様子をうかがうことができる。

古浄瑠璃に『多田満仲』(仮題)があり、古浄瑠璃正本集第四に収められている。江戸板で、同書解題(横山重)によれば、寛文初年板の後刷りと推定され、和泉太夫正本かと推定している。また同書の寛文八年刊の上方版と推定される本が、関東大震災前の東京帝大にあった。書誌を記した頴原退蔵のノートが残されている。それの題簽に「多田満仲」とあったという。(22)

さて、同書は全六段で第一段、第二段は、平将門の遺児、相馬良門の謀反を頼光と四天王が平定するという筋で、三段目以下が幸若舞曲『満仲』の内容になっている。満仲に関する説話の筋はほとんど同一であるが、細部には異同がある。舞曲では美女御前は出家して円覚と名を改めているが、古浄瑠璃では最後まで美女御前と呼ばれている。また、美女御前は舞曲では仲光に連れられて都に赴くが、古浄瑠璃では一人で多田の里をさまよい出て都に至っている。舞曲では恵心僧都の説法は多田の里で行われているが、古浄瑠璃では近江の国、堅田に美女御前の母が赴いて説法を聴聞している。

両者の異同の中で最も大きなものは、室木弥太郎が指摘しているように、(23)結末部において古浄瑠璃では幸寿丸の身替りが最初から満仲の意図したものであったということである。以下に再会の場面を比較してみたい。まず、舞曲『満仲』を取り上げる。(24)

円覚聞し召されて、「今は何をか包むべき。我こそ有し美女にて候へ。中務が情によつて、我子の幸寿を切り、我をば助け候ぞや。彼僧都に付き奉り、不思議にかゝる身と罷り成て候」と語り給へば、満仲夫婦、円覚の衣の袖に縋り付、「是は夢かや、夢ならば、覚めての後をいかがせん」。真は現なりければ、嬉しさ類ましまさず。「さればこそ、能郎等には別して恩を与へ召し使ふとは、今こそ思ひ知られて候へ。中務の情をば、生ゝ世ゞ忘るまじ」との給ひて、急ぎ夫婦を召され、「や、これ〳〵見よや、夫婦の者。今より後は、美女御前を、汝ら婦夫がためには、幸寿丸と思ふべし。

後生の事をば、頼もしく思へ」とて、満仲も北の方も、中務夫婦の者、円覚に抱（いだ）き付き給ひ、嬉しき今の涙には、一しほ濡るゝ袂かな。

右にあるように、舞曲では満仲夫婦は、死んだとばかり思い込んでいた美女御前が生きていたために、思いがけない再会に感激している。このような喜びと仲光（中務）への感謝は一曲のクライマックスを構成している。一方、古浄瑠璃『多田満仲』の結末部には以下のようである。満仲は仲光に美女丸を連れてくるよう命じる。(25)

（満仲、）なんぞや、わが子の、ぐち也とて、いかで命を、取へきそ、君としんかの心ねは、ゆめ〳〵たがふ事なし、定てたすけて、おきつらん、つれてまれ〔マヽ〕と仰ける
なかみつ承、おろかの君の、御ぢやうかな、しんな君にしたがふ、一たび、うてとの仰にて、うち奉りし若君を、たゝ今又、いだせとは、是いわまをつとふ、かにのあし」（十七ウ）
くんしに、ぢけんなきものを、なさけなの、ぢやういやとたゝつつしんで、いたりける
まんぢう聞召、いかに、なかみつ、しん、君につかふるには、ぎを以、さきとす、人おゝきその中に、なんちに申つけしをは、いかゝ心へたるそ
なかみつ承り、あつはれ君の御でうかな、ぎはしんかのしよくなれば、わか子にかへて、たすけ奉て候と申上る
君聞召、尤さこそ有へけれ、いそいて、つれてまいれ、畏（かしこまつ）て候と、御まへを罷立、ちうぜんしに

まいり、わか君の御供申、御前に畏(かしこまる)

古浄瑠璃においては、仲光が我が子を身替りに立てることは、満仲が意図したことであった。仲光はしかし、はっきりと「汝の子を身替りにせよ」と命じられたのではない。満仲は「美女御前を討て」とだけ仲光に命じている。しかし心の中では「汝の子を身替りにして助けよ」と念じていた。仲光はそのような主君の命令の言外の意図を汲み取り、主君の心に叶うように我が子を身替りとして討ったのである。右の引用箇所に「ぎはしんかのしよく」という仲光の言葉があることに注目したい。主君のために家臣が我が子を犠牲にすることは「義」すなわち義理であり、それは臣下にとって逃れ難い「職」なのだ。仲光にとって我が子を殺すことは、「職」の必然性から取った行動だったのである。

ここでは親子の思いがけない再会の感激もないし、満仲が予期していなかった行動をとった仲光の忠節に対する感謝もない。あるのは、主従の義理という観念を軸に結ばれた君臣の一体感の確認であり、家臣が主君の暗黙の命令を了解できたことへの賞賛である。

このように古浄瑠璃においては主君への義理は家臣が自発的にとる行動ではなく、家臣に課せられた義務なのである。ここに近世における君臣の義理の変容を見ることができよう。これを泰平の世となって世襲化し事務官僚化した武士における行動の変化と捉えることは可能であるが、それよりむしろ、儒教道徳によって行動が規範化された武士の姿と見てよいのではないだろうか。

早川由美は、古浄瑠璃における仲光の言葉として「すまじきものは宮仕え」という表現が用いられていることを指摘している。(26)主君に仕えたばかりに、自分の子を犠牲にしないといけない。このような義務感は元になった幸若『満仲』にはなかったものだ。ここでは義理は、家臣という立場上、仕方なく果たさなければならない義務なのだ。この言葉はもともと幸若舞曲『信田』に見えるもので、後には浄瑠璃『菅原伝授手習鑑』の武部源蔵の台詞として人口に膾炙した。このように近世においては主君への義理立ては義務と化し、家臣の「義理を果たさねばならない辛い立場」が強調されるようになる。

本話で西鶴が描いたのは、まさにこのような義務的な主従関係であった。村丸は勝太郎や丹三郎が死んでも、全く反省するそぶりを見せない。主君から弔われることもない。そのような忠節の尽くし甲斐のない主君に対しても、家臣である以上は義理を果たさなければならない。それは代々、主君から俸禄をいただいている家臣の務めであるからだ。

「武士の一分」

西鶴にはこのような義務化した君臣の間の義理への批判があったと考えられる。本話においても、主従の義理より同輩への義理が強調されている。

大井川で丹三郎が波にのまれ、勝太郎が無事に対岸に上がった際に、神崎式部は以下のように言っている。

「丹三郎儀は親より預かり来り(きた)、ここにて最期を見捨て、汝世(なんぢ)に残しては、丹後手前、武士の一分(いちぶん)

立ち難し。時刻移さず相果てよ」

神崎式部は丹後に対して、武士の一分（面目）が立たないことから、我が子を死なせた。「武士の一分」とは同輩への義理である。ここでもし、勝太郎だけが生き残って伊丹に帰ったなら、必ず丹三郎の死が問題になる。丹三郎の死は不慮の事故のせいであり、彼自身の運命である。しかし、勝太郎が生き残った以上、神崎式部は急流で我が子だけを助けて、丹三郎を見殺しにしたのではないかという疑念を持たれてしまうことは避けられない。それでは武士の一分が立たないというのである。[27]

つまり、ここでの義理は、我が子と預かった子を対等に扱うべきというルールに支えられている。このように考えるならば、本話の主題は巻五の二「同じ子ながら捨てたり抱いたり」と近似していることがわかる。近江の国、姉川合戦で、二人の子を連れて逃げる女が敵に捕えられそうになり、抱いていた乳飲み子を捨てて、七歳ほどの男の子を連れて逃げた。のちに女に理由を糺すと、子は二人とも養子で、乳飲み子は自分の姪、男の子は夫の甥であるという。自分が死んだ後に身びいきをしたと言われるのが口惜しいので、夫の血縁を選んだのだと答えた。この巻五の二は早くから中国の『古烈女伝』五の六に類話があることが指摘されている。[28]同じ「子」でも血縁と非血縁がいた場合、非血縁のほうを大切にしないといけないのが義理である。それを本話に置き換えるならば、神崎式部は実子より他人の子を大切にすることが義理なのだ。だから、実子を身びいきしたと思われることは、武士の名誉にかかわる。ここでは義理の問題が実子と朋輩の子という関係に置き換えられているのである。

さて、『武家義理物語』に収められた全二十三話のうち、主従の義理による死に関わるものは、本話のほかに、巻五の三「人の言葉の末見たがよい」がある。讃岐の城主に仕える細田梅丸は大変な美男で殿の御寵愛が深かった。この梅丸には小吟という恋仲の女性がいた。ところが、殿が病気になり、死去された場合に梅丸は殉死をしなくてはならない。そのことを梅丸が小吟に打ち明けると、小吟は他の夫を迎えるからよいと言う。そののち主君が死に、梅丸が殉死したのを見届けて、小吟も後を追って死んだ。わざとつれないふりをして、夫に忠義を立てさせた妻に人々は感じ入った。

ここでは、殉死というまさに主従の義理の発露が描かれているものの、梅丸の殉死は賞揚されることがなく、一話の焦点は夫を想う妻、小吟の貞節にある。せっかく主従の義理のための死という序文通りの格好の状況を描きながら、夫婦の結びつきの強さが前景化される一方で、主君の寵愛が深かったという梅丸は、あたかもそれが義務であるかのように、仕方なく殉死しているのである。梅丸の死は美化されることがない。

さらに興味深いのは、この話に続く巻五の四「申し合はせし事も空しき刀」である。細川幽斎の家中に市崎猪六郎という武士がいたが、大酒呑みで仮病をつかい、金銭をため込むなど武士らしくない悪辣な男で、使用人も逃げ出してしまい、仕える者も少なかった。この男の身の回りの世話をしていた勝之介・番之介という若い使用人の二人が、主人に対する恨みが重なり、猪六郎を闇討ちにしてしまった。主殺しの罪は勝之介が一人かぶって逃亡し、番之介が残った。二人は後に落ち合う約束をして別れたが、勝之介に「主君が所持した宝刀を奪うために殺した」という噂が立つ。事実は、番之介が後に二人の生計の足しにしようと思って隠したのだった。盗人の噂を立てられた勝之介は恥辱を感じ、引き返して番之介を殺したうえで自害した。

この話では、主従の義理の対極にあり、武士にとって最大の不義である「主殺し」が描かれている。しかもそれは殺した勝之助にとって不名誉ではなく、むしろ盗人の汚名を着せられる方がよほど不名誉だという価値の転倒が記されているのである。ここでは、「主君といえども悪辣な人物は殺しても差し支えない」という、およそ「義理」を主題とする書物にありえない大胆な主張がなされていると言ってよい。これは作者がいかに主従の義理を嫌っていたか、というよりむしろ小馬鹿にしていたかがわかる話で、当時の町人の読者はこれを読んで胸のすくような思いがしたであろう。

ここまで来ると、西鶴が「義理」を主題としたこの作品において、主従の義理をわざと書かなかった理由がはっきりと見えてくる。西鶴は主従の義務化した義理に強く批判的であった。主従の義理はもはや、武士にとって本物の義理ではない。作中の人物のほとんどは、誰にも命じられず、自発的に義理を発露している。義理とは本来そういうものであって、職分に縛られて立場上仕方なく、あるいは主君に命じられて不承不承取る行動は義理とは言えない、というのが西鶴の立場であろう。

とするなら、『武家義理物語』の序文における「知行を与へ置かれし主命を忘れ、時の喧嘩・口論、自分の事に一命を捨つるは、まことある武の道にはあらず。義理に身を果たせるは、至極のところ」という表現は、痛烈な皮肉である。事実は、形骸化した主従の義理を嘲笑うような作品を書いてみたいというのが作者西鶴の本音だった。序文はそれを皮肉の形でオブラートに包んで提示したと言えようか。御大層に主従の義理の大切さを喧伝する武士道徳やそれを尊ぶ武士に対する当てこすりがこの作品の本質である。

おわりに

西鶴が生きた時代には、幕藩体制のもとで主従関係が固定化し、主従における義理のありかたも少なからず変容していたことは、すでに先学に指摘がある。堀切実は以下のように指摘している。(29)

近世初期の徳川譜代における忠義道においては、よくない主君に対しても、先祖代々にわたる御慈悲・御情・御恩を胸にたたんで奉公すべし、と説かれている。主君への盲従の強要である。君の意志に逆らえば、上意討ちで、切腹・打首も止むを得ぬとされたのである。こうした傾向は、以後元禄期へかけて主従の関係が官僚化してゆくなかで継承されてゆく。

このような、世襲化・固定化し職分化した主従関係の中では、「義理」はもはや、主君への忠義心という自由な意思の発露とは程遠いものとなり、一種の職分に課せられた義務として働くことになる。そこにはもはや、「義理」の語の本来の意味である「人の生きるべき道」というような道徳観念は宿りようがない。まさに「すまじきものは宮仕え」という意識が、この時期の義理には張り付いている。主従の義理は、家臣が立場上仕方なく取る行動だった。

西鶴はそのような主従の義理のありかたを好まなかった。だから、本話を貫くのは、神崎式部の「朋輩の子の命を守り通すことができなくて申し訳ない」という責任意識である。それが自発的に自分の子を犠牲にすることによって果たされている。そこには生き方の美学があり、人間としての尊厳と矜持がある。それが読者の共感を呼ぶのである。

しかしその一方で式部は、主君に命じられたからには命を落とすこともやむを得ないが、主命に従ったといってもそれは当然の事として賞賛もされないし、我が子が死んでも主君から謝罪もされないという主従関係に縛られてもいる。そこには職分化した主従関係の酷薄さがはっきりと示されている。その空しさもまた本話の味わいであろう。

こうして西鶴は、舞曲『満仲』を淵源とする「主君の子を救うために我が子を身替りにする説話」が美談とされ、浄瑠璃において繰り返し表現されていた時代に、そのような主従の義理のありかたを正面から批判するのではなく、むしろ側面から揶揄し、嘲笑するような義理にまつわる作品を書いた。そして、作品を通して義務化した同時代の武士の主従の義理を、もはや義理と呼ぶにはふさわしくないと否定したのである。本章のタイトルを「西鶴の義理批判」としたが、それは中野三敏が指摘する(30)ような近代的な意味での政治批判ではなく、むしろ笑いの要素が強く含まれている。そこには固定化した主従関係に縛られた窮屈な武家社会を笑い飛ばす町人の心意気が、生き生きと示されているのである。


【註】

(1) 以下、本話に関する主要な論考として、源了圓『義理と人情』(中公新書、一九六九)、堀切実「「死なば同じ波枕とや」考――『武家義理物語』の読みへ向けて――」(『近世文芸研究と評論』五十五号、一九九八年、『読み替えられる西鶴』ぺりかん社、二〇〇一年)、風間誠史「西鶴を読むということ――「世間」論の視座からの「死なば同じ波枕とや」――」(『相模国文』三十一号、二〇〇四年)、勝倉壽一「「死なば同じ波枕とや」の解釈」(『福島大学人間発達文化学類論集』10、二〇〇九年)、木越俊介「主命の届かぬ場所――『武家義理物語』『新可笑記』より――」(『国文論叢』五十一号、二〇一六年)などがある。

(2) 早川由美は二〇一三年に開催されたワークショップ「西鶴をどう読むか」に関連した、忘却散人ブログ・二〇一三年九月八日「ワークショップは終わらない?(タイトル変更)」のコメント欄(http://bokyakusanjin.seesaa.net/article/374235969.html#comment)において、「義理のために我が子に死んでくれということの話は、能『仲光』以来、浄瑠璃歌舞伎など演劇でし尽くされたほどでる「身替わり」と相通ずるものがあるのではないかと思っています。文言が一致しているわけではないので、典拠ではないですし、身替わりにしたのとも違うのですが、武士が主君のために我が子を犠牲にする、この話がどれほど観客に求められたものであったのかなど、この解釈には西鶴個人だけではない問題があると思います。」と記している。私は、本論文を執筆する過程で先行研究を検討していて、このコメントに出会い、とても驚いた。早川氏は西鶴研究から進まれたが、私は幸若舞曲『満仲』の近世における享受を考えていて西鶴に行き当たった。逆方向からのアプローチが同じ場所に辿り着いたことが興味深い。

(3) 『武家義理物語』本文の引用は、富士昭雄・広嶋進校注　新日本古典文学全集『井原西鶴集』4(小学館、二〇〇〇年)に拠った。

(4) 重友毅『西鶴の研究』(著作集I、文理書院、一九七四年)。

(5) 吉江久彌『西鶴――人ごころの文学――』和泉書院、一九八八年)。

(6) 堀切実、前掲註1

(7) 前掲註3、三四〇頁註二(広嶋進校注)ほか。

(8) 主従の義理が描かれた話としては、巻二の三「松風ばかりや残るらん脇差」がある。死罪になった遊女の怨霊が悪蛇となって祟るので、主君から二人の武士が退治を命じられる。うち一人が退治し、一人は恐ろしさのあまり気絶した。主君は、元から小心者の気絶した武士のほうに多くの褒賞を与えたという話で、笑い話のような筋である。主従の義理の一種のパロディと読むことも可能だろう。ほかに巻六の二は、主筋の娘を守り通した男の話だが、主君から命じられていたわけではないようだ。この他には、主従の義理を主題化した話はない。

（9）室木弥太郎「舞曲の研究Ⅰ――「満仲」について――」（『金沢大学教養部論集　人文科学編』五、一九六八年二月。のち『語り物（舞・説経・古浄瑠璃）の研究』風間書院、一九七〇年）。

（10）本位田重美「多田院由来記について：附、源賢法眼のことども」（『人文論究』七巻四号、一九五六年）。

（11）『演劇百科大事典』（平凡社、一九六〇年）「満仲」の項（後藤淑）、『日本古典文学大辞典』（岩波書店一九八三～八五）「満仲」の項（吾郷寅之進）など。

（12）早川由美「身替り悲劇の生成――仲光の伝承の変化をめぐって――」（『東海近世』十三号、二〇〇二年）。

（13）ここでの若君の描写の含意は議論の対象となるところであるが（浜田泰彦「報告「ワークショップ西鶴をどう読むか（続）」」（『上方文芸研究』十一、二〇一四年六月、及び木越俊介、前掲註1）、本稿では、村丸による謝罪や反省の言葉が本文中に全く記されていないことを指摘しておきたい。それは読者に近世武家社会における主従関係の酷薄さを印象付けている。

（14）『国史大辞典』「荒木村重」の項、原田伴彦執筆（吉川弘文館、一九九九年）。

（15）神郡周校注『信長記　下』（現代思潮社、一九八一年）による。

（16）前掲註3、三四二頁。

（17）以上、中世末から近世の多田院については『国史大辞典』「多田神社」の項及び『日本歴史地名大系兵庫県』「多田神社」の項を参照した。

（18）早川、前掲註12

（19）『東照宮御実紀』巻三、天正六年条。本文は国史大系に拠った。なお、適宜、句点を読点に改めた。

（20）徳川信康については『国史大辞典』（新行紀一執筆、吉川弘文館、一九九九年）、『日本大百科全書』（林亮勝執筆、小学館、一九九三年）を参照した。

（21）『東照宮御実記』付録巻三。同様の説話は『常山紀談』巻四の三十一にも取られており、人口に膾炙していたと思われる。早川前掲註12に指摘がある。
(22) 以上、『多田満仲』については、横山重による『古浄瑠璃正本集』第四解題（角川書店、一九六五年）に拠った。
(23) 室木、前掲註9
(24) 幸若舞曲『満仲』の本文は、麻原美子・北原保雄校注、新日本古典文学大系『舞の本』（岩波書店、一九九四年）に拠った。
(25) 古浄瑠璃『多田満仲』の本文は、前掲註22に拠った。
(26) 早川、前掲註12
(27) 「一分が立たぬ」の用例としては、西鶴の『武道伝来記』巻四の三「無分別は見越しの木登り」に、主人公の小八郎が敵に仕えていた若党と口論になった際に「嘘つき」と言われて「一分立たず、勘忍ならず」と答えている。武士にとって一分（面目）は命にもかかわる重大事だった。
(28) 前掲註3、注釈。
(29) 堀切実、前掲註1
(30) 中野三敏「西鶴戯作者説再考：江戸の眼と現代の眼の持つ意味」（『文学』十五巻一号、二〇一四年一月）。

第二章　芭蕉の名所革命――『おくのほそ道』と『平家物語』『義経記』

はじめに

元禄二年（一六八九）旧暦三月末、芭蕉が『おくのほそ道』の旅に出たときには、いくつかの基礎的な条件に恵まれていた。その一つは当たり前のことだが、街道および宿駅の整備と治安の安定である。幕藩体制下の参勤交代の義務化もあって、江戸から諸藩に通じる街道はよく整備されていた。芭蕉が江戸から平泉まで歩いた奥州街道は、天正十八年（一五九〇）豊臣秀吉が奥州仕置に際して小田原から会津までの道幅を三間に整備し、河川には架橋するように命じている。その後、徳川政権下では日光道中から分岐する宇都宮から白河までの奥州道中が五街道の一つに指定され、さらにその先は脇街道として実質的には各藩の領主の支配下にあった。(1) たとえば仙台藩領における奥州街道の宿駅は、仙台の築城が開始された慶長五年（一六〇〇）前後からほぼ元和年間（一六一五～二四）にかけて整備が進んだようだ。(2) 藩内各所を結ぶ脇往還はやや遅れて寛永年間（一六二四～四四）にかけて整備が進んだ。このような街道や宿駅の整備を進めたのは周辺各藩も同様であったと考えられる。芭蕉と曾良は街道筋から離れたコースはほとんど歩いていない。(3) また、幕藩体制下の安定的な社会のもとでは治安も維持されていた。芭蕉の旅は決して楽なものではなく、歩きにくい道も多かったようだが、近世初期における街道や宿駅の整備という条件が旅の困難を軽減したことは想像に難くない。

街道や宿駅のような「旅のインフラ」が整備されていたことに比して、意外と忘れられがちなのはこの時代に諸国の名所旧跡が整えられていたことである。寛永十八年（一六四一）、幕府は諸大名及び旗本に系図や家譜などを提出させ『寛永諸家系図伝』の編纂に着手し、同二十年に完成を見た。[4]これは徳川氏が清和源氏の嫡流であることを正当な支配の根拠としたことに起因するが、結果として諸藩の系譜意識を飛躍的に高める効果を招来した。諸藩においてはときに系図が捏造され、自家の家系の「由緒正しさ」を主張していくことになる。このような系譜意識を尊重する態度は社会全体に波及していった。さらに、諸藩は寛文四年（一六六四）から翌年にかけた「寛文印知改め」において、幕府から「正しい地名」の提出を求められ、文献によらない場合には口碑や伝承によるものも認められた。[5]これを契機として領内のさまざまな歴史的遺構や、伝説口碑の類を掘り起こし、その整備・保存が盛んに行われていくことになる。そのとき、歴史の彼方に忘れ去られようとしていた伝承が掘り起こされ、埋もれていた遺跡が発掘され、歌枕の場所が特定され、そして場合によっては遺構や遺物が新しく作られもした。この際に過去の合戦や武将に関する地名や由緒が数多く報告されたのは「はじめに」で指摘したとおりである。

名所旧跡ははるか昔から同じ場所にあって、芭蕉の訪れを待っていたのではない。「名所」の形成という問題は、過去二十年余りの間に、歴史地理学の研究者を中心として研究が進んだ。米家泰作によれば「「過去」を示す景観や場所とは、単に過去が保存され、映し出される場所なのではなく、現在の文脈のなかで「過去」が創出され、その内容が争われる社会的構築物[6]」なのである。歌枕の多くもまた、近世初期に実際に行くことができる場所になる。真島望は「観念上の名所であった歌枕が、社会の政治的安定や経済発展を受けて実体化（名所化）してゆく」と指摘している。[7]

さらに、歌枕以外の名所が加わる。芭蕉の生きた時代は、まさに名所の変革期にあった。名所は古くは「などころ」とも呼ばれ、「歌枕」とほぼ同義であった。しかし、近世になると、歌枕以外の歴史的な場所を含む「名所記」が続々と刊行されていく。中川喜雲『京童』（万治元年・一六五八）、浅井了意『東海道名所記』（万治三年・一六六〇）、同『江戸名所記』（寛文二年・一六六二）などがその初期の代表である。芭蕉が旅をしたのはまさにそのような時代であった。そこでは、さまざまな風景や史跡、遺品等が文学作品を想起させるインデックスの役割を果たすと同時に、文学作品によって空間が再構成され変容することが起きている。「「過去」の物語を体現する景観を希求するあまりに、それを同時代の景観の中に探し求める動き[8]」である。長谷川奨悟は近世期の名所を「その場所や景物への見方を規定する「フレーム」の役割を担った文化的装置」と規定している。[9]そのような名所認識の変容が『おくのほそ道』の表現の基底に存在するのである。

芭蕉の旅が歌枕やいにしえの歌人たちの足跡を訪ねることを主たる目的としていたことは、誰もが認めることだろう。しかし、芭蕉が廻ったのはたんに歌枕にとどまることなく、歴史的遺構や有名な社寺などをも含んでいる。そこに芭蕉の旅の新しさがあった。和歌に詠まれた有名な歌枕の現場、軍記物語を始めとした様々な文学・芸能作品に描かれた現場や、合戦の現場、さまざまな伝承地、有名な社寺などに行ってみたい、自分の眼で確かめてみたいという欲望のありかたは、観光旅行が容易に行える楽しみとなった現代においてはごくありふれた欲望のように思える。このような欲望のありかたは、芭蕉の時代においては必ずしも一般的ではなかったこと、しかし、名所記や名所図会等の盛行により、この先の時代にはそのような旅が流行すること、そして芭蕉はその先駆けの位置にいることを、私たちは確認しておく必要があるのではないか。

文学作品はもとより書物において表現され、享受されるものだった。そこでは、文字に依存した創作活動が行われたことで、表現内容は緩やかに実体験から乖離していく。この傾向は、和歌において題詠が一般化した平安時代中期以降、特に顕著になった。題詠において和歌の表現は想像の中で作られ、想像の中で読まれた。当時の歌人たちが詠んだ歌枕のほとんどは、実際には行ったことのない場所であった。南北朝期の歌人、正徹は以下のように記している。

人が「吉野山はいづれの国ぞ」と尋ね侍らば、「只花にはよしの山、もみぢには立田と読むことゝ思ひ付きて、読み侍る計りにて、伊勢の国やらん、日向の国やら〔ん〕しらず」とこたへ侍るべき也。（『正徹物語[10]』）

正徹によれば、行ったことがなくても「花は吉野山」と知ってさえいれば、和歌を詠むことができる。吉野山がどこにあるか知っている必要はない。歌枕は文芸や絵画の世界で育まれた観念的な場所であり、実景でなくてもよい。和歌におけるこのような傾向は近世まで続くことになる。それに異を唱えたのが芭蕉であった。白石悌三は歌枕について「歌枕とは〈居ながらにして名所を知る〉歌人たちの観念世界の実在なのであって、現実の土地とはすでに関わりがない。」と規定した上で、「歌枕を心象風景として見る様によむのでなく、その実景を「見に行かむ」という風狂が俳諧なのである」と指摘している。[11]

それゆえ、芭蕉は、旅を重視していた。実際に自分の眼で見た風景や、体感した世界を尊重し、そこから得た感懐を元に表現する。そこには前代の詩的表現が空疎な言葉遊びに堕してしまったことに対する強い反発があった。大輪靖宏は「芭蕉の考えとして、風雅に携わるものにとって旅は非常に大切であるということがあった。それは「東海道の一筋も知らぬ人、風雅に覚束なし」(『三冊子』)という言葉が残っていることでも分かる」と指摘し、芭蕉には「旅によって風雅の神髄が分かるはずという考え」があったと述べている。[12] また、上野洋三は芭蕉の晩年の門人、許六の「風狂人が旅の譜幷小序」に「旅は風雅の花、風雅は過客の魂、西行・宗祇の見残しは、皆俳諧の情なり」とあることを指摘している。[13] これは芭蕉の俳諧における旅の重要性の端的な表現であろう。

さらに踏み込んで言うなら、芭蕉にとって旅とは歴史を追体験する行為でもあった。[14] 過去に生きた歌人や武将たちの足跡をたどり、和歌に詠まれ、物語に描かれた場所を自分の眼で確認する。それは身体的な活動を伴うために、苦労や危険もある。そのような行為を通して、書物において記され、想像によって再現されていた虚構の空間は、現実に転化して眼前に拡がり、実際に見たり気配を感じたりできる場所へと変換され、実体験となる。旅を通して、自分自身の身体によって歴史を今に生きなおすことこそが芭蕉の旅の目的の一つだったのである。場所は常に過去の記憶、過去へのまなざしと共にある。芭蕉が訪ねた場所には確かに、名所が見るべき場所として整備されていた。そしてその場を訪ねる行為によって、過去はその都度再生産され、特定の場所に新しい意味が付与される。それは「芭蕉が訪ねた場所」という意味だ。

平安時代の歌人として実際に歌枕を訪ね歩いた希少な存在である西行は、芭蕉にとって敬うべき先達であった。だから芭蕉は西行の足跡を訪ねて歩いた。たとえば、吉野の山中に西行庵跡がある。金峰神社の奥で、現在は庵が復元されている。その近くには西行が歌を詠んだと伝承される苔清水がある。以下の歌は西行伝承歌である。

とくとくと落つる岩間の苔清水　汲みほすほどもなき住居かな[15]

芭蕉は『野ざらし紀行』の旅でこの地を訪ねている。[16]

西上人(さいしやうにん)の草の庵(いほり)の跡は、奥の院より右の方二町計(ばかり)わけ入(いる)ほど、柴人(しばびと)のかよふ道のみわづか〔に〕有(あり)て、さがしき谷をへだてたる、いとたふとし。彼(かの)とく〳〵の清水はむかしにかはらずとみえて、今もとく〳〵と雫落(おち)ける。

露とく〳〵心(こころ)みに浮世すゝがばや

右の芭蕉の句は明らかに西行伝承歌に拠っている。それでは、このとき芭蕉が訪ねた西行庵跡は、本当に西行が止住した地であったのだろうか。それは問うだけ野暮というものだろう。西行の庵は保存されなかったし、正確な場所も記録には残されていない。[17] だから事実は誰にもわからない。伝承だけが残されている。それでいいのではないか。私には、そこにそのような伝承を伝えた人の営みがあったこと、芭蕉がその地を訪ねたことで、伝承の再生産に加わったことのほうが重大な事実のように思えるのである。西行が吉野に住んだという歴史的事実とともに、西行伝承もまた「伝承されてきた」ことが歴史的事実である。そして、そのような伝承をもとに、近世初期には吉野の山中の特定の場所に「西行庵跡地」が比定されていた。そこには、過去を実体化したいという欲望が反映している。伝承地の比定は歴史への関心の高まりが生んだ、一種の社会運動と言ってもよい。

いや、むしろ芭蕉はそのようなことは、すでに自覚していたのではなかったか。場所の虚実は重要な問題ではないのだ。そこに行ったからといって、西行と会って話ができるわけではない。過去を想像するしかないのは、じつは伝承地も書物も同じことなのだ。しかし、書物が文字という限定的な情報しか持たないのに対して、実際の場所ははるかに豊かな情報を持ち、過去への想像をはばたかせてくれる。そのとき伝承地は過去と交感するための場所となるだろう。過去はあらかじめ存在し、そこに向かって近づいていくものではない。想起するという行為が過去を現前させるのである。

伝承地をたどることとは、過去と向き合うことだ。本章では『おくのほそ道』に描かれた『平家物語』や『義経記』に関連する遺構について検討するが、初めに断っておくと、そのほとんどすべては伝承地である。事件が起きたのが実際にその場所だったのか、確たる証拠がないから確認できない。そのことを芭蕉はどう考えていたのか。おそらく、「事実」に対する認識のありかたが芭蕉と我々とでは大きく異なっているのだ。歴史的事実は古文書等の文献によって客観的に実証される性質のものではなく、社会的に事実であると信じられている事柄なのだ。芭蕉において事実は信仰とまじりあい、その地を訪ねることはいわば巡礼のような行為であった。

以下に、『おくのほそ道』に見える主要な『平家物語』『義経記』に関連する遺構を挙げてみたい。

那須神社
医王寺・佐藤庄司旧居跡
伊達の大木戸
塩釜神社
平泉・高館
鳴子の湯・尿前の関
行者堂
倶利伽羅谷
多太神社
燧ヶ城

ここに見える場所について、以下にそれぞれ検討していくが（倶利伽羅谷以降は次章に譲る）、そもそも芭蕉は『平家物語』や『義経記』をどのようなテキストで読んでいたのだろうか。以下の考察においては、芭蕉の生きた元禄時代のそれらについて考えることも合わせて検討していきたい。

那須神社

『おくのほそ道』で最初に登場する『平家物語』関連史跡は、金丸八幡（那須神社。現、栃木県大田原市）である。[18]

日とひ郊外に逍遥して犬追物の跡を一見し、那須の篠原をわけて、玉藻の前の古墳をとふ。それより八幡宮に詣。与市、扇の的を射し時、「別しては我国氏神正八まん」とちかひしも、此神社にて侍と聞ば、感応殊しきりに覚えらる。暮れば桃翠宅に帰る。

ここに記されている八幡宮は、金丸八幡宮、現在の那須神社である。ここは那須与一が扇の的を射た際のゆかりの神社であるという。ところが、流布本『平家物語』巻十一の本文とは記述が一致しないようだ。以下に、芭蕉の時代に流布していたと推測される『平家物語』の寛永三年版本から、該当箇所を引用してみたい。[19]

与一めをふさひで「南無八まん大ぼさつ、別しては我国の神明、日光のごんげん、うつの宮、那須のゆせん大明神、願はくはあの扇のまん中いさせてたはせ給へ（以下略）

『平家物語』では「別しては」のあとに「日光の権現」、「宇都宮」（二荒山神社）、「ゆせん大明神」（那須温泉神社）の三社を挙げる。冒頭の「南無八まん大ぼさつ」は軍神たる八幡神一般を指していると解釈するのが穏当であり、特定の八幡神社を指すものではない。『平家物語』は那須温泉神社を那須与一の氏神と捉えているようだ。『おくのほそ道』の本文とはずれが生じている。

一方、『源平盛衰記』巻四十二「八嶋合戦付玉虫扇を立つ、与一扇を射る事」では、与一が祈った神々を以下のように記している。[20]

「帰命頂礼、八幡大菩薩。日本国中大小の神祇、別しては下野の国日光、宇都宮、氏の御神那須大明神」

ここでは、那須温泉神社に代わって、那須大明神（金丸八幡）が「氏の御神」として名を挙げられているのである。[21] 那須氏の氏神としては、那須神社のほうがふさわしいということだろう。さらに幸若舞曲『那須与一』には、[22]

「南無や那須野の竜神、正八幡大菩薩、波風鎮めてたび給へ」と祈誓を申（まうし）、振り仰（あふ）のひて見てあれば、誠に氏神八幡の御加護にて候ひけるか、波風ちやうど鎮まつて、今はかうと見ゆる。

ここでも、「氏神八幡の御加護」とあることから見て、那須与一が祈った対象は金丸八幡である。芭蕉の時代には、『平家物語』よりも『源平盛衰記』が史書として高く評価されていた。[23] これらの記述から、屋島合戦において那須与一が金丸八幡に祈誓して扇の的を射たという伝承もまた、当時幅広く流布していたと考えられる。

一方、曾良の随行日記を見ると、芭蕉たちはこのあと那須湯本の那須温泉神社にも参詣していることとがわかる。こちらのほうが『平家物語』の本文に見える神社である。そこでは芭蕉はしかも、那須与一の遺品の数々を実見しているのである。以下に『曾良旅日記』元禄二年四月十九日条から抜粋する[24]。

午の上尅、温泉へ参詣。神主越中出合、宝物ヲ拝。与一扇ノ的躬(射)残ノカブラ壱本・征矢十本・蟇目ノカブラ壱本・檜扇子壱本、金ノ絵也。正一位ノ宣旨・縁起等拝ム。

随行日記では、この直後に芭蕉は殺生石を見に行き、さらに温泉大明神に八幡宮が勧請されていることから、以下の句を詠んでいる。

湯をむすぶ誓も同じ石清水

『おくのほそ道』において那須温泉神社については何も記さず、そこで詠んだ発句も切り捨てる一方で、那須神社について「感応殊しきりに覚えらる」と記した芭蕉の真意は測りがたいが、当時の常識として『源平盛衰記』のほうが信頼性が高いという判断に拠るのであろう。いずれにしても、当時、この二つの神社が那須与一の氏神をめぐって競合する関係にあったことは容易に推測できる。いずれもが那須与一の氏神を譲らなかった。そして、芭蕉は同一の伝承を持つ二か所の神社を共に『おくのほそ道』に取り上げることができなかった。

このように那須与一の氏神をめぐっては神社間の由緒をめぐる争いがあり、芭蕉はまさにその中を旅しているということになる。であるからこそ、那須温泉神社は、那須与一の遺品のような証拠物件によって歴史を可視化しなければならなかった。また、祭神が軍神たる八幡神ではないというハンデキャップから、新たに八幡神を勧請して境内に祀ってもいる。過去そのものは体験できないから、由緒を誇ろうとする人たちの間では古文書や遺跡や遺品によって可視化しようという力が働く。そして重要なのは、芭蕉がまさにそのようなさまざまな伝承が錯綜する空間を旅しているということなのである。

芭蕉が那須神社を選択し、那須温泉神社を記述から除外した理由を推測すると、そこには本文構成の問題も関わっていたのではなかったかと気づく。曾良の日記によれば、芭蕉は那須温泉神社を参拝した直後に殺生石を見ている。一方『おくのほそ道』では、前後の構成は以下のようになっている。

〔黒羽〕桃翠の案内で、犬追物の跡・玉藻の前の古墳・八幡宮（那須神社）を訪ねる
〔雲巖寺〕仏頂和尚山居跡
〔殺生石・遊行柳〕
〔白河の関〕

殺生石はじつは那須温泉神社のすぐ裏手にあるのだが、芭蕉は殺生石のところであえて温泉神社については触れない。「殺生石は温泉（いでゆ）の出（いづ）る山陰にあり」と記すのみである。そして、殺生石に続いて西行の古跡である遊行柳が記されている。那須与一については黒羽に置き、殺生石と遊行柳という謡曲の故地を続けるほうが、本文の配置のバランスがいい。一か所に多くの名所を集めてしまうと印象が散漫になるという叙述上の事情もあったのであろう。

さて、先に引用した『おくのほそ道』の本文には、黒羽で芭蕉が「玉藻の前の古墳」も訪ねたと記している。玉藻の前は妖狐伝説で、お伽草子『玉藻前草子』や能『殺生石』に説話が見える。この古墳は、現在の「篠原玉藻稲荷神社[25]」を指すようだ。さらに那須湯本で殺生石と遊行柳を訪ねている。いずれも能に取り上げられた伝承にかかわる史跡（謡蹟）である。

殺生石は、作者未詳の能で、玄翁という修行者が奥州から都に上る途次、那須野の原に着くと飛ぶ鳥を落とす石がある。里の女が現れ、殺生石という鳥類や畜類の命を奪う石なので近寄らないようにと告げる。玄翁が石の由来を尋ねると女は、昔鳥羽院に仕えた玉藻の前という女官の執心が石となったものだという。玉藻の前は帝を害そうとして陰陽師、安倍泰成に見破られ、都を去って那須野に逃れた。玄翁が石の前で祈ると、石が割れて野干が現れ、三浦之介、上総之介によって射殺されたが、執心が残って人を害したと語り、この後は悪事を働かないと誓う。

一方、遊行柳は、遊行上人が上総から陸奥に向かう旅の途次、白河の関を越えると、老人が現れ柳のもとに案内する。上人が柳の由来を尋ねると、老人は昔、西行が歌に詠んだ名木だと語る。その夜、上人がこの木の前で念仏を唱えていると夢に柳の精が現れ、成仏を喜ぶ様子を見て夢から覚めると朽木が残るだけであった。

これらはいずれも、当地の伝承をもとに作られた能で、能が流行したことで、その場所が特定されて名所化したものと考えられる。

板坂燿子は中世以前の紀行文との比較から『おくのほそ道』の名所について、「名所の題材として歌枕と軍記ものが混在する」と指摘し、「軍記物や雑史類の古戦場は中世以前の紀行文にはありえなかった、近世紀行独自の新名所として、歌枕の俗化や消滅が語られる一方で、先述した国家意識や歴史への興味などともあいまって、増加してゆく傾向にある。『おくのほそ道』には、それがそのままあらわれている」と指摘しているが[26]、歌枕以外の名所は謡曲の故地なども含み、軍記物語にかかわる場所だけではない。やや時代が下るが、元禄十四年（一七〇一）刊の名所記『摂陽群談』は、さまざまな名所を「歌名所」と「俗名所」に大別していることが指摘されている[27]。「歌名所」は歌枕を、「俗名所」は歌枕以外のさまざまな名所を指し、そこに何が含まれるかは場合によって異なるが、「俗名所」という名付け方からは歌枕が「雅」なものという価値判断が窺える。しかし、『おくのほそ道』は、このような雅俗を峻別しない。歌枕以外に軍記物語に関連する史跡や能に関連する史跡、有名な寺社など、雅俗の多様な名所が混在しているといったほうがより正確であろう。これらが見かけ上は対等に横に並んでいるところに『おくのほそ道』の叙述の特徴がある。

これらの名所は、それぞれ異質な由来を持つ。歌枕は古代以来、歌人たちが歌に詠んできた文学上の名所である。軍記物語に関連する場所は、実際に起きた合戦において武将たちが戦ったり、あるいは祈願したりした歴史的な事件に基づいた名所である。能にかかわる場所は、民間の伝承が劇化され、その作品の流行によって生み出された伝承地としての名所である。有名な寺社は、それぞれに創建以来の信仰史を持っている。これら出自の異なる多様な名所が混在するのが近世的な「名所旧跡」の空間であり、それらは近世期を通じて、名所記や名所図会を通して全国各地に拡がることになる。そしてそのような空間のありようは、今日の観光旅行にまで引き継がれる空間認識であり、芭蕉の旅はまさにその先駆けだったと言ってもよいだろう。

ただし、芭蕉にとってこれらの「名所」が単に混在していたわけではないことには、注意が必要である。歌枕は過去の歌人たちが歌に詠んだ場所であり、それは和歌を参照することによって俳諧の創作活動に直接かかわる。一方、軍記物語の関連地は歴史に対する興味の対象であって、実際にそこに生きた人を想起するための場所である。また、謡曲の素材となった謡蹟は、その場において伝えられた説話に惹きつけられている。

また、これらの名所のうち、歌枕や謡蹟、有名な寺社は、いずれも独立・完結した名所であって、その場所だけが付随する和歌や由緒や物語と結びついているのに対し、軍記物語に関連する場所は、合戦の経過や人物の移動に伴って、数か所が線によって結ばれる性質を持つという違いがある。そこで次に、飯塚の佐藤庄司旧跡を見てみたい。先の那須与一伝承を持つ那須神社と佐藤庄司の旧居とは、ともに屋島合戦にかかわる場所として、想像上の結びつきがあることにも注意が必要だろう。

佐藤庄司旧跡

『おくのほそ道』に描写されたさまざまな名所の中には、白河の関や松島など、芭蕉が旅の当初からそこに行くことを強く望んでいた場所と、立石寺のように地元の人に存在を教えられて訪れた場所がある。佐藤庄司旧居はまぎれもなく前者であり、芭蕉が苦心して探し求めた様子が本文に表現されている。

月の輪のわたしを越(こえ)て、瀬(せ)の上(うへ)と云宿(いふしゆく)に出づ。佐藤庄司が旧跡は、左の山際一里半斗(ばかり)に有(あり)。飯塚の里鯖野と聞て、尋〳〵行に、丸山と云に尋あたる。是、庄司が旧館也。梺に大手の跡など、人の教ゆるにまかせて、泪を落し、又かたはらの古寺に一家の石碑を残す。中にも、二人の嫁がしるし、先哀也。女なれどもかひ〴〵しき名の世に聞えつる物かなと、袂をぬらしぬ。堕涙の石碑も遠きにあらず。寺に入て茶を乞へば、爰に義経の太刀、弁慶が笈をとゞめて什物とす。

笈も太刀も五月にかざれ帋幟

五月朔日の事なり。

ここに描かれている佐藤庄司旧跡は、義経の家臣、佐藤嗣信・忠信兄弟の出身地である。「かたはらの古寺」は医王寺（現、福島市瀬上町）である。嗣信は屋島合戦において義経の身替りとなって平教経に射殺され、弟の忠信は義経が吉野を脱出した際に殿軍となり、のちに都で頼朝方に攻められて自害したと伝えられる。二人は義経の家臣として弁慶と並んで有名で人気のあった武将たちであり、『平家物語』『義経記』をはじめとして幸若舞曲や古浄瑠璃によって人口に膾炙した。右には「尋〳〵行に」と芭蕉がこの地を訪ねることを旅の目的の一つとしていたことが明示されている。『おくのほそ道』の旅は歌枕だけでなく、武将たちの故地を尋ねることをも当初から目的としていたのである。ここでも気になるのは、曾良の日記との異同である。以下に該当箇所を引く。

瀬ノ上ヨリ佐場野へ行。佐藤庄司ノ寺有。寺ノ門へ不レ入。西ノ方へ行。堂有。堂ノ後ノ方ニ庄司夫婦ノ石塔有。堂ノ北ノワキニ兄弟ノ石塔有。ソノワキニ兄弟ノハタザホヲサシタレバはた出シト云竹有。毎年、弐本ヅヽ同ジ様ニ生ズ。寺ニハ判官殿笈・弁慶書シ経ナド有由。系図モ有由。

曾良の日記は、さまざまな点で『おくのほそ道』とは異なる。主要な違いを以下に列挙しておきたい。

① 『おくのほそ道』では「寺に入て茶を乞」とあるが、寺には入っていないようだ。
② 曾良の日記には、「寺ニハ判官殿笈・弁慶書シ経ナド有由」とあり、「義経の太刀、弁慶が笈」とする『おくのほそ道』とは食い違う。
③ 「二人の嫁がしるし」とあって、芭蕉は佐藤兄弟の嫁たちの墓を見たとするが、実在しない。曾良は佐藤庄司夫妻の墓や、佐藤兄弟の墓には触れるが、兄弟の嫁たちの墓には触れていない。
④ 「五月朔日の事にや」とあるが、日記によれば五月二日の事である。

これらの差異については、これまでもたびたび論及されてきた。とくに「二人の嫁がしるし」については、『曾良旅日記』に仙台藩領白石の「次信・忠信ガ妻ノ御影堂」を記していることとかかわりがあるだろう。多くの論者が指摘するように、二か所の記事がひとつにまとめられているとみてよい[28]。

義経主従が佐藤兄弟の母である尼公を訪ねた説話は、早くは能『接待』に描かれているが、そこでは兄弟の嫁は登場しない。兄弟の嫁たちは古活字本『義経記』巻八冒頭に、秀衡のもとに下った義経が、兄弟の供養をする場面で平泉に呼ばれて登場する。また、幸若舞曲『八島』や、それをもとにした古浄瑠璃『八島』において、二人の嫁が夫の甲冑を着て、臨終の佐藤庄司を慰めたという描写がある。以下に幸若舞曲から引用する[29]。

あらいたはしや庄司殿、今を限りと見え給ふ。自ら悲しさに、二領の物の具取り出し、二人の嫁に着せ申、中門に立たせ、「次信参りて候ぞ」「忠信参りて候ぞ。なふ父御前（ちちごぜ）」と申時、今を限りの庄司殿、かつぱと起きさせ給ひて、二人の嫁の姿をつく〴〵と御覧じて、「その古（いにしへ）の面影の有とのみばかりにて、今の心は慰みぬ。

この話は特に東北地方において好まれ、奥浄瑠璃にも『尼公物語』が語られている。白河に甲冑堂があるのは、奥浄瑠璃が流行したことによるのであろう。芭蕉が『おくのほそ道』で旅をしたのは、義経伝承に満ちあふれた強烈な「判官びいき」の風土であった。芭蕉はその奥浄瑠璃を塩釜で聴いている。

其夜目盲（めくら）法師の琵琶をならして奥浄（おくじやう）るりと云（いふ）ものをかたる。平家にもあらず、舞にもあらず、ひなびたる調子うち上（あげ）て、枕ちかうかしましけれど、さすがに辺土の遺風忘れざるものから、殊勝に覚（おぼえ）らる。

ここで語られた奥浄瑠璃がどのような曲であったかは定かではない。ただ、芭蕉が白河の関を境として、濃密な義経伝承を持つ空間に足を踏み入れたことは確かである。『曾良旅日記』をもとに、平泉に至るまでに一行が訪れた義経関連地を列記してみると、

白河の関・庄司戻し
飯塚・佐藤庄司旧居
桑折・伊達の大木戸（藤原泰衡が源頼朝軍を迎え撃つために築いた柵の跡で、幸若舞曲『和泉が城』に見えることを楠本六男が指摘している[30]）
白石・甲冑堂（先に触れた佐藤兄弟の妻たちの人形を飾る）
塩釜・奥浄瑠璃を聞く
塩釜明神・和泉三郎の寄進した法灯（和泉三郎は、藤原秀衡の遺児三兄弟の三男で、ただ一人で、兄二人が義経に軍勢を差し向けたときに一人義経を守る側についた。芭蕉は、「五百年来の俤、今目の前にうかびて、そぞろに珎し。渠は勇義忠孝の士也。佳命今に至りて、したはずと云事なし」と記している）

このような経過を通して、芭蕉は『義経記』や幸若舞曲、古浄瑠璃などによって知識として知っていた場所や人物にかかわる遺跡、遺物や、それらを伝える人々の営みに、次々に触れていくことになる。ここでは芭蕉は「「義経伝説の地をぬいながら北上[31]」している。松原秀江は、白河の関を越えた簱宿における曾良の日記に割注の形で以下の記述があること、この地がさまざまな義経伝承を持つことを指摘している[32]。

簱ノ宿ノハヅレニ庄司モドシト云テ、畑ノ中桜木有。判官ヲ送リテ、是ヨリモドリシ酒盛ノ跡也。土中古土器有。奇妙ニ拝。

この「庄司モドシ」とは、佐藤庄司が子息の嗣信・忠信を平家追討に挙兵した源義経のもとに送った時にこの地で別れたことに由来し[33]、佐藤庄司基治が、

　君に忠なれば生えよ、不忠なれば枯れよ

と地面に桜の枝をさしたと伝える旧跡で、「庄司戻しの桜」ともいわれ、籏宿の北のはずれにある[34]。籏宿の名もまた、古くは関村であったのが義経の籏揃えによって籏宿と改められたと伝える[35]。さらに白河の境明神から北へ三キロ程の林には金売吉次三兄弟の墓もある。金売吉次は、『義経記』において若き義経を奥州まで送り届けた人物であるが、いつの頃からか吉次・吉内・吉六という三兄弟だったという伝承となり、さらにその三人が群盗によって殺害されたので、義経がその墓を建て、その霊を近くの八幡宮に祀ったと伝えられる[36]。これらの記述をもとに、松原は「白河の関一帯は、いわば義経の一生を凝縮した形で語っていると、云ってよいだろうか」と述べている[37]。

それにしても、この義経にかかわる伝承地の豊饒さと多彩さには圧倒される。しかもそれらの伝承地の多くは、史実から離れた文学や芸能の世界において形成された義経像を元にしているのである。ここでは、文学作品の現実化への欲望によって場所が比定され、そこに「遺跡」が構築され、それが地名の由来にまで及んだと想定される。芭蕉が足を踏み入れたのはまさにこのような濃密な伝承空間であった。実際に起きた事件が文学や芸能において作品化され、さらにそれが現実に跳ね返って空間が構成される。その濃密な運動が芭蕉を魅了していくのである。そして、このような経験の蓄積が平泉へと結びついている。

たとえば、『おくのほそ道』において和泉三郎は『義経記』巻八や幸若舞曲『和泉が城』などによって、義経を裏切らなかった人物として、「勇義忠孝の士」という評価が与えられ、それが塩竈神社の法灯の銘によって呼び起こされている。文学が現実に照らし返され、現実が解釈され評価される。この円環運動の中に芭蕉が入り込み、そこで新たな『おくのほそ道』というテクストを創作したことによって、さらなる円環運動が起きるであろう。(38)

平泉から尿前の関へ

さて、平泉である。ここが、義経追慕の旅の頂点となることは、誰にも異論がないだろう。まずは以下に本文を見てみたい。

三代の栄耀一睡の中にして、大門の跡は一里こなたに有。秀衡が跡は田野に成て、金鶏山のみ形を残す。先、高館にのぼれば、北上川南部より流るゝ大河也。衣川は和泉が城をめぐりて高館の下にて大河に落入。泰衡等が旧跡は、衣が関を隔て、南部口をさし堅め、夷をふせぐとみえたり。偖も義臣すぐつて此城にこもり、功名一時の叢となる。国破れて山河あり、城春にして草青みたりと、笠打敷て、時のうつるまで泪を落し侍りぬ。

夏草や兵どもが夢の跡

卯の花に兼房みゆる白毛かな　曾良

芭蕉はこの段を「三代の栄耀一睡のうちにして」と、邯鄲一炊の夢の故事によって筆を起こす。奥州藤原氏三代の栄華は、一炊の夢のようだというのであるが、これはこの段末尾の発句に「夏草や兵どもが夢の跡」と詠じていることと鮮やかに呼応している。であるから、この発句の「兵ども」は義経主従だけを指すのではない。仮に義経に同情するならば、それを攻めた藤原泰衡は敵であり、憎むべき存在である。しかし、芭蕉は泰衡を含む奥州藤原氏をも哀惜している。そして一段の中に、藤原氏への哀惜と義経への追慕を混在させているのである。義経を滅ぼした泰衡たちもまた、その後、頼朝の軍勢によって滅ぼされてしまう。ここではもはや敵味方関係なく、奥州藤原氏も、そしておそらくは義経によって滅ぼされた平家一門をも含む当時の武将たちが回想されている。平家の栄華も、滅亡も、義経の栄光と挫折も、そして奥州藤原氏の繁栄と衰亡も、全てがみな遠い過去の夢なのだ。ここでは、当時の武士たちの繰り広げた合戦が結局は、今では草むらとなってしまっていることを「夢」と捉える感性に着目するべきであろう。「兵ども」は源平合戦期を生きた武士一般なのだ。そして芭蕉自身がそのような夢の中にいて、その虚しさを体感しているのである。

芭蕉の義経を巡る旅は、このあと中尊寺金色堂を拝して終わるのではない。確かに平泉は一つの大きな区切りになっている。平泉は終着点であると同時に、新たな旅の始発点でもあった。そのことをはっきりと示しているのが、次の尿前の関の記述である。

　南部道遥(みちはるか)にみやりて、岩手(いわで)の里に泊る。小黒崎・みづの小島を過(すぎ)て、なるごの湯より尿前(しとまへ)の関にかゝりて出羽の国に越(こえ)んとす。此路(このみち)、旅人稀なる所なれば、関守にあやしめられて、漸(やうやう)として関をこす。大山をのぼつて、日既暮ければ、封人の家を見かけて、舎を求む。三日、風雨あれて、よしなき山中に逗留す。

蚤虱馬の尿する枕もと

ここでは『おくのほそ道』は、なぜこの道を選んだかを記さない。岩手（出）からは二つの道がある。南側の軽井沢越え最上街道と北側の中山越え出羽街道である。芭蕉は当初、最上街道を進む予定であった。『曾良旅日記』はいったん、最上街道の行程を記しながら「道遠ク、難所有之由故、道ヲかヘテ」出羽街道を進むことにしたという。また、『おくのほそ道』では「なるごの湯より尿前の関にかゝりて」とあるが、これも曾良によれば「シトマヘ、取付左ノ方、川向ニ鳴子ノ湯有」とあって、実際には鳴子温泉には立ち寄らず、川向うに望見したのみであった。一方、『おくのほそ道』では、当初予定していた道を変えたことを記さない。なぜ芭蕉はこのように書いたのであろうか。

ここで問題となるのは、「鳴子」「尿前」の地名の由来である。『奥細道菅菰抄』は以下のように記している。(39)

なるごの湯は、啼子の湯の誤なり。義経の北の方、京の君の、亀破坂にて御産ありし若君を、弁慶が笈にかくし入て、此所までもり来り、此湯を産湯として洗ひ申ける時に、若君はじめてうぶ声を上給ふ。故に此湯を、なき子の湯と名づく、と土民の説あり。湯は、温泉なり。尿前は、今尿戸前と書。義経の若君の、始て尿をし給へる処なるべし。小児の尿を奥羽にては、シトといふ。他国にてシヽと云に同じ。奥州平泉より、羽州新庄の舟形といふ所へ出る山道を、しと前越と云。義経奥州へ下向の時、秀衡此処まで出迎たると云伝ふ。

右に明らかなように、鳴子と尿前はともに義経の北国落ちの途次に、義経の北の方が山中で出産した男子（『義経記』では亀鶴御前）にかかわる地名である。芭蕉がその由来に気付いていなかったとは考えにくい。『おくのほそ道』を読む限り、芭蕉は選んでその道を進み、鳴子と尿前を経て出羽に入ったということになる。さらにここでは、その道が稀にしか人の通らない道だったために、関守に怪しまれたとも記している。この先、出羽の国、最上の庄まではさらに険阻で困難な道であったと記す。多少の文芸的な誇張も含まれていようが、ここで強調されているのは芭蕉がいかに苦労してその道を進んだかという体験である。

これは、かつて義経の進んだ道なのだ。芭蕉はこのとき、およそ五百年の時を隔てて義経と向き合っている。乳飲み子を抱えて旅する義経がいかに苦難の旅であったか。それを自分も追体験した。そのことを書き留めているのである。義経を巡る旅は、平泉で終わったわけではない。そのあと日本海側に出て、北陸路を行く行程は、『義経記』巻七において義経が辿った北国落ちの道筋とほとんど重なっている。これは偶然ではない。恐らく江戸を立つ時から、芭蕉には義経の北国落ちの行程を辿りなおしてみたいという意識があった。だからこそ、鳴子と尿前が強調されているのである。

それではなぜ芭蕉は、ここで鳴子や尿前の地名の由来を記さないのであろうか。そこが義経と関わる地であることは、知悉していたはずである。尿前は珍しい地名であり、芭蕉はこの地名を明確に意識している。宮脇真彦は以下のように論じている。[40]

「蚤虱馬の尿する枕もと」は、その「逗留」した家での感慨を句にしたもの。一句は、蚤や虱、その上馬の小便を枕元間近に聞くことだ、の意。「蚤」「虱」「馬の尿」と粗末な宿でのつらい旅寝をことさらにかき立てるような句作りは、「馬の尿する枕もと」に地名「尿前」を利かせて、まさに「尿前」の名のとおりの旅寝だったと、風雨に閉じ込められた三日間をまとめての感慨を伝えてくる。

宮脇は、芭蕉は「地名から呼び起されるイメージを現実の旅寝に重ねて」いたとも指摘している。とするなら「馬の尿」は、地名「尿前」を媒介として、亀鶴御前の尿のイメージとも重なり合うはずだ。

平泉と尿前の間には、深い断絶がある。芭蕉にとって平泉を訪ね得たことは一つの達成であった。その感懐は深く内面化されたといってよい。平泉を境として、『おくのほそ道』の内容に大きな変化があることはこれまでもたびたび指摘されてきた。たとえば、大輪靖宏は、前半と後半で発句の数が大きく異なること、後半に優れた句が多いことを指摘し、芭蕉が旅の前半において「句が作れないことを強調し、そのように印象付けたい」という意図があったと指摘している。[41] また、後半部においては歌枕や名所へのこだわりが薄れていることも知られている。[42]

それほどやはり、高館での体験は芭蕉にとって強烈だったのだろう。芭蕉は旅の始めから、西行や義経のような五百年前に生きた人々の足跡を辿りたいという願望を持っていた。確かに、平泉への旅はとても感慨深いものであった。しかし、そこで目にしたものは、かつての戦場が田野となった風景であり、それは、人の営みは夢のようにはかないという感懐に結びつく。現実の風景の中に過去の面影を追い求めることのむなしさを芭蕉は痛感している。この時点で芭蕉は名所を追うことを断念したのである。

では旅に意味はないのか。そんなことはない。先人への想いは深く内面化され、歩くという行為を通して古人の精神を追体験することへと、むしろ深化したのである。

義経に関する史跡がこの後に存在しないわけではない。しかし、たとえば最上川畔の「仙人堂」は義経の家臣、常陸坊海尊にまつわる伝承を持つが、芭蕉は仙人堂の名のみ記して、由来を記していない。義経に対する興味を失ったのではない。旅そのものが、義経との対話なのだ。

他の名所についても同じことだろう。徒に名所を追い求める旅を離れ、旅そのものの中に風雅の道を見出すこと。それは芭蕉が『おくのほそ道』において到達した境地であったと私は考える。

おわりに

以上に見てきたように、芭蕉の歩いた道はさまざまな種類の「名所」に満ちていた。芭蕉が旅をしたのは、歌枕のみならず軍記物語や能に関連する遺跡や遺物が重層的に重なり合い、次から次に立ち現れる空間であった。それは、近世において再編成された「名所」である。古代以来の歌枕が可視化され、さらに軍記物語や能を媒介とした名所が新たに加わっているのだ。本書の「はじめに」でも記したように、それは軍記物語を基軸とした空間認識が現出する近世社会の反映である。そのような歴史的空間は過去に対する興味や、歴史や伝承を可視化したいという欲望によって、近世初期に整備されている。そこを歩いたことによって芭蕉は古の人々の営みや歴史への思いを深め、それを文学表現に結実させていく。そこに『おくのほそ道』の紀行文としての新しさがあった。『おくのほそ道』は近世初期における名所認識の変容を反映している。それは紀行文における「名所の革命」と言ってよい。(43)

しかし、平泉を境として、過去よりも現在に、今、目の前にある実景に対する興味へと、芭蕉の興味のありかたが移り変わっていくような印象がある。それは、歴史から離れたということではない。繰り返すが過去は深く内面化される。そもそも、道を歩くということ自体が、過去の追体験なのだ。なぜなら、道は歴史的に形成されたものであり、先人たちも歩いたのだから。

書物を通して歴史を知ることから、場所を通して歴史を体感することへ。歴史との向き合い方が大きく転換した近世初期という時代の象徴的な表現として、私たちの前に『おくのほそ道』は残されているのである。

【註】

(1) 波田野富信「奥州街道と宿駅の成立」(小林清治編『福島の研究　第3巻近世篇』成分堂出版、一九八六年)。

(2) 難波信雄「陸前北部の陸の道・川の道・海の道」(『街道の日本史7　平泉と奥州道中』吉川弘文館、

二〇〇三年)。
(3) 金沢規雄「芭蕉の時代の旅はどんなものだったのか　政治史から」(『国文学 解釈と教材の研究』三十四巻六号、一九八九年五月)。
(4) 『寛永諸家系図伝』については、『国史大辞典』(山本武夫執筆)を参照した。
(5) 志立正知「近世地誌にみる〈いくさ〉の記憶」(『文学』二〇一五年三月)。
(6) 米家泰作「歴史と場所――過去認識の歴史地理学――」(『史林』八十八巻一号、二〇〇五年一月)。
(7) 真島望『近世の地誌と文芸――書誌、原拠、作者――』(汲古書院、二〇二一年)。なお、諸藩の藩主が藩内の歌枕の特定と新たな創造に熱心であったことは、錦仁『なぜ和歌を詠むのか』(笠間書院、二〇一一年)が秋田藩を例として詳しく論じている。錦は、秋田藩主は領内に「和歌に詠める美しい風景や場所をたくさん設けようとした」が、それは「わが領地は和歌の美的体系の中に価値ある位置を獲得することになる」からだと指摘している(同書、二三〇頁)。
(8) 米家泰作、前掲註6
(9) 長谷川奨悟「『京童』にみる中川喜雲の名所観」(『佛教大学宗教文化ミュージアム研究紀要』十六号、二〇二〇年)。
(10) 久松潜一・西尾實校注『歌論集　能楽論集』(日本古典文学大系65、岩波書店、一九六一年)。
(11) 白石悌三「もう一つの「細道」」(『文学』四十三巻十二号、一九七五年十二月。のち、『芭蕉』花神社、一九八八年)。
(12) 大輪靖宏「『おくのほそ道』における芭蕉の意図」(『上智大学国文学科紀要』二〇〇〇年三月)。
(13) 上野洋三『芭蕉、旅へ』(岩波新書、一九八九年)。
(14) 白石悌三は、芭蕉が「歌枕に執着した今一つの契機」として、「そこが個人の詩魂をやどす聖地であり、いわば現世における古人との邂逅の地であったからである」と指摘している(前掲註11)。
(15) 諸注に明らかなように、この歌は『山家集』等の歌集には見えず、西行作が疑われる伝承歌である。『和州吉野旧事記』(天正年間・一五七三〜九二)や謡春庵周可『吉野山独案内』(寛文十一年・一六七一）に見えることが、西澤美仁によって報告されている（「吉野山「西行庵」の成立」『日本文学』六十七巻七号、二〇一八年七月）。

（16）『野ざらし紀行』の本文は、井本農一・久富哲夫・村松友次・堀切実校注・訳、新編日本古典文学全集『松尾芭蕉集2』（小学館、一九九七年）に拠った。

（17）西行庵跡の場所の変遷については、前掲西澤論文（註15）が詳しい。

（18）以下、『おくのほそ道』の本文は前掲註16に拠った。

（19）以下の『平家物語』本文は、国文学研究資料館蔵寛永三年版本（請求記号タ4－72－1～6）に拠り、私に翻刻した。

（20）以下『源平盛衰記』の引用は、国文学研究資料館蔵延宝八年版本（請求記号タ4－53－42）により、私に翻刻し、仮名に漢字をあてた。

（21）『源平盛衰記』が那須神社を那須与一の氏神として強調していることは、尾形仂『おくのほそ道評釈』（角川書店、二〇〇一年、八十九～九十ページ）に指摘がある。

（22）幸若舞曲『那須与一』の本文は、麻原美子・北原保雄校注、新日本古典文学大系『舞の本』（岩波書店、一九九四年）に拠った。

（23）榊原千鶴『平家物語　創造と享受』（三弥井書店、一九九八年）。

（24）以下、『曾良旅日記』の本文は、萩原恭男校注『おくのほそ道』（岩波文庫、一九七九年）に拠った。

（25）栃木県大田原市。

（26）板坂燿子「近世紀行文のなかで」（『国文学　解釈と教材の研究』三十四巻六号、一九八九年五月）。

（27）上杉和央「17世紀の名所案内記に見える大阪の名所観」（『地理学評論』七十七巻九号、二〇〇四年）。

（28）前掲尾形仂（註21）ほか。

（29）以下、幸若舞曲『八島』の本文は、前掲註22に拠った。

（30）楠本六男・宮脇真彦「全行程を踏破する　おくのほそ道」（『国文学　解釈と教材の研究』五十二巻四号、二〇〇七年四月）。

(31)　白石悌三・田中善信『永遠の旅人　松尾芭蕉』(新典社、一九九一年)。
(32)　松原秀江「芭蕉の中の平家物語――滅びゆくもの・移りゆくもの・かすかなるものへの眼なざし――」(『姫路工業大学環境人間学部研究報告』六号、二〇〇四年)。
(33)　日本歴史地名大系7『福島県の地名』(平凡社、一九九三年)。
(34)　萩原恭男・杉田美登『おくのほそ道の旅』(岩波ジュニア新書、二〇〇二年)。
(35)　前掲註31
(36)　『週刊　おくのほそ道を歩く12　奥州街道・白河の関』(角川書店)。
(37)　前掲註32
(38)　このような、現実と虚構が入り交じった循環運動のありかたは、堀切実が言うような「自然と人生の営みをその不易流行の相においてとらえている」(『おくのほそ道　永遠の文学空間』日本放送出版協会、一九九七年、二一三ページ)ような循環運動とは異なる。創作と現実が呼応しているのである。
(39)　『奥細道菅菰抄』の本文は、前掲註24に拠った。
(40)　宮脇真彦「関越え考――『おくのほそ道』細注――」(『立正大学人文科学研究所年報　別冊』十六号、二〇〇六年)。
(41)　前掲註12
(42)　たとえば井本農一は『おくのほそ道』を江戸から象潟までの「正編」と、それ以降の「続編」に分け、「正編と同じように歌枕・名所旧跡・神社仏閣めぐりを書き綴ったり、旅の苦労を書いて見せたり、名勝地に筆を費やしては、正編と同じ趣向の蒸し返しになる」と指摘している(『芭蕉とその方法』角川選書、一九九三年)。
(43)　『おくのほそ道』に先行し、さまざまな「名所」を記す紀行文として、林道春(羅山)の『丙辰紀行』(寛永十五年刊)『癸未紀行』(正保二年刊)などがあることが知られている。しかし、これらは漢文で記されたこともあり、『おくのほそ道』のような社会的影響力は持たなかったと思われる。

第三章　松尾芭蕉と木曾義仲――『おくのほそ道』と『平家物語』

はじめに

松尾芭蕉の墓は、滋賀県大津市の義仲寺にある。芭蕉は、元禄七年（一六九四）十月十二日に大坂で病没し、その遺骸は遺言によって義仲寺に運ばれ、荼毘に付されて埋葬された。なぜ、芭蕉はこの地を自らの墓所として選んだのであろうか。理由はおそらく二つある。一つは、芭蕉が近江の風土をことさら愛したためである。今では湖岸が埋め立てられているけれど、義仲寺は当時は琵琶湖畔の風光のよい場所にあった。いま一つは、芭蕉が木曾義仲を愛し、その墓所の近くに眠りたいと願ったことである。

義仲寺は義仲が敗死した粟津にある。義仲の愛妾、巴が墓を守り、夫の菩提を弔ったとされる寺で、義仲の墓と伝えられる木曾塚がある。[1]芭蕉の墓は遺言によってその脇に建てられている。

義仲の最期は『平家物語』の中でも有名な場面である。治承四年（一一八〇）義仲は以仁王の令旨に呼応して信濃で挙兵し、寿永二年（一一八三）越前の倶利伽羅谷の合戦で平家の大軍を破ると、破竹の勢いで京から平家一門を追い落とした。しかしその後、後白河法皇との確執から源範頼・義経軍に攻められ、寿永三年正月に近江の粟津の原で討死している。今井四郎兼平と主従二騎になった義仲は、兼平から自害を勧められる。自害をするために松原を目指して深田に馬を入れてしまい、石田次郎為久に内甲を射られて死ぬ。この『平家物語』巻第九「木曾最期」は感動的であるが、その後どのように葬られたかについては何も記さない。また、義仲の愛妾巴については、『源平盛衰記』巻三十五「巴関東下向」において、鎌倉に召喚されて斬首されそうになった巴が和田義盛に助けられてその妻となり、朝比奈三郎吉秀を生んだと伝える。朝比奈三郎は大力で知られた人物であり、女性であるにもかかわらず武勇に優れたという巴の性格がこのような伝承を生んだのであろう。

さて、義仲が討たれた粟津の松原において巴が菩提を弔ったことに関連する伝承は、能『巴』に見える。木曾の国の僧が旅をして近江の粟津につくと、何かの神事が執り行われており、若い女が涙を流している。僧がことばを掛けると、「これは木曾義仲を祭った社だから、あなたも木曾の出身なら経を読みなさい」といって姿を消す。僧たちが読経をしていると甲冑姿の巴の亡霊が現れ、木曾義仲の最期を語る。この最期の描写について『平家物語』と異なるのは、巴が義仲の最期を看取っているところである。『平家物語』では巴は義仲に命じられて戦陣を離れ、その後に義仲が討たれているが、能では、巴が奮戦して敵を防いでいる間に義仲は自害している。最後に巴の霊は僧に供養を頼んで姿を消す。

この作品の作者は未詳であるが、『能本作者注文』に「作者不分明能　但シ大略金春能カ」とする。『能本作者注文』は一五二四年の成立なので、それ以前には成立していた。(2) この能は粟津の原と義仲、巴の関係を描いていて、この作品が、巴が出家して粟津の原に留まり、夫の菩提を弔ったという伝承をもとにした可能性がある。ただし、能では粟津にあるのは寺ではなく神社である。新編日本古典文学全集『謡曲集』の注は、この社が『近江名所図会』に見える八幡社ではないかと指摘している。(3)

義仲寺がいつ創建されたかは定かではない。寺伝によれば、天文二十二年（一五五三）、近江源氏の佐々木（六角）高頼が寺を建立し、石山寺の末寺としたという。(4)しかし、当時の記録が残されているわけではない。万治三年（一六六〇）に出版された浅井了意の『東海道名所記』には「木曾殿塚」とあって「義仲寺」の名はない。周辺には他の寺の名が見えるので、書き落としたとは考えにくい。とするなら近世初期においては、この地には庵程度のもののほか、寺と呼べるような規模の建物はなかったと考えたほうがよいようである。芭蕉はどのような経緯で大津の義仲寺を自らの墳墓の地と定めたのだろうか。芭蕉の経歴や著作から、その道筋を考えてみたい。

芭蕉と大津

芭蕉が初めて大津に滞在したのは、天和四年（一六八四）のことだが、このときは旅の途中に通過したのみである。(5)最初の長期滞在は貞享二年（一六八五）春のことで、前年秋に江戸を立った『野ざらし紀行』の旅である。このときは一か月余り、京・大津に滞在している。『野ざらし紀行』に以下の二句が見える。(6)

大津に至る道、山路(やまぢ)をこえて

山路来て何やらゆかしすみれ草(ぐさ)

湖水の眺望
辛崎の松は花より朧にて

ただし、先の「山路来て」の句は、貞享二年三月二十七日に、熱田の白鳥山法持寺で詠んだ「何とはなしに何やらゆかし菫草」の改作で、実際には近江で詠まれたものではない。[7]このときは木曾義仲に関する言及はない。

次に芭蕉が大津を訪れるのは、三年後の貞享五年（一六八八）で、五月に大津に出た。

五月雨にかくれぬものや瀬田の橋

などの句があり、六月五日には同地の奇香方で尚白らと作った歌仙が残されている。[8]このあと芭蕉は『更科紀行』の旅で木曾を旅した後、江戸に戻っている。この時まで、芭蕉の残した文や句に木曾義仲は現れてこない。

芭蕉が次に大津を訪れるのは翌元禄二年、『おくのほそ道』の旅のあとだ。以下に元禄二年以降の芭蕉と大津の関係をまとめておきたい。

元禄二年（一六八九）四十六歳

この年、三月二十七日から九月六日「おくのほそ道」の旅。

十二月には京から大津に移り、滞在していた。[9]

大津にて智月（ちげつ）といふ老尼（らうに）のすみかを尋て、をのが音（ね）の少将とかや、老の後、此あたりちかくかくれ侍りし
といふを

少将のあまの咄（はなし）や志賀（しが）の雪

十二月末日から翌一月二日　木曾塚に滞在。

十二月下旬去来宛書簡(10)

愚老木曾塚之坊、越年（をつねん）之事、達而（たつて）ねがひに候間、大晦日より、あれへ移り、湖水元旦之眺望可レ致（いたすべく）と存候。野水（やすい）が朝ほどには有まじき哉（や）と存候。

野水は岡田氏。名古屋の富裕な呉服商。このとき芭蕉は、「木曾塚の坊」で年を越している。なお其角の日記、『花摘』ほかに以下の句が見える。(11)

ぜゝ草庵を人〴〵とひけるに
あられせば網代の氷魚を煮て出さん

この句から、元禄二年暮れには膳所の草庵（木曾塚の坊）を借りていたのではないか。

元禄三年（一六九〇）四十七歳

大津の木曾塚で歳旦を迎える。そののち伊賀上野に帰郷。

三月中旬から四月五日、大津滞在。四月六日より七月二十三日まで、石山寺近くの国分山中の幻住庵に滞在。『幻住庵記』成る。

七月二十三日から九月十二日、木曾塚に滞在。八月十五日に月見の俳席。ただしこの夜、芭蕉は持病で寝込んでいたらしく、連句はなかった。

明月や座にうつくしき皃(かほ)もなし

九月二十八日から三十日滞在。十二月に再び大津に移り、乙州[12]の新宅で越年している。

元禄四年（一六九一）四十八歳

一月四日に

大津絵の筆のはじめは何仏

この年、一月初旬に木曾塚の庵に蕉門の人々が集まって木曾塚の句を吟じた。その折の芭蕉の句

木曾の情(じやう)雪や生(はえ)ぬく春の草

一月中旬まで大津に滞在。
三月下旬、膳所の医師、水田正秀らが義仲寺境内に「無名庵」を新築。
六月二十五日から九月二十七日、無名庵に滞在。その後、元禄七年五月十日まで江戸滞在。

元禄七年（一六九四）五十一歳
六月十五日から七月四日、無名庵に滞在。
その後、京、伊賀上野滞在を経て、九月九日大坂。十月十二日没。

元禄七年、死去に際して義仲寺に埋葬された経緯は以下に詳しい。

路通『芭蕉翁行状記』元禄七年十月[13]
時つもり日移れともたのもしけなく、翁も今はかゝる時ならんと、あとの事とも書置日比滞ある事共むねはるゝはかり物語し、偖からは木曾塚に送るへし、爰は東西のちまたさらはきよき渚なれは、生前の契深かりし所也、懐しき友達のたつねよらんも便わつらはし。乙州敬して約速(ママ)はたかはしなとうけ負ける。終に十二日正念にして静まり給ふ。誠に三十年の風雅難波江の芦のかりねの夢とうせ給ひけむ。（中略）さてひつきは逢坂の関を越し、昼過比は粟津義仲寺にかき入ける。

以上を概観すると、やはり元禄二年の『おくのほそ道』の旅が大きな転機となっており、その年には木曾塚の坊で年を越している。去来宛書簡の「達而(たって)ねがひに候間」という表現からは、『おくのほそ道』の旅における木曾義仲の印象の濃さが伝わってくる。それ以降芭蕉は大津の木曾塚にたびたび滞在するようになり、義仲への関心を深めていったと思われる。そして元禄四年には、芭蕉が住むために木曾塚に接して「無明庵」が新築された。そのような経緯が、埋葬の地の選択に働いていると考えられる。それでは、『おくのほそ道』の旅において芭蕉は、義仲についてどのような体験をしたのだろうか。以下に検討していきたい。

『おくのほそ道』と源義仲

以下に、芭蕉が『おくのほそ道』の旅で、義仲についてどのような体験をしたかを検討していく。最初に義仲と関わるのは、越中から加賀に入る倶利伽羅谷である。『おくのほそ道』には、「卯の花山・くりからが谷をこえて、金沢には七月中の五日也。」とある。ここに見える卯の花山は倶利伽羅合戦に際して木曾義仲の本陣となった場所で、歌枕でもある。また、倶利伽羅谷はその戦場である。本文の記述はこれのみだが、『曾良旅日記』には以下のような記事が見える。[14]

十五日　快晴。高岡ヲ立、埴生八幡ヲ拝ス。源氏山、卯ノ花山也。クリカラヲ見テ、未ノ中刻、金沢ニ着。

ここに見える埴生八幡は、富山県小矢部市埴生の護国八幡宮で、寿永二年（一一八三）五月、木曾義仲が倶利伽羅合戦に先立って戦勝を祈願した神社である。木曾義仲が埴生の森に陣を取り、覚名に命じて願書を奉納させたことは、『平家物語』巻七「願書」に詳しい。この神社はその後、武将たちの信仰を集め、室町時代には礪波郡守護代遊佐氏の一族、遊佐則近が石段を寄進している他、慶長五年（一六〇〇）には前田利長が大聖寺での戦勝を祈願して本堂を、そののちは、利長の子、利常が父や夫人の病気平癒を祈願して釣殿や拝殿、幣殿を寄進している。これらの建造物群は現存し、重要文化財に指定されている。芭蕉が参詣したときには、これらの建物があった。また、当社は、木曾義仲願文写を伝えている他、佐々成正寄進の能面や豊臣秀吉の兜を伝えている。(15) これらの宝物を芭蕉が実見したかどうかは定かではないが、この由緒ある神社を参詣したことが強い印象を与えたであろうことは想像に難くない。高館以降、特に記されることのなかった源平合戦期の武将たちに対する興味が、ここで再び呼び覚まされることになる。このことは、小松の多太神社へと結びついている。

　このあと芭蕉は、曾良の病気もあって金沢に九日間滞在し、八月二十四日に小松に歩を進める。翌二十五日には多太神社に参詣している。(16)

　このところ太田（ただ）神社に詣。実盛が甲（かぶと）、錦の切（きれ）あり。往昔（そのかみ）、源氏に属（しよく）せし時、義朝公より給はらせ給ふとかや。げにも平士（ひらさぶらひ）のものにあらず。目庇（まびさし）より吹返しまで、菊から草のほりもの金（こがね）をちりばめ、龍頭（たつがしら）に鍬形打たり。実盛討死の後、木曾義仲願状（ぐわんじやう）にそへて、此社（やしろ）にこめられ侍（はんべる）よし、樋口の次郎が使せし事共、まのあたり縁起にみえたり。

　むざむやな甲の下のきりぎりす

太田（多太）神社は、石川県小松市上本折町に鎮座する神社で、古くは多太八幡とも称した。当社は、右にもあるように斎藤実盛が着用したと伝える兜を蔵している。実盛は『平家物語』巻七「実盛」に最期の様子が描かれている。加賀の国、篠原合戦において、実盛は名乗らないまま、手塚太郎に討たれる。手塚が首を義仲に見せたところ、樋口次郎がその首を見て実盛に違いないという。実盛ならば齢七十になる老武者であるはずが、髪が黒い。これは戦に臨んで敵に侮られないために髪を染めたのであろうと、首を洗わせてみると白髪であったという。

室町時代の応永二十一年（一四一四）、実盛の亡霊が篠原に現れ、遊行上人が十念を授けて鎮魂したという。[17] このことを題材として世阿弥の能『実盛』が作られた。能では、加賀の国篠原で説法をする遊行上人の前に、老人が現れるがその姿は遊行上人以外には見えない。上人が名を尋ねると実盛の幽霊であると名乗って姿を消す。実盛の首を洗ったという池のほとりで、上人が供養をすると甲冑姿の実盛の亡霊が現じ、篠原合戦で手塚太郎に討たれた様を語り、回向を頼んで消える。

このような能の流行もあって、実盛の名は近世にはよく知られていた。そのような実盛が着した兜が眼前にあるのである。また、錦の切れは、『平家物語』によれば実盛が故郷の北国で戦う際に、故郷に錦を飾るというから、今回は錦の直垂を着たいと平宗盛に願い出て、着ることを許されたとある。まさに『平家物語』そのままの遺品に触れたのである。

このとき、芭蕉は「まのあたり縁起に見えたり。」と「縁起」を見ている。これについて、『おくのほそ道』解釈事典』は「目の前の縁起に、まざまざとあるように」として「芭蕉の受けた感慨の深さが量られる」と評している。[18]そのほかに「木曾義仲願状にそへて」とある願書を見ていることが、「実盛が甲冑、木曾願書ヲ拝」とある曾良の日記によって明らかである。それはどのようなものだったのだろうか。以下に、多太神社に蔵された願書を翻刻し、検討したい。[19]

『木曾義仲願書』

夫以八幡大菩薩者源家宗廟之洪基、国土擁護之霊神也。本地内証之月光輝乎。十万倍度之天、和光同塵之跡煥然乎。五千余座之上、觸縁分化如天垂雨露不択栄枯焉。我祖陸奥守義家、請於神力、輙破大軍得利不可勝計也。今年義仲勠戦於越中倶梨伽羅、同夏五月又行軍於加賀国。茲利仁将軍之末葉、実盛乃越前国之賢君子也。文思武威炫耀于一世。先是義朝卿以鏤菊甲褒美之当。此時義朝守国是日浅賊徒蜂起、実盛輙戴前受甲、殺精鋭之兵七十余人以報恩。自時厥後、不幸降平家蓋有年矣。今日与其甲拒戦於篠原浜。宏展孫呉之謀、伏尸数百勲功誉名殆無比類。然而勝敗異常、享寿六十余歳卒隕其命。時寿永二年癸卯夏五月二十一日也。嗟乎苦哉。某甲与公父子之約僅七日、罔極悲其為誰哉。乃為公菩提、乃義仲祈禱所披甲錦直垂幷某甲表指箭納于能美郡多太神社恭惟。頻年以来、平相国、混乱四海、荼毒万民、故王業一日不寧。仰願加我於神力、上為一人下為万姓、亡平家族、非是義仲為身謀栄、忝生弓馬之家、五常不紊、為任惟称、丹祈冥慮。而作源家之天依之於多太八幡宮、蝶屋庄十三町、永代令寄進之者也。乃添状敬白。

寿永二載五月二十一日　源義仲

この文書を、『源平盛衰記』巻二十九の「新八幡願書」と比較してみたい[20]。木曾義仲が僧覚明に書かせたとする願書は以下のとおりである[21]。

帰命頂礼八幡大菩薩、日域朝廷之本主、累世明君之嚢祖。為レ守二宝祚一、為レ利二蒼生一、改二三身之金容一、開二三所之権扉一。爰頃年之間、有二平相国一、恣管二領四海一、悩二乱万民一、猥蔑二万乗一、焚二焼諸寺一。已是仏法之讎、王法之敵也。義仲苟生二弓馬之家一、僅継二箕裘之塵一。見二聞彼暴悪一、不レ能レ顧二思慮一、任二運於天道一、投二身於国家一。試起二義兵一、欲レ退二凶器一。闘戦雖レ合二両家之陣一、士卒未レ得二一塵之勇一之処、今於二一陣上レ旌之戦場一、忽拝二三所和光之社壇一。機感之純熟已明、凶徒之誅戮無レ疑矣。降二歓喜之涙一、銘二渇仰於肝一。就レ中曾祖父前陸奥守義家朝臣、寄二附身於崇廟氏族一、自レ号二名於八幡太郎一以降、為二其門葉一者無レ不二帰敬一矣。義仲為二其後胤一、傾レ頭年久。今起二此大功一、喩如下嬰児以レ蠼量二巨海一、蟷螂取レ斧向中奔車上。然間、為レ君為レ国起レ之、為レ身為レ私不レ起。志之至神鑑在レ暗、憑哉、悦哉。伏願冥慮加レ威、霊神合レ力、勝決二一時一、怨退二四方一。然即丹祈相二叶冥慮一、幽賢可レ成二加護一者、先令レ見二一之瑞相一給。仍祈誓如レ件。

寿永二年五月十一日　　源義仲敬白

これを、多太神社の願書と比較してみると、いくつかの共通点が見える。

①八幡大菩薩を、日本の守護神とし、また源義家以来源氏の氏神であるとする。

多太神社願書「夫以八幡大菩薩者源家宗廟之洪基、国土擁護之霊神也。」
「我祖陸奥守義家、請於神力、輙破大軍得利不可勝計也。」

『源平盛衰記』「八幡大菩薩、日域朝廷之本主、累世名君之嚢祖。」
「就レ中曾祖父前陸奥守義家朝臣、寄二附身於崇廟氏族一、自レ号二名於八幡太郎一以降、為二其門葉一者無レ不二帰敬一。」

②平清盛を王法（王業）の敵とする。

多太神社願書「頻年以来、平相国、混乱四海、荼毒万民、故王業一日不寧。」

『源平盛衰記』「爰項年之間、有二平相国一、恣管二領四海一、悩二乱万民一、猥二蔑万乗一、焚二焼諸寺一。已是仏法之讎、王法之敵也。」

③義仲は自分の栄誉のためでなく国の為に戦うとする。

多太神社願書「非是義仲為身謀栄、忝生弓馬之家、五常不紊、為任惟称、丹祈冥慮。」

『源平盛衰記』「然間、為レ君為レ国起レ之、為レ身為レ私不レ起。志之至神鑑在レ暗、憑哉、悦哉。伏願冥慮加レ威、霊神合レ力勝決二一時一、怨退二四方一。」

これらの類似点から、多太神社の願書が『源平盛衰記』を参考にして書かれたものである可能性が高い。一方、多太神社の願書の特徴を見てみると、兜は実盛が顕賞として源義朝から拝領したもので菊の飾りがついていることなど、神社に蔵された遺品に関する情報が多い。また、多太神社願書には義仲が二歳の時に父、義賢を源義平に討たれた際、実盛が七日間だけ義仲を養父として保護し、そのの ち中原兼遠に預けたとする説話に基づいた記事が見える。これも『源平盛衰記』巻三十「実盛被討」に見える説話である。この説話を信じれば（芭蕉は当然、信じていただろうが）実盛は義仲の命の恩人だった。この説話が介在することによって、実盛の死は義仲にとって痛切なものになっているのである。

右の多太神社の願書は明らかに『源平盛衰記』を参考にした後人の手によるものであるが、実盛の兜や直垂の由緒を語る文書としてよくできている。これを実見した芭蕉は強い感銘を受けたのであろう。この時の芭蕉の句「むざんやな甲の下のきりぎりす」は、当初、初句が「あなむざんやな」であり、のちに「あな」の二字を捨てたことが『去来抄』に見える。また、「あなむざんやな」は謡曲『実盛』の詞章を引用している[22]この体験は芭蕉の義仲への興味をより深めたであろう。

さらにこの後の八月十四日、芭蕉は越前の敦賀に向かう道で燧ヶ城を通っている。この燧ヶ城もまた、木曾義仲の古戦場である。『源平盛衰記』巻二十八「燧城源平取陣」に見える。木曾義仲は越前の燧ヶ城に籠もって平家の大軍を待ち受けるが、味方の平泉寺の長吏斎明威儀師が平家方に内通したために城を落とされる。芭蕉は、『荊口句帖』に「燧ヶ城」として、

義仲の寝覚の山か月悲し

の句を収めている。この城に立て籠もった義仲のことを想像し、心を寄せていることがはっきりと

わかる句である。

このような北陸路における体験を通して、芭蕉は義仲に傾倒していくことになる。『おくのほそ道』の旅の前半においては、那須与一や源義経にまつわるさまざまな場所や遺品を見てきたが、このときの義仲に関わる遺跡や遺物は、それらより余程、迫真的である。なにしろ、実際に斎藤実盛が着した兜を義仲が多太神社に寄進した、実物に触れているのだ。およそ五百年前に生きた武将がにわかに身近な存在になったであろう。

このような往古の武将たちの遺品や遺跡への興味は、『おくのほそ道』以前には、少なくとも芭蕉の著作の中にはほとんど表れてこない。芭蕉がもとより心を惹かれていたのは歌枕である。もし『更科紀行』の段階で、木曾義仲に心を寄せていたとするなら、それが著述の中にはっきりと現れても不自然ではない。『更科紀行』はあくまでも「姨捨山」という歌枕を訪ねた旅だった。あるいは、『おくのほそ道』以前の、二度にわたる大津滞在に際して、芭蕉が木曾塚を訪れた記録は確認できない。この時点ではまだ、芭蕉の義仲への興味はさほど強くなかったのではないか。

芭蕉の名所観と軍記物語

前章にも書いたが、芭蕉は「名所」の近世的な転換を生きている。「名所」は本来、「歌枕」と同義であった。しかし、近世期には俗な名所、軍記物語に描かれた場所や、能や幸若舞などの芸能の舞台となった場所が新たな「名所」として認知されるようになる。

そのような新しい「名所」は俳諧の表現の中で育まれたものでもあった。芭蕉が源平合戦時代の武将について最初に詠んだ句は、『野ざらし紀行』に見える。美濃の国、山中宿にある常盤の墓を見ての句である。

やまとより山城を経て、近江路に入(いり)て美濃に至る。います・山中を過(すぎ)て、いにしへ常盤の塚有(あり)。伊勢の守武が云(いひ)ける「よし朝(とも)殿に似たる秋風」とは、いずれの所か似たりけん。我も又、

義朝の心に似たり秋の風

ここでは芭蕉は、常盤の墓から、その夫である義朝を想起している。諸注に明らかなように、これは『守武千句』における以下の句を参照している。(23)

月見てやときはの里へかかるらん
よしとも殿に似たる秋風

過去の武将について句を詠むという表現のあり方は、すでに俳諧の表現において成立していた。ここで『守武千句』との違いとして注目すべきは、芭蕉が常盤の墓を実見し、その感懐を吟じているところであろう。山中宿に常盤の墓があるのは、古浄瑠璃『山中常盤』に拠っている。鞍馬寺で修行をしていた牛若丸は、金売吉次に誘われて都を出る。牛若がいなくなったことを察知した常盤は、次女と二人跡を追うが、山中宿で強盗に襲われて死んでしまう。夢に母の死を知った牛若は、引き返して

強盗を退治し、母の敵を討つ。この説話は芭蕉の時代にはよく知られていた。義朝は常盤の夫である。常盤の墓から義朝が連想される。義朝もまた、非業の死を遂げたのであった。「義朝の心」は、そのような無念に心を寄せていることがわかる表現である。

また、『野ざらし紀行』には収められていないが、この後、美濃の国、青墓宿において、義朝の次男朝長の墓に句を捧げている。[24]

みのゝくに朝長の墓にて

苔埋む蔦のうつゝの念仏哉

朝長は平治合戦の後、父とともに都を落ちるが深手を負う。『平治物語』では、足手まといになってはと、青墓で父の手にかかって殺されるが、謡曲『朝長』では自害している。『朝長』は作者未詳。謡曲の詞章には「夜更け人静まつて後。朝長の御声にて南無阿弥陀仏南無阿弥陀仏と二声宣ふ」「悲しきかなや。形を求むれば。苔底が朽骨見ゆるもの今は更になし」とあって、この句はそれを踏まえている。[25] 若くして死んだ武将への哀悼を表現した作品で、芭蕉はこの能に深く心を寄せていたと思われる。

さて、このような武将たちの墓に捧げる句を芭蕉が詠んだ道筋を考えておきたい。『野ざらし紀行』では、吉野の山中に西行庵と苔清水を訪ねたのち、後醍醐帝の御陵を拝している。

後醍醐帝の御廟を拝む。

御廟年経て忍は何をしのぶ草

ここで芭蕉が後醍醐帝の御陵に赴くのは、西行が讃岐の国、白峯の崇徳院御陵を訪れた故事に倣っているのであろう。崇徳院と後醍醐帝は共に、保元の乱、南北朝合戦という争いに敗れて失意のうちに亡くなった天皇である。そのような敗者への哀悼という点においても両者は響き合う。『山家集』には以下の歌がある。(26)

白峯と申ける所に、御墓の侍けるにまゐりて

よしや君昔の玉の床とてもかゝらん後は何にかはせん

この歌は『保元物語』巻三「新院御経沈め給ふ事付崩御の事」にも見え、西行が訪れたのは仁安三年(一一六八)冬のこととする。これはのちに上田秋成の『雨月物語』「白峯」の素材ともなった有名な説話である。

『野ざらし紀行』の表現は、西行庵からの連想で、白峯に崇徳院御陵を訪ねた西行に倣い、芭蕉が後醍醐天皇の御陵に句を捧げるという行動に結びついている。さらに、墓所に句を捧げるという連想によって、常盤の墓の前で句を詠むという一連の流れになっている。この連想による表現の流れは鮮やかで、読者を自然に歴史に対する追懐へと誘うものである。

この後も芭蕉は、『笈の小文』において平敦盛を詠んでいる[27]。

須磨寺やふかぬ笛きく木下やみ

右の「ふかぬ笛」は当時、須磨寺に「吹かねども音に聞えて笛竹の代々の昔を思ひこそやれ」という古歌が伝えられていたといい、その影響がうかがえる。このとき芭蕉は須磨寺において敦盛の遺品と伝える青葉の笛を見たものと思われる。敦盛もまた『平家物語』とともに能『敦盛』において表現された武将である。ここでも芭蕉は、青葉の笛を見るという実体験をもとに句を詠んでいる。

このように見ていくと、源平合戦期の武将について詠んだ句は、いずれも墓所や遺品を実見し、その時の感懐をもとに詠んでいることがわかる。また、芭蕉が心を寄せた武将は、源義朝や朝長、平敦盛などいずれも非業の死を遂げた哀れな人物であり、古浄瑠璃や能といった芸能とかかわりが深いことも注意される。そのような表現のあり方が、『おくのほそ道』に結びつき、そこで大きく開花していくのである。

芭蕉が『おくのほそ道』を通して表現したのは、まさにそのような武将たちの足跡を訪ねて歩き、その場で句を詠むという表現のスタイルであった。かくて、『おくのほそ道』では、歌枕と武将や能の遺跡という新旧の名所の探訪が綯交ぜになっているのである。この時、芭蕉は旅を通して義経や義仲といった歴史的な人物に心を寄せ、その跡を尋ねることで遥かな昔を思い描く表現を重ねた。芭蕉の旅は、当初はさまざまな歌枕を辿ることを主たる目的としていた。そして芭蕉は平泉において義経と時空を隔てて対話をしたのである。高館でのあの絶唱がなければ、そしてこのような表現の積み重ねがなければ、芭蕉は義仲に出会わなかったかもしれない。今日と異なり旅が困難だった時代に、わざわざ昔の武将の墓や合戦跡を訪ねようとする人は稀であった。芭蕉はそのような旅をごく早い時期に実践した数少ない旅人である。そのとき旅を通して芭蕉は、歌枕以外に過去の歴史的遺構を「名所」と認知し、それらを辿るという新しい態度を身につけた。

それでは芭蕉自身は「名所」についてどのように考えていたのだろうか。先に挙げた元禄四年一月の「木曾の情雪や生ぬく春の草」に関する去来の『旅寝論』を見てみたい(28)。

一とせ人々集りて、木曾塚の句を吟じけるに、先師一句も取給はず。門人に語りて曰、「都(すべ)て物の讃・名所等の句は、先其場を知るをかんやうとす。西行の賛を文覚の絵に書、あかしの発句を松島にも用ひ侍らんは、浅ましかるべし。句の善悪は第二の事也」となり。我むかし先師の木曾塚の句を拙き句なりと思へり。此時はじめて其疑ひを解ぬ。乙州、木曾塚の句はすぐれたる句にあらずといへ共、此を許して猿みの集に入べきよしを下知し給ふ。

芭蕉の門人たちが木曾塚に会して、木曾塚に寄せる句を詠むという行為にまずは着目したい。ここでは塚＝墓に句を捧げるという行動が、芭蕉と門人たちの間で共有されている。

右では去来は芭蕉の木曾塚の句を「拙き句なり」と思っていたと告白している。しかし、その認識は誤りだった。これは「その場を知る」ことによって生まれた句だった。このとき「知る」はたんなる知識ではなく実感を伴う。その場における体験を無視して句だけを見るのは間違いだということだろう。このとき去来は木曾塚を「名所」と認識していることがわかる。それは芭蕉にとっても同じであろう。つまり、木曾塚のような武将の墓所もまた「名所」と認知されているのである。また、芭蕉はそのような名所に対して、「先其場を知るをかんやう（肝要）とす」と言っている。この場合、「知る」はたんに知識として知ることではない。その場に実際に行って、体感し、深くその風情を味わい、そのような実感を通して遠い過去に思いを馳せることを言っているのである。そのような過去との向き合い方こそが、新しい名所を生む。こののち、さまざまな俳諧師たちが名所記の執筆に携わるようになる。それは、俳諧という文芸を通して見出された過去であり、想像上の幻境である。過去はあらかじめそこに存在しているのではない。遺跡や遺品に触れた人によって知覚され、実感され、想像されて見出されるものなのである。そのとき新しい「名所」とそれと向き合う鑑賞者が同時に成立する。「名所」は、過去を想像するためのフレームの役割を果たしている。それは新しい空間認識の方法である。そこを「名所」と認識するという社会的な共通感覚が、このようにして生まれ、強化されていくのである。

おわりに

芭蕉は自ら木曾塚を墓所と定めた。それはたんに塚に向かって花を手向けるような追悼の儀式とは異なる。心を寄せた歴史上の人物に寄り添い、その境涯に思いを馳せるだけでなく、その人物と一体化し、自ら歴史の中にその一部として加わりたいという願望の現れである。[29] このような芭蕉の目論見は成功したと言ってよい。

もともと「木曾塚」があるのみで、大きな寺もなかった場所に芭蕉は庵を結び、義仲寺が興隆した。芭蕉の没後、義仲寺は芭蕉の門人たちにとって、あるいは芭蕉の文業を慕う人々にとって聖地となった。木曾塚と芭蕉塚は並立し、共に歴史の一部となったのである。義仲寺はこの後も聖地であり続けるが、およそ七十年ののち、荒廃していた義仲寺を、十年の歳月をかけて再興したのは蝶夢（一七三二～九六）であった。蝶無は、京の人。浄土宗の僧で寺町帰白院十一代住職を辞して、岡崎に草庵を結び、俳諧の研究に没頭した。芭蕉を敬愛し、伝記『芭蕉翁絵詞伝』を著したほか、芭蕉の著作を網羅した句集や文集も上梓し、義仲寺の再興にも努めた。

更にその約二百年後の昭和四十一年（一九六六）に荒廃した義仲寺を、中心になって復興したのは保田與重郎（一九一〇～八一）であった。保田が記した「昭和再建落慶誌」によってその経緯は明らかである。保田は日本浪漫派の中心人物として知られ、近代批判と古典への回帰を主張した。保田の墓もまた、義仲寺にある。

こうして義仲寺は荒廃と復興を繰り返して現在に至る。そこには、文学が景観を作るという運動の軌跡が明瞭に表れている。場所は常に更新され、新たな意味が付与される。義仲ゆかりの地は、芭蕉ゆかりの地となり、蝶夢ゆかりの地となり、保田與重郎ゆかりの地となった。このような意味の輻輳の中で、歴史は常に現代において、過去への眼差しとして構築されている。そのとき、過去は呼びさまされ、その都度新たな意味が見出されることになる。芭蕉が木曾塚に意味を付与したことが、さらなる運動を生んだのである。

芭蕉が行ったのは俳諧を通した歴史的空間の創出であり、空間認識の呈示であった。そのような空間へのアプローチは、その後もたとえば各地に芭蕉の句碑が作られることによって、現代に引き継がれている。文学と現実空間はこのようにして切り結んできた。芭蕉と木曾義仲の関係はそのことを現代に鮮やかに示している。

【註】

（1）はじめ墓には信濃柿二株を植えたというが、いまは「木曾朝日将軍義仲公徳音院義山大居士墓」と記した近世の宝篋印塔が建っている（『国史大辞典』「義仲寺」の項、景山春樹執筆）。

（2）小山弘志・佐藤健一郎校注・訳、新編日本古典文学全集『謡曲集　一』（小学館、一九九七年）による。

（3）前掲註1

（4）『日本歴史地名大系　滋賀県の地名』および『日本大百科全書』による。一方、延享四年（一七四七）版の「義仲寺略縁起」には、「建久の末の頃」に巴がここに草庵を結んで義仲の菩提を弔い、弘安の頃から「義仲寺」と呼ぶようになったとしている。

（5）『大津と芭蕉』編集委員会編『大津と芭蕉』（大津市役所、一九九一年）。

（6）以下、『野ざらし紀行』については、井本農一・久富哲雄・村松友次・堀切実校注・訳、新編日本古典文学全集『松尾芭蕉集　2』（小学館、一九九七年）に拠った。

（7）井本農一・堀信夫校注、新編日本古典文学全集『松尾芭蕉集　1』（小学館、一九九五年）。なお、『大津と芭蕉』（註5）はこの説に疑義を呈している。

（8）阿部喜三男『人物叢書　松尾芭蕉』（吉川弘文館、一九六一年）。

（9）以下の本文引用は註7による。

（10）萩原恭男校注『芭蕉書簡集』（岩波文庫、一九七六年）。

(11) 註7参照。
(12) 大津蕉門の重鎮。荷問屋をしていた。本名、河合又七。
(13) 樋口功校註『芭蕉翁全伝附芭蕉行状記』(古俳書文庫第三篇、大阪天青堂、一九二四年)による。
(14) 以下、『曾良旅日記』の本文は、萩原恭男校注『おくのほそ道』(岩波文庫、一九七九年)に拠った。
(15) 『日本歴史地名大系　富山県の地名』「護国八幡宮」の項、参照(平凡社、一九九四年)。
(16) 以下、『おくのほそ道』の本文は、前掲註6による。
(17) 『満済准后日記』応永二十一年五月十一日条。
(18) 堀切実編著『『おくのほそ道』解釈事典』(東京堂出版、二〇〇三年)。
(19) 以下の『木曾義仲願書』は『松雲公採集遺編類纂　百十　古文書部十二』(砺波図書館協会、一九六五年)により、私に翻刻した。原本は金沢市立図書館加越能文庫蔵。松雲公は加賀藩第四代藩主前田綱紀(一六四三〜一七二四)、加賀藩中興の祖として知られる。古書の収集にも尽力し、藩内の古記録の保存に努めた。本文書は芭蕉とはほぼ同時代の採録であり、芭蕉が見たものと同じである可能性が高い。
(20) 『源平盛衰記』が近世においては史料として尊重されたこと、『平家物語』巻七の「木曾願書」が読み下し文であり、多太神社の願書が漢文体であることから考えても、『源平盛衰記』と比較することが適切であると判断した。
(21) 以下『源平盛衰記』の本文は、松尾葦江校注『源平盛衰記(五)』(三弥井書店、二〇〇七年)に拠った。
(22) 前掲註7
(23) 前掲註6頭注による。
(24) 前掲註7による。
(25) 前掲註6
(26) 『山家集』下雑。本文は風巻景次郎校注、日本古典文学大系『山家集　金槐和歌集』(岩波書店、一九六一年)に拠った。

(27)『笈の小文』の本文は前掲註6による。
(28) 本文は潁原退蔵校訂『去来抄・三冊子・旅寝論』(岩波文庫、一九三九年)に拠った。
(29) 田山康子「芭蕉の遺言——芭蕉はなぜ大津に葬られたか——」(『萬緑』七十一巻九号、二〇一六年九月)は、芭蕉が「義仲を慕うあまりにその墓所の隣に葬られたいと自分も願ったということに強く違和感を覚える」と指摘し、風光の明媚さや、交通の便、大坂で客死したという偶然などを大津に葬られた理由として挙げている。周到な論であるが、逆に、なぜ木曾義仲の墓の隣をとくに望んでいなかったと言えるのか、その根拠は弱い。『おくのほそ道』の内容とその後の芭蕉の行動を見る限り、木曾義仲に対して強い感情を抱いていたと考えるほうが自然に感じられる。そして、大津が芭蕉の墓所として適切な個所であったことは、木曾義仲をわざわざ否定する必要もないことでもある。芭蕉の墓所の選択理由には、大津という土地に対する愛着と、木曾義仲に対する思い入れの「両方があった」と考えておけばよいだけのことではないだろうか。

＊本章の内容は、伝承文学研究会例会における口頭発表をもとにしている。席上、ご教示を賜った諸先生方に御礼申し上げる。

第四章　近松浄瑠璃と『平家物語』――『佐々木大鑑』を視座として

はじめに

『平家物語』は、能や幸若舞、浄瑠璃を始めとして、さまざまな芸能に取り入れられ、作品化されてきた。それらの芸能化された諸作品は、謡曲や幸若舞曲の詞章が浄瑠璃に取り入れられるなど、二次的、三次的な利用もなされ、影響関係は複雑で多様な様相を見せている。特に浄瑠璃の場合、先行する史劇の内容を踏まえ、大枠として生かしながら、それを換骨奪胎し、独自の趣向を取り込むという手法が顕著である。本論考では近松作の浄瑠璃のうち、『平家物語』を素材とした作品を取り上げ、それらがどのような場面を選択し、また、何を典拠としているかを明らかにすることにより、近松が『平家物語』や能、古浄瑠璃などをどのように読み、引き継ぎ、またどのような点において新しい趣向を加えたのかを考えてみたいと思う。

この問題を考える上で、『佐々木大鑑』（別称『佐々木先陣』）を取り上げたい。[1]正本には、貞享三年（一六八六）七月の刊記のある、近松のごく初期の作品である。信多純一によると、貞享初年は一の谷合戦・屋島合戦等の源平彼我の武将の五百年忌に当たり、『千載集』（貞享二年カ）、『薩摩守忠度』（貞享三年）、『盛久』『主馬判官盛久(しゆめのはんがんもりひさ)』（貞享三年）等をはじめ「源平合戦もの」の上演が相次いだという。[2]『佐々木大鑑』もまた、そのような源平合戦ものの流行期に作られた作品の一つで、『平家物語』巻十「藤戸」に関わる内容を有している。

周知の如く、この『佐々木大鑑』は初期の近松の浄瑠璃を考える上で、きわめて重要な作品である。森修は、「近松作『佐々木大鑑』の意義」と題する論考において、「義太夫ぶし」の形式的なはじまりが『出世景清』であり、実質的なはじまりがこの『佐々木大鑑』であると指摘している。[3] 森も引用している『今昔操年代記』には、以下のような記述が見える。[4]

　義太夫刁(とら)の年二の替りハ。近松に縁をもとめ。出世景清といへるをこしらへ。是にて月を重(かさね)。其後のかハり源氏移徒(わたまし)祝(よろこび)。但し頼朝七騎落(おち)也。是も評判よく。町中口まねする所に。佐々木大鑑(かゞみ)幷に藤戸の先陣。松よひしぐれ相(あい)の山の道行。おもひ川ほさぬ袂のかたり出し。珍敷(めづらしき)趣興と〔とて〕。はしぐ〳〵角(すみ)ぐ〳〵。此道行けいこせぬといふものなく。是より義太夫ぶしともてはやしぬ。

右はたびたび引用される有名な史料であるが、それによれば竹本義太夫は、『出世景清』や『源氏移徒祝(わたましのいわい)』によって一定の評判を得、そののち『佐々木大鑑』が大ヒットして人気を確立したということになる。貞享二年の近松・義太夫による『出世景清』は西鶴・宇治加賀掾の『凱陣八島』との競演であったことがよく知られている。阪口弘之は、当時近松が全く無名の作者であり、義太夫も新鋭の大夫で、西鶴・加賀掾という「黄金コンビ」との競演は「本来的には相撲にならぬ取り合わせであった」と指摘し、「この競演は義太夫の類まれな才能を見込んだ道頓堀興行界が、むしろ加賀掾、西鶴の賛助を得て、義太夫を鮮烈に売り出し、ひいては近松を世に出す一大イベントとして企画したものではなかったか。」と推論している。[5] 説得力のある魅力的な論と思われる。

したがって、近松・義太夫のコンビは、『出世景清』で売り出したが、真に人気を博したのは貞享三年の『佐々木大鑑』であり、この大ヒットによって、名声を不動のものにしたということになる、もちろん、この名声は義太夫だけのものではない。正本第一頁の内題下に「作者近松門左衛門」と記すのは、この『佐々木大鑑』が最初であり、[6] このことによっても、近松にとって記念碑的な作品であったことが知られる。したがって、この作品の内容を検討することは、義太夫の、ひいては近松のどのような面が新しく、なぜ同時代に広く受け入れられたのかを考える手がかりとなるであろう。森の指摘にもあるが、従来の研究において、『出世景清』が近松の出発点として重視されてきたことには、近代における近松の評価が大きく影響している。それは多分に近代的な演劇観・戯曲観に基づいた評価であって、必ずしも初演当時の観客の評価を反映したものとは言えない。従来、『出世景清』に関する研究論文は数多く書かれてきたが、それに比して『佐々木大鑑』についての論文はあまりに少ない。繰り返すがそれは、近代の読者の嗜好を反映した結果であって、初演当時の観客にとっては『出世景清』よりも『佐々木大鑑』のほうが「傑作」だった。『佐々木大鑑』は、近松最初の大ヒット作であり、初期の代表作として改めて真価が見直される必要があると私は考える。本論考では、近松が先行する井上播磨掾の古浄瑠璃のどのような側面を引き継ぎ、またどのような新しい趣向を加えたかを中心として、この『佐々木大鑑』の歴史的意味について考察を加えてみたいと思う。

『佐々木大鑑』の概要

まず、『佐々木大鑑』全五段を以下に摘記し、全体像を明らかにしておきたい。

第一　備前の国児島に陣を取る平家方は、海を隔てた藤戸の源氏方を挑発するが、波が荒く、船もない源氏方は攻めあぐねている。源氏方の大将、佐々木三郎盛綱は、吉備津の宮に先陣を祈願し、兄、広綱に捕えられていた、姉妹を救う。二人は塩焼き藤太夫の娘、待宵、時雨と名乗り、美男の盛綱と懇ろになる。そこに広綱が現れ、争ううちに、姉妹は逃げ去る。父、藤太夫は盛綱に感謝して浅瀬を教えるが、盛綱は広綱に見咎められて、仕方なく藤太夫を殺す。その後、盛綱は無事に先陣の功名をあげる。

第二　盛綱は藤戸合戦の先陣の功によって、備前の国主となり、所地入りする。児島の名主、北脇文太は、児島は塩の名産地であるが、近年、塩焼き藤太夫は何者かに殺されて、その後家と娘が物狂いになり、毎日、塩を汲み捨ててしまうので困り果てていることを伝える。盛綱が児島に赴くと、藤太夫の後家が源平合戦の昔語りをし、盛綱は泣いて侘びる。二人の娘は父の敵を討とうとして、太刀を抜いて盛綱に斬りかかるが、取り押さえられる。盛綱は藤太夫の後世を弔うことを約する。

第三　鎌倉では頼朝の嫡男、万寿公（頼家）が五歳になり、元服の儀式が執り行われる。関白九条兼実は、当春生まれた娘を頼家の許嫁とするという。北条時政は関白の息女が丙午生まれであることから反対するが、畠山重忠は唐土の故事をひいて、同じ丙午生まれの身替りを立てると良いと言う。佐々木広綱は、この身替りとして、丙午生まれの藤太夫の後家を絡め捕り、盛綱の指図と偽る。北脇文太は、二人の娘が敵と信じる盛綱を討つ手助けをするために、伴って京に旅立つ。待宵、時雨の道行。

第四　待宵、時雨の姉妹は男装して芦刈の商人と姿を変え、盛綱の館に忍び込む。折から館に来あわせた、盛綱の弟、高綱の娘、萩の前は、姉妹を女とも知らずに見初め、寝所に忍び込んだために、滑稽な色模様となる。姉妹は盛綱を狙うが、またもや失敗し、捕えられる。姉妹から事情を聞いた盛綱は、藤太夫の後家を救うために、姉妹、文太と共に鎌倉に急ぐ。

第五　鎌倉では、広綱に捕えられた藤太夫の後家が、三七日（二十一日）後に由比ヶ浜で殺されることになる。当日、由比ヶ浜では、後家を乗せた乗物の中から文太が飛びだして、広綱を取り押さえる。後家は命拾いをし、姉妹と再会して喜び合う。盛綱、高綱兄弟も現れ、盛綱は兄広綱の非道を訴える。畠山重忠は、丙午が迷信であることを論じる。待宵、時雨姉妹は、盛綱、高綱兄弟の妻になることとなり、広綱は討たれる。

以上が概略である。一段目、二段目においては、『平家物語』や謡曲『藤戸』の内容が生かされており、三段目以降とはストーリーの展開において、やや断絶があるように感じられる。また、佐々木盛綱とともに、待宵、時雨の活躍が大きく取り上げられていることが注意される。本文としては、謡曲の詞章をそのまま引用している箇所が二箇所あるほかは、独自色が強い。しかしながら、どこに近松の独創性があるかを考えるためには、先行作との詳細な比較、検討が必要であると思われる。

藤戸合戦譚の系譜

そこで次に、この作品の内容について検討する前提として、『平家物語』以降、この佐々木盛綱に関する説話・芸能がどのように形成されてきたかを確認しておきたい。

佐々木三郎盛綱は、備前国藤戸の浦の男から、児島に渡る浅瀬のありかを聞き出し、馬で海を渡って先陣を果たした。その功が認められて、盛綱には児島が所領として与えられた。右の逸話は、『平家物語』の諸本に記すところである。[7] 当該箇所は、読み本系、語り本系『平家物語』ともに、細部の描写は異なるものの、内容には取り立てて大きな差異はない。いずれもともに、源平合戦における一挿話という扱いである。ただし、読み本と語り本とには記述が異なる箇所がある。盛綱に浅瀬を教えた浦の男を、語り本では盛綱が他の武将に情報が漏れることを恐れて殺したとする。流布本巻十「藤戸」には以下のように記されている。[8]

男申しけるは、「これより南は、北よりはるかに浅う候。敵(かたき)矢先を揃へて待ち参らせ候ふ所に、裸にてはいかにも叶はせ給ひ候ふまじ。たゞこれより帰らせ給へ」と云ひければ、佐々木、「げにも」とて帰りけるが、「下﨟は、どこともなき者にて、又人にも語らはれて、案内もや教へんずらん。われればかりこそ知らめ」とて、かの男を刺し殺し、首かき切つてぞ捨ててげる。

盛綱が自らの先陣の功を確実なものにするために、好意的にも浅瀬を教えてくれた男を刺し殺すという、いかにも合戦の場らしい残酷な記事である。功名を争う武士の非情な性格がよくあらわれている箇所と言えよう。類似の記述は八坂本を含む、語り本諸本に見えるが、延慶本、長戸本や源平盛衰記等の読み本系諸本には見えない。また、この男については、単に「浦の男」とあるのみで、それ以上に詳しいことはわからない。

この語り本『平家物語』の内容を大きく発展させたのが謡曲『藤戸』であった。作者は、『自家伝抄』『能本作者注文』等に世阿弥とするが、確証はない。永正十一年（一五一四）を演能記録の初出とする。[9]右の語り本『平家物語』巻十「藤戸」の後日談を内容としている。以下はその概略である。

藤戸合戦に先陣の功をたてた佐々木盛綱（ワキ）は、従者（ワキツレ）と共に、所領として得た備前の国児島に所地入りする。そこに老女（前シテ）があらわれ、我が子が二十あまりの若さで殺された恨みを訴える。はたして老女は盛綱に浅瀬を教えた男の母であった。盛綱は隠しきれず、男を殺した経緯を語り侘び、跡を弔うことを約して老女を帰宅させる。（以上、前場）その後、盛綱の許に浦の男の亡霊（後シテ）が現れて、本来ならば恩を受けるべき身でありながら、思いがけず殺されたことの恨みを述べ、盛綱を責める。しかし、男は盛綱の供養によって無事に成仏する。

この曲は、盛綱の武功の陰に犠牲となった、名もない男とその母の悲しみを主題としている。この謡曲『藤戸』においては、先の語り本『平家物語』の本文がそのまま引用されており、両者の間に緊密な関係があることがわかる。能作者は『平家物語』の一文に想を得て作ったのであろう。本作品では、殺した盛綱の行為を主体とした「なさけなかりし事」（八坂本）から、殺された浦の男から見た「恨み」へと、大胆に視点が転換しており、それによって、華々しい功名の陰にある犠牲者の物語に光が当てられている。まさに『平家物語』を裏面から見た内容で、犠牲となった者の深い恨みと悲しみを描く、すぐれた哀話として成功した作品と言えよう。本来ならば武功説話に属する一挿話が、この謡曲によってはるかに奥行きのあるドラマへと展開したのである。

こうして、新たに拡がった物語世界は、浄瑠璃において更なる展開を遂げることとなる。この藤戸合戦説話を扱った古浄瑠璃に、鈴木光保が翻刻・紹介した、寛文三年（一六六三）四月刊、井上播磨掾正本の『佐々木藤戸先陣』がある。ほぼ同一の内容を有する、天和三年（一六八三）刊、江戸鱗形屋板の虎屋永閑正本『佐々木三郎藤戸の先陣』があることも、鈴木が紹介しており、当時において人気のあった作品であることがわかる。(10) 以下に播磨掾正本の内容を摘記する。

第一　熊谷平山二度之かけ

一の谷合戦において、源氏方は三草山に勢を揃え、平家方に夜討ちをしかける。熊谷直実は、子息の小次郎直家とともに平家方の陣に駆け込み、伊予国の住人、もり山の四郎を討ち取る功名を挙げる。

第二　源蔵さいこ幷こばやしいけとらるゝ事

熊谷父子は、一の谷の先陣を遂げようと西の木戸口に待つところに、平山季重が来て、互いに先陣を争う。小次郎は「かたきはらの源蔵ひらもと」と組み、危うく討たれそうになるが、直実が加勢し、源蔵を生け捕りにして引き上げる。

第三　一谷坂おとし弁しけひらいけどられ給ふ事

熊谷直実は、戦場において手傷を負って弱気になった小次郎を叱るが、その行方が知れなくなり、討死した様子に深く悲しむ。一方、義経は鵯越の坂落としによって平家方を破る。本三位の中将重衡は落ちようとしたところを生け捕られる。重衡は梶原平三景時に護送されて、鎌倉に下る。頼朝と対面した重衡の毅然とした態度に、頼朝以下、鎌倉方の武将たちは感じ入る。頼朝は伊豆の国の住人、狩野介宗茂に重衡を預ける。

第四　せんじゆしげ平弁もりつなふじとせんぢん

頼朝は捕われの身となった重衡を慰めるために、手越の長者の娘、千手の前を近侍させる。千手の前は重衡に盃を勧め、白拍子をうたう。重衡も琵琶を奏して応える。その後、重衡は再び都に送られることになり、二人は泣く泣く別れる。一方、源範頼は備前の藤戸に陣を取るが海を隔てた児島に陣取る平家方を攻めあぐねる。佐々木盛綱は、浦の男に引き出物を得させて浅瀬を知り、この男を刺し殺す。その後、盛綱は先陣を果たす。

第五　もりつなびぜんのこじまを給はりしよち入の事

盛綱は先陣の功によって児島を賜る。源氏は平家を壇の浦合戦において亡ぼす。盛綱は児島に所地入りをする。盛綱に殺された男の母は、男の妻や二人の孫に手を引かれて、盛綱のもとに訴え出る。盛綱は男を殺害した経緯を語り聞かせ、男を弔うことを約すとともに、種々の財宝を与え、子孫に至るまで諸役を免じる。

以上、全五段である。なお、江戸板の虎屋永閑正本はほぼ同一の本文であるが、井上播磨掾正本の四段目を前後二段に分かち、四、五段目とするので、全六段ということになる。

次に、各段にわたって典拠を見ていくと、第一前半は流布本『平家物語』巻第九「三草勢揃」「三草合戦」に拠っている。後半の熊谷父子の活躍する合戦描写は典拠不詳。「もり山の四郎」の名は、『平家物語』には見えない。また、本来ならばここで合戦描写が入るのは、次段との内容の連続性から言って不自然である。作者に見せ場を作りたいという意図が働いたか。第二は同じく巻第九「一二之懸」に拠り、熊谷父子が「かたきはらの源蔵」を生け捕りにするなど、独自の改変を加えている。この人物の名も『平家物語』には見えない。第三は前半に「一二之懸」の本文を短く引用し、熊谷父子を描写した後、話題を転じ、巻第九「坂落」「重衡虜」、巻第十「海道下」からほぼ忠実に本文を抜粋している。平重衡に関する記事を、間隔の開いた二箇所から寄せ集めていることが注意される。第四は、前半を重衡の話題として巻第十「千手」に拠り、後半を佐々木盛綱にあて、同じく巻第十「藤戸」から引用している。第五は、同じく佐々木盛綱の話題で、ほぼ全体を謡曲『藤戸』に拠り、部分的に改変を加えている。特に大きな変更点として注意しておく必要があるのは結末部である。謡曲においては、殺された浦の男が、供養によって成仏することで閉じられていた。一方、本作においては、男の母のみならず、妻子が描かれ、結末においては財宝の獲得と、子孫の繁栄が記される。所謂「めでたし、めでたし」と結ばれるべき内容に転じているのである。

全体としてみた場合、この作品は流布本『平家物語』巻第九、第十からのダイジェストといって、ほぼ差し支えないように思われる。ただし、全体が均等に要約されているわけではなく、かなり恣意的な選択がなされている。右に見たように、中心になるのは熊谷直実、直家父子と、平重衡、佐々木盛綱の三者であり、それ以外の話題は大きく割愛されている。熊谷直実に関しては、もっとも有名な説話である「敦盛最期」に全く触れていないところが注意を引かれるが、おそらくはあまりにも有名であり、古浄瑠璃においても『こあつもり』を始めとして、他に繰り返し作品化されているために避けたのであろう。また、『平家物語』には見えない人物が描かれているなど、独自の改変も若干ではあるが行われている。さらに、第五において謡曲『藤戸』を引用していることにも注意しておく必要があろう。先述の如く謡曲『藤戸』は『平家物語』とは本来、異質な視点を有する作品であるが、後日談ということから、つなぎ合わせられたものと思われる。謡曲とは異なる結末部について鈴木光保は、「治者の恩恵を前面に出す事で、盛綱の弓矢の誉れにいささかの翳りもなく「めでたきともなか〳〵申すばかりもなかりけれ」と結ぶに至っている。」と指摘している。[11]

このような形で古浄瑠璃において『平家物語』がダイジェストされることは、必ずしも珍しいことではない。やや年代は下るが、元禄七年（一六九四）に江戸鱗形屋から刊行された古浄瑠璃に『平家物語』があるが、[12]これもまた『平家物語』からの抜粋に若干の改変を加え、さらに謡曲『七騎落』や『舟弁慶』からも引用をしている。本作品と関わる箇所を比較すると、以下のようになる。

古浄瑠璃『平家物語』　　『佐々木藤戸先陣』

五之巻　第一　宇治川

第二　宇治川、河原合戦、木曾最期
第三　木曾最期、樋口の斬られ、三草勢揃、三草合戦、老馬、一二の駆
第四　一二の駆け、二度の駆け
第五　坂落、盛俊最期
第六　首渡、千手の前

六之巻　第一　藤戸

第一　三草合戦、三草勢揃
第二　一二の駆
第三　一二の駆け、坂落、重衡生捕、海道下
第四　千手の前、藤戸
第五　藤戸

右に明らかなように、両者は作品の作られ方がきわめて類似するのみならず、巻第九「三草勢揃」「三草合戦」「一二之懸」「坂落」、巻第十「千手」「藤戸」が選択され、巻第九「忠度最後」「敦盛最期」「小宰相」や、巻第十の「横笛」「高野巻」以下の、平維盛関連説話が選択されていないなど、場面の選択においても緊密な関係を指摘し得る。あるいは、井上播磨掾正本の『佐々木藤戸先陣』と元禄刊の『平家物語』に共通する基盤が存在したのであろうか。また、同様に『平家物語』をダイジェストした古浄瑠璃に、明暦二年（一六五六）頃刊の『木曾物語』及び、それと重複する内容を有する『ともへ』が存在することも、考慮しておく必要がある。[13] 古浄瑠璃において、『平家物語』をダイジェ

ストして語るという行為は、一定の歴史と拡がりとを持っていたものと考えられる。さらに、その際に、独自のストーリーの改変がなされ、また部分的に謡曲を取り入れることも、ありがちな手法だったと考えられる。近松の浄瑠璃の母胎は、このような形で準備がなされていたのである。『平家物語』は南北朝期以降、謡曲や幸若舞曲に作品化されることを通して、個々のエピソードに細分化されてきたといってよい。そこでは、一人の人物、一つの場面のみが取り上げられて、より詳細な物語が形成され、作品化がなされてきた。それは、享受者の間に全体の筋が共通理解として存在したことをも示していよう。また、享受者が『平家物語』以上に詳細な物語内容を求めたという事情も考えられる。

浄瑠璃において行われていることは、方向として、謡曲や幸若舞曲とほぼ逆であるといえるのではないか。浄瑠璃作者の興味は断片化された物語を再び寄せ集めて再構成し、歴史の流れを描き出すことにあったと、ひとまずは言っておきたい。もちろん『平家物語』そのものが、平曲という芸能として存在し、歴史語りの機能を担ってはいるのであるが、語り本の場合は古く南北朝時代頃にテキストが固定化されており、その文辞や内容において、既に同時代の観客の興味の受け皿とはなりにくかったと思われる。江戸時代の観客は新しい『平家物語』を求めていた。その役割を担ったのが古浄瑠璃における『平家物語』の改作だったのである。

一方で、古浄瑠璃における限界も指摘しておきたい。それは内容としては『平家物語』や謡曲に大きく依存し、部分的には独自の改変が認められるものの、そのつなぎ合わせの域を脱するものではなかった。それは想像力の欠如というよりはむしろ、規範意識に拠るものであったと考えたい。先行する文芸を尊重し、また語りの世界で積み重ねられてきた作品を受け継ぐことに重点が置かれていたために、新しい展開が難しかったのであろう。自由な想像力による新しい作品世界が開かれるためには、近松の登場を待たねばならなかったのである。

井上播磨掾と近松

ここで再び、近松の『佐々木大鑑』に立ち戻って、その内容を検討していきたい。この作品もまた、前半において『平家物語』における藤戸合戦譚と謡曲『藤戸』をつなぎ合わせた如き構成を有している。それではこの作品は、先の古浄瑠璃『佐々木藤戸先陣』からどのような影響を受けているのであろうか。その点をまず、明らかにしておきたい。

森修は、義太夫と井上播磨掾及び宇治嘉太夫（加賀掾）との関係を曲目によって示しているので、以下に引用する。(14)

播磨掾　　義太夫
日本王代記　　神武天皇
松浦五郎　　松浦五郎景近
嘉太夫　　義太夫
世継曾我　　同　上

藍染川　同上
いろは物語　同上
　播磨掾　義太夫
賢女手習　賢女の手習い幷新暦
日向景清　出世景清
頼朝七騎落　源氏長久移徒祝
佐々木藤戸先陣　佐々木大鑑

右によると、義太夫ははじめ、京で播磨掾の曲を演じ、次いで大坂において嘉太夫の曲に移り、そののち再び播磨掾の曲に戻ったということがわかる。その理由として森は、竹本座を興して嘉太夫の曲を演じ、人気を得た義太夫であったが、嘉太夫の挑戦を受けたためにその曲目を再演することが不可能になった。そのため、再び播磨掾の曲に戻ったが、以前に播磨掾の曲を京で演じた時には不成功であったため、播磨掾の曲によりながら、それを改訂して上演した、と指摘している。さらに森は改訂作が人気を得た要素として、宇治加賀掾の浄瑠璃を引き継いで、女主人公の活躍と、濡れ場を付け加えたことを挙げている。森の明快な論考に導かれて、当時の義太夫の演目の輪郭が、くっきりと浮かび上がってくるように思われる。ただし、森は『佐々木藤戸先陣』に関しては、「播磨掾の古浄瑠璃が伝わらぬので、その内容は不明であるが」と記している。播磨掾の『佐々木藤戸先陣』の内容が明らかになっている今日、両者の詳細な比較が可能である。そこで以下に、『佐々木藤戸先陣』と『佐々木大鑑』を比較し、近松作の浄瑠璃が、播磨掾の何を引き継ぎ、どのような新しい趣向を盛り込んだかを検証したい。両者を比較してみると、構成においては『佐々木大鑑』の一段目、二段目が『佐々木藤戸先陣』四段目後半以降とほぼ一致することがわかる。『平家物語』と謡曲『藤戸』を結びつけて一連の作品に仕立て上げたのが、『佐々木藤戸先陣』であった。近松はその枠組みを引き継いでいるが、それは二段目までで、三段目以降に新しい趣向を取り入れた、ということになる。先に記したように、『佐々木大鑑』の二段目までと三段目以降の間のつながりがどこか不自然に感じられるのは、このような成立事情にも拠っているのであろう。

また、登場人物においても、類似するところがある。謡曲『藤戸』は、盛綱に殺された藤戸の浦の男の母を前シテとして登場させるが、それ以外の妻子は全く登場しない。一方、『佐々木藤戸先陣』においては、浦の男の母のほか、妻と二人の遺児をも登場させている。『佐々木大鑑』においては、妻子が登場するところを引き継いでいるが、母は登場しない。また二人の幼い男児が、二人の年頃の娘に置き換えられている。このように男児を年頃の娘にしたところが、近松の工夫であろう。

次に本文を比較してみると、一致する箇所は全くない。『佐々木藤戸先陣』からの直接の引用関係はないと言えよう。また、両者は共に流布本『平家物語』や謡曲『藤戸』から引用するが、その引用箇所も一致していない。近松は、それらの引用箇所に関しては、先行作によらず、直接に『平家物語』から引用していると考えられる。

その他の箇所では、僅かに、佐々木盛綱が藤戸の浦の先陣を果たして名乗りを上げる場面が、流布本『平家物語』には見えず、表現が類似するといえよう。

大おんじやうにて　こともおろかや．うだの天わう九代のかうゐん．さゝ木のしやうじか三なん．あふみの国のちう人　さゝ木の三郎もりつな．ふしとのせんぢんなりと．いきおいかゝつて　ひかへける

（『佐々木藤戸先陣』）

宇多天皇の末孫　佐々木三郎盛綱　藤戸の海の先陣と。天もひゞけとよばゝれば

（『佐々木大鑑』）

この箇所も、文辞がきれいに一致するわけではなく、この程度の類似であれば、前者を参照せずとも、後者は作られ得る。このように見てくると、これら二つの浄瑠璃は内容が近似するものの、それぞれの本文が独立して作られた如き印象が濃い。それでは、近松[illegible]浄瑠璃本文を全く利用しなかったのであろうか。表現において、両者の間に関係があることを示す箇所は、『佐々木藤戸先陣』において、浦の男の母や遺児が盛綱に取りすがって嘆く場面の描写が、『佐々木大鑑』の殺された男（ここでは塩焼藤太夫）の妻子の描写に似る点である。

あゝさて　ものうきよにすめば．うきふしげき　かはたけの．つえはしらとも　たのみつる．あまの此よをさりぬれば．いまはなにおか　おひのみの．つゆの命もおしからず．ありがひとても

あらばこそ．あとにながらへ　せんもなし．おなじみちになしたまへと．人めもしらずふしまろび．
わが子かへさせたまへやと．こゑをあげてそ　なくばかり．しよじのあはれと聞こへける．
あなむざんやな　二人のわかともが、もりつなの御まへに　するくとはしりより、ゆんでめてに
とりつきて　のふなさけなや　父はいづくに候そ、おしへてさまはれ、（ママ）のふちゝをかへさせたまへ
やと、すがりついてぞなくばかり、そのさにありおふ　しよさむらい、みなくなみだを　ながさ
るゝ　（『佐々木藤戸先陣』）

親子三人走（はしり）より人めもわかずすがり付。父を返せ我妻かへせ。何のとがにはころし給ふと。弓手（ゆんで）めてにまろびふしりうてい。こがれなげきけり。　（『佐々木大鑑』）

右の波線部は両者の表現が一致する箇所である。ここでは先行作の詞章がそのままではないものの、断片的に順序を変えて利用されていることがわかる。僅かな箇所ではあるが、近松はほぼ確実に、先行する浄瑠璃本文を参照しつつ、新たな作品を作ったと推定される。つまり、近松は、語り本『平家物語』も、謡曲『藤戸』も古浄瑠璃『佐々木藤戸先陣』も全て手許に置き、それらをそれぞれ部分的に利用しながら、独自の作品を作っていると言えよう。『平家物語』や謡曲の詞章をそのまま利用し、つなぎ合わせて作品化するという旧来の古浄瑠璃の作劇法を引き継ぎつつ、新しい要素をふんだんに盛り込んでいるところに、この作品の過渡的な側面が窺える。

考えてみれば、本作は播磨掾の曲の改作として作られ、藤戸合戦における佐々木盛綱の先陣と、そ

の後の殺された男の遺族の嘆きという作品の枠組みはそのまま踏襲しているのであるから、先行作からの引用は、むしろ、自然な方法でもあろう。むしろ、先行作に拠らずに、謡曲を直接に引用している箇所があることが注意される。

先行作の枠組みを利用しつつ、その内容を意図的に改変して新たな作品を作るという方法論は、このようにして生み出されたという、きわめて分かりやすい事例の一つが、この『佐々木大鑑』であると思われる。それでは、近松はどのような発想や方法で新しい趣向を取り入れていったのであろうか。次にそれを考えてみたい。

謡曲『松風』の趣向と敵討

近松作が大きく変えている点として、まず留意されるのは人物設定である。『佐々木藤戸先陣』においては、佐々木盛綱に殺された浦の男の母と妻、それに二人の幼い遺児が描かれていた。一方の近松作では、男の母は登場せず、妻と二人の娘が描かれている。謡曲『藤戸』では、浦の男は「二十あまりの年波」とされるが、近松作では、二人の娘のうち妹は十六歳と記されるので、姉はそれ以上ということになり、当然ながら殺された男の年齢は二十歳あまりではありえず、はるかに上になる。男の母が登場しないのはそのためであろう。また二十歳ばかりの若い男が非情にも殺されてしまうというのが、謡曲の眼目であった。なぜ、近松はこのような改変を考えたのであろうか。

さらに、謡曲や先行浄瑠璃では、盛綱に殺される男は、無名の「浦の男」であったが、近松作においては「塩焼藤太夫」という名が与えられている。これに伴い、二人の娘にも、姉に待宵、妹に時雨とそれぞれ名が与えられ、汐を汲む姿が描かれている。このような設定は何を意味しているのであろうか。

この姉妹について森は「趣向としては『凱陣八島』の義経が久我大臣の二人の姉妹の姫に思いを移すところを思わすもの」と指摘しているが[15]、それ以上に汐汲みの姉妹というと、すぐに想起されるのは、謡曲『松風』であろう。

『松風』は、世阿弥以前の古作の能で[16]、須磨の浦に流された中納言行平と、汐汲みの姉妹、松風、村雨との交情を主題としている。諸国一見の僧（ワキ）が須磨の浦に着いたところ、里の男（アイ）から松風村雨の旧跡という松の故事を聞く。そののち、海人の塩屋に一夜の宿を求めた僧に、二人の女（シテ、ツレ）があらわれて対面する。二人は松風、村雨の幽霊と名乗り、行平との三年に及ぶ交情を懐かしんで舞を舞った後、後世を弔うように頼んで消える。

『松風』はもとより有名な作品であるが、古浄瑠璃においても所属未詳の『松風村雨』や、土佐少掾の『現在松風』が正本として現存し[17]、また万治二年（一六五九）には御伽草子『松風村雨物語』も刊行されている[18]。また、年代は下るが近松の浄瑠璃にも、宝永二〜三年（一七〇五〜〇六）初演[19]の『松風村雨束帯鑑』がある。『松風』は御伽草子や古浄瑠璃にも改作され、当時広く流布していたのである。

本文を比較すると、『佐々木大鑑』の二段目において姉妹が汐を汲む場面に、「さあ〱しほをくまふよ」という詞章があり、『松風』の「出潮をいざや汲まふよ」と近似する程度で、直接の引用関係にはないが、右のように近世初期に流行し、古浄瑠璃にもなっているため、作者の念頭にあったとみて間違いないと私は考える。

『松風』は『平家物語』の世界とはおよそ傾向の異なる平安朝の貴族の物語であるが、佐々木盛綱が美男子であって、姉妹がその相手を争うという描写は、『平家物語』の世界からは全く導き出されない質のものだ。森の指摘にあるように、近松は女性の活躍と濡れ場を付け加えることを意識していたと思われる[20]。そのために『平家物語』の世界に、謡曲『松風』の趣向を持ち込んだのである。このように、歴史劇の中に、世話場が盛り込まれることは、この時期の浄瑠璃が見いだした作劇法であった。

さらにこの姉妹は、再会した盛綱にたいして、親の敵を討とうとしている。敵討という内容そのものは、この時期の浄瑠璃としては決して目新しいものではない。むしろ問題となるのは、そこに至るまでの主題の変化であろう。

謡曲『藤戸』では、盛綱は「かの者の跡をも弔ひ、また妻子をも世に立てうずるにてあるぞ」と言っている。ここで重視されているのは弔いのほうで、恨みを訴えた浦の男の亡霊が弔いによって成仏することで曲は閉じられている。たとえ非業の死を遂げたとしても、弔われることによって救済されるという設定は、謡曲にはごく一般的に見られるものだ。たとえば、謡曲『敦盛』においては、修羅道の苦しみを見せる敦盛の亡霊が、蓮生法師に対して「跡弔ひて賜び給へ」と言って姿を消している[21]。このような結末は、その背後に仏教に対する確固とした信仰の存在を示すといえよう。

一方、『佐々木藤戸先陣』においては、殺された男を弔うことよりも、重視されているのはむしろ、残された者たちの処遇であった。盛綱は男の遺児を世に立てると共に、遺族には財宝を与え、諸役を免除するなど手厚く処遇したため、遺族も盛綱も共に栄えて、「千秋万歳、めでたきとも、なかなか申すばかりは、なかりけれ」と閉じられている。これは祝言を以て終わるという浄瑠璃の型に当てはめた改変といえるが、謡曲に比して仏教色が大幅に薄れている点は明らかであろう。『佐々木大鑑』においては、さらに潤色が進んでおり、遺族は盛綱が「藤太夫の跡を弔う」と約しても納得せず、二人の娘は親の敵を討とうとしている。汐汲み女に過ぎない姉妹が、高名な武将であり、かつ、領主でもある盛綱に対して、太刀を抜いて斬りかかるという大胆な行為が描かれており、しかもその行為は非難されていない。姉妹は逆に「扨しんべう成心入かんじ入たる者共哉。男になして見まほしゝ」と盛綱から褒められている。

また、藤太夫を殺したという盛綱の罪は、最終的には、盛綱によって藤太夫の妻が助命されることで贖われているのであり、後世を弔うという行為や、財宝の給付によって許されているわけではない。松井静夫は「老母の一名救助は藤太夫殺害の代償であり、種々の悪計をたくらみ実行した広綱の死は盛綱が敵討たれることとの代償となっている」と指摘している。(22) したがって、ここでは、治者たる盛綱が、被治者藤太夫父子を見下すような視点は排除されているといってよい。

先行作においては、盛綱と浦の男の遺族との身分差は歴然としていた。盛綱はあくまでも、高所に立って善政を施す側であり、遺族は弔われたり、財宝を与えられたりすることで救済されている。ところが、この『佐々木大鑑』においては、その差が大幅に小さくなっているのである。盛綱は、藤太夫の妻子に対して「其返報には汝等を親とも子共思ふぞや」と言っているし、最終的には待宵・時雨の姉妹は、「武士の妻に系図はいらず」として、盛綱・高綱の妻になっている。身分の差は一応はあるものの、それが易々と乗り越えられているのである。謡曲『松風』においては、松風・村雨の姉妹が、いくら中納言行平の寵愛を受けたとしても、正妻になることはあり得ない。二人は所詮、行平が都に戻れば忘れ去られる存在であり、行平を想いつつ、はかなく死んでしまう。この『佐々木大鑑』の結末と比較した場合、好対照であろう。実は、このような階級差を乗り越えて生きようとする女性の姿こそが、近松のもたらした新しい人間像であった。同じく『佐々木大鑑』四段目では、萩の前が、待宵の変装した賤しい葦売りを男と思い込み、「いや此の道に上下のへだてはなきものを」と言って関係を迫っている。ここでは逆に、身分の高い女性の側から階級差を乗り越えようとしている。このような形で作者は、「恋愛と身分とは関係がない」というメッセージを、繰り返し発しつづけるのである。

先行する『出世景清』においても、遊女、阿古屋は、熱田の大宮司の娘から景清の許に届いた手紙に、自分のことが「遊女」と蔑まれていることに憤り、嫉妬の情から兄が景清を訴人することを許してしまう。ここでは「嫉妬による裏切り」が問題なのではない[23]。嫉妬することそのものが問題なのだ。熱田の大宮司の娘と、遊女とでは、そもそも身分が違いすぎて嫉妬は成立し得ない、というのが中世的な語り物における「常識」である。それを、たとえ身分は違っても、男女の関係においては対等と感じる阿古屋の感受性こそが、『出世景清』のもたらした「新しさ」であった。このような感受性を引き継ぎ、謡曲『松風』を読み替えることで、積極的に階級を乗り越えて恋愛をしようとする女性像を更に徹底して追求して見せたのが、『佐々木大鑑』だったといえよう。

先行する浄瑠璃との関係で、いま一つ気付いたことを記しておきたい。それは五段目の由比ヶ浜において、藤太夫の妻が危ういところで命を助けられる場面である。この場面は『佐々木大鑑』のクライマックスともいえるが、幸若舞曲『静』において、懐胎した静が梶原によって危うく殺されそうになるところを助かる場面とよく似ている。舞曲『静』もまた、古浄瑠璃に取り入れられて繰り返し語られているが、播磨掾正本にも『判官吉野合戦』があることが、注目される。ここでもまた近松は、先行作の趣向を取り入れて、自らの作品世界を構築しているのである。[24]

丙午をめぐって

次に、三段目以降で問題となる、「丙午」について検討したい。ここでは関白九条兼実の息女が丙午の生まれであることが婚姻の障害となり、身代わりとして殺される女が求められている。そもそも兼実の息女が源頼家に嫁すことは、当時の貴族と武家の身分格差を考えた場合、実際にはありえない。もちろんこれは作者の創作にかかる設定であるが、武家の地位が上昇し、相対的に貴族の地位が下降した近世期だからこそありえた発想と言えよう。むしろここで問題となるのは、丙午の年に生まれた女性が、迷信のために結婚を忌避されるという問題である。確かに浄瑠璃の本文にあるように、文治二年（一一八六）は丙午に当たり、この設定は作者が暦を調べて考えついたのであろう。また、確かにこの年、源頼家は五歳に当たるが、これも浄瑠璃の本文と一致する。しかし、そのような歴史的な記述の正確さだけが問題なのではない。これはこの浄瑠璃が上演された時代と直接関わる問題であった。

浄瑠璃本文には、「惣而（そうして）丙午の女夫にたゝるといふ」とある。丙午を不吉とする思想は中国に起源を持ち、古く日本に入ってきたようだが、その時期については判然としない。このような「丙午の女性が結婚相手としてふさわしくない」という形での俗信は近世初期に巷間に流布したようである。この『佐々木大鑑』が初演された貞享三年から直近の丙午は、寛文六年（一六六六）に当り、その年に生まれた女性は、貞享三年には数え年で二十一歳になっている。まさに結婚が問題となる年頃であり、丙午生まれの女性が結婚できるかどうかは、当時の社会的な関心を集めた問題であったと思われる。

実際、同じく貞享三年春に上梓された、井原西鶴の浮世草子『好色五人女』巻三、「中段に見る暦屋物語」（おさん茂右衛門）において、都を駆け落ちしたおさんは、寄寓したおばの元で、「岩飛の是太郎」という悪人と祝言をあげなくてはならなくなり、相手を避けるために「我は世の人の嫌ひ給ふひのへ午なる」と言っている。[25] また、やや年代は下がるが、宝永四年（一七〇七）大坂竹本座初演の、近松の『心中重井筒』「中の巻」においても以下のような表現が見える。[26]

雲雀（ひばり）鴨（ひよどり）比叡の山の。檜木（ひのき）の枝に。そりゃ鳥刺か。鳥でないぞや身は丙午。又房（ふさ）様のいま〱し。男殺そといふことか。こちは祝うて姫小松。

右によれば、「丙午の女は男を殺す」という形でも、俗説が社会に浸透していたことが理解できよう。これらの記述からも、当時の社会において、丙午の女性に関する俗説が広まっていたことが窺える。

また、貞享三年から四年前の天和二年（一六八二）十二月、江戸で大火があった。所謂八百屋お七の火事である。お七が丙午生まれであったという俗説は、今日よく知られている。たとえば『日本国語大辞典』には、「丙午の女は男を食う」の項に「一説に八百屋お七を寛文六年（一六六六）の丙午生まれとした浄瑠璃『八百屋お七』により広まったとする」とある。(27) 確かに、紀海音作の浄瑠璃『八百屋お七』には「柳。原のゝ。つく〴〵しよそ目にあまるなみだ川。わたりかねたる　ひのへ馬　ふじの。けふりと。もろ共に。きゆる命ぞ。はかなけれ」と見え、(28) お七が丙午生まれであることが暗示されている。ただし、この浄瑠璃の初演は正徳五年（一七一五）秋より享保初年の間と推定されており、(29) 先の近松や西鶴の記事からいっても、もっと早くから丙午の俗信は社会的に広まっていたことが明らかなので、この浄瑠璃によって広まったというのは事実とは考えにくい。

　お七は火事の時に十六歳であったと伝えるので、天和二年から逆算すると、寛文七年の丁未生まれとなり、丙午の生まれではない。また、先の『好色五人女』巻四はこのお七をモデルとするが、そこでは西鶴は丙午には全く触れていない。お七が本当に丙午生まれなら、西鶴はそれを見逃さないのではないか。したがってお七を丙午生まれとする説は、やや時代が下った後に誤伝が生じ、それを元にした浄瑠璃によって広まった、一種の起源説話であろう。ただし、注意しておく必要があるのは、このお七の世代である寛文六年生まれの女性が、恐らくは日本の歴史上、最初に大規模な形で結婚が困難になった「丙午生まれ」だったということだ。その記憶が、お七火事という歴史的事件の記憶と重ねられて、丙午の起源説話が形成されていったと私は考える。(30)

『佐々木大鑑』では近松は、畠山重忠の口を借りて、丙午の俗信をきっぱりと否定している。

　惣而（そうして）丙午の女夫（おっと）にたゝるといふ事俗より出たる僻事（ひがこと）也唐土（もろこし）にては文王の后（きさき）丙午にて万歳（ばんぜい）をたもち。我朝にては安閑天皇の御母后日（ひ）の子（ね）の姫。其外丙午の女。世に千代を重ねし其例（ためし）古今（いにしへいま）に数しらぬ。

まよふときんばたとえば水のえ丑にてもたゝりなくて叶(かなふ)まじ。

このような「智者」としての畠山重忠像は、『出世景清』と共通するものだ。たとえ丙午の生まれであっても、万歳を保つ（長生きをする）例はいくらもあり、そのような俗信に惑わされることはない、という畠山の（つまりは作者の）主張は、先に触れた仏教的観念の衰退という問題と通じるものであろう。近世的な現実主義によって、この浄瑠璃は貫かれているといってよい。それは、人間の能力によらない信仰や俗信に運命を預けることへの拒絶であり、総じて現実社会は人間の行為によって成り立っているとする人間中心の世界観の表出でもあった。

当時、実際に、丙午に生まれた女性たちや、そのような女性を身内に持つ人々が、いわれのない俗信のために、結婚が困難になるという問題に直面して苦しめられたであろうことは想像に難くない。近松が浄瑠璃において、俗信を明快に否定したことは、それら「丙午問題」で苦しむ人々にとって、大きな励みになったのではないだろうか。近松が浄瑠璃に持ち込んだのは、まさにこのような同時代の関心事であり、そこに新しさがあったといえよう。

おわりに

以上に検討してきたことを簡単にまとめると以下の三点になる。

① 『平家物語』巻十「藤戸」は謡曲や古浄瑠璃に取り入れられてきたが、近松の『佐々木大鑑』はそれら諸作品の蓄積の上に作られている。先行する井上播磨掾の『佐々木藤戸先陣』はほと

んど『平家物語』と謡曲『藤戸』からの引用によって成り立っていた。近松作はその改作ではあるが、播磨掾の本文を直接には利用せず、枠組みとしては引き継いでいるものの、大幅に新しい趣向を加えている。

② 近松は新しい趣向として、加賀掾から引き継いだ、女性の活躍と濡れ場を付け加えている。そのため、近松は謡曲『松風』の趣向を利用し、待宵・時雨という姉妹を登場させ、活躍させている。また、その二人は最終的に佐々木盛綱・高綱兄弟の妻となっている。このような身分の壁を乗り越える女性の姿が、近松によって作られた。

③ さらに、当時の観客の強い関心事であった、丙午の女性の結婚という問題を取り上げて、作中に生かしている。このような形で、歴史劇の中に現代的な要素が盛り込まれたのである。

さて、『佐々木大鑑』は、なぜ大ヒットしたのであろうか。確かに、今日の読者から見た場合、この曲が『出世景清』よりもすぐれて人気を博するという事態は、考えにくい。それは登場人物の心理描写に興味が偏った見方をしているためであろう。冒頭に引用した『今昔操年代記』は、待宵と時雨の相の山の道行が、もてはやされたという。もちろん、そのような語りの魅力もあったのであろう。それは義太夫の能力に負うところが大きい。しかし、その他に、近松が古くから語られてきた物語に同時代性を持ち込んだという要素が、流行の要因としてあったのではないだろうか。特に、社会的関心事の丙午の問題や、階級差を乗り越えようとする女性の姿は、当時の観客の心をつかんだものと私は考えている。

その一方で、この時期の近松の浄瑠璃はまだ、古浄瑠璃の時代の名残を濃厚に留めてもいる。詞章に工夫が凝らされてはいるものの、『平家物語』や謡曲の内容をそのまま引き継いでいる部分も多い。先行する作品の詞章を利用するという制約から、完全に解放されていない。新しい時代への過渡的な作品と位置づけることができよう。

また、同時代の話題や社会的関心を内容に反映させるという手法は、必ずしも、歴史劇の枠組みを必要とするものではない。おそらく、そのことに気付いた時、世話浄瑠璃は目前にある。この『佐々木大鑑』の成功は、それまで歴史劇のみを語ってきた浄瑠璃の枠を拡げ、世話浄瑠璃へと一歩近づける役目を果たしたのではないだろうか。

近松の時代には、『平家物語』は既に、語られすぎていたし、成立から時間が経ちすぎていた。同時代の観客の興味をどのように引きつけるかという課題に応える必要が、作者にはあった。その答えの一つが、この『佐々木大鑑』だったのである。

〔付論〕『出世景清』は名作か

近松作の浄瑠璃『出世景清』は、近松の作品の中でも特に研究者に好まれ、多くの論文が書かれてきた作品である。原拠になった幸若舞曲の『景清』と対比しつつ、この作品の何が問題なのかを、検討していきたい。

舞曲のあらすじをまずは書いておきたい。平家の残党、悪七兵衛景清は、東大寺の大仏供養で頼朝を狙うが討ち果たせない。景清を捕えるための高札を見た妻の阿古王は、自分と子供だけ助かろうと訴人する。察知した景清は、我が子を殺して逃げる。もう一人の妻、熱田大宮司の娘のもとに隠れた景清を阿古王は再び訴人するが、恩賞の代わりに処刑される。頼朝の命を受けた梶原景時は囮として大宮司を捕え、景清は名乗り出て舅を助ける。景清はついに捕縛されるが、牢破りをして清水観音に参詣する。六条河原で首を斬られそうになったときに、観音が身代わりに立つ。自ら両目をくりぬいた景清は日向に所領を与えられる。

さて、これと『出世景清』を比較してみたい。『出世景清』では景清の妻は阿古屋で、兄、十郎に唆されて熱田大宮司の娘、小野姫への嫉妬から景清を訴人する。景清は逃れ、熱田大宮司が捕えられるが、小野姫は父の身替りとなり、水責めにも白状しない。次は火責めとなった時に景清が現れて、自ら縄にかかる。牢に入れられた景清のもとに小野姫は通い、阿古屋も牢中の景清に許しを乞うが、景清は許さない。絶望した阿古屋は我が子を殺して自害する。景清は牢を破って阿古屋の兄を殺し、再び牢に戻る。清水観音が景清の身替りとなり、景清は日向に所領を与えられる。

近松の新しさは、以下の三点にあると考えられる。

① 阿古屋の兄という敵役を作り、阿古屋が嫉妬から訴人したとすること。
② 舞曲では景清がわが子を殺しているが、それを阿古屋による子殺しに変えたこと。
③ 熱田大宮司の娘に「小野姫」という名を与え、父に代わって水責めになるけなげな姿を描いたこと。

以上三点のうち、註23で触れたように、近代の研究者は特に①の阿古屋が嫉妬によって訴人することを重視し、女性の「内面」が描かれていることを評価してきた。しかし、それは全く近代的な解釈であって、本作品の評価としては適切ではない。むしろ、本論においても触れたように、本来は身分が異なる遊女が、熱田大宮司の娘小野姫に嫉妬をするという状況こそが近松らしさである。本来、遊女である阿古屋は社会の底辺にあって、小野姫とは圧倒的な階級差がある。それは近世社会の現実でもあった。しかしそのような階級差を「おかしい」と感じ、恋愛においては同じ女性として対等であるはずと感じる感受性こそが、近松の時代のものだったのである。

そして、この芝居の見せ場としては、③の美しい小野姫が水責めにあうというエロティシズムや、②の阿古屋が我が子を殺す凄惨な場面のほうが、むしろ観客の興味を惹いたと思われるのである。しかし、このような見せ場は、興味本位で観客をひきつける性質のものだけに飽きられやすい。本作品が上演当時にあまり高い評価を得なかったのも、そのためと思われる。

『出世景清』は、少なくとも上演された当初に於いては、名作でもヒット作でもなかった。のちの『佐々木大鑑』のほうが当時としては名作だったのである。近代になって、研究者が一方的に阿古屋の内面の動きを高く評価し、名作にしてしまった。研究者はしばしばこのような過ちを犯すということ、近代的解釈による評価には留意する必要があることを指摘しておきたい。

【註】

（1）貞享三年七月、京、山本九兵衛刊。外題は「佐々木大鑑」、内題は「佐々木先陣」とする。本来ならば、「佐々木先陣」を用いるべきであろうが、「佐々木大鑑」の称も三段目道行に用いられている。ここでは先行する松井静夫、森修の論文が「佐々木大鑑」を用いていることに従う。なお、引用本文は『近松全集』第一巻（岩波書店、一九八五年）に拠った。

（2）信多純一「『出世景清』の成立について」（『国語国文』二十八巻六号、一九五九年六月。のち『近松の世界』平凡社、一九九〇年）。

（3）森修「近松作『佐々木大鑑』の意義」（『大坂の歴史』十二号、一九八四年三月。のち『近松と浄瑠璃』塙書房、一九九〇年）。

（4）『日本庶民文化資料集成』第七巻（三一書房、一九七五年）に拠る。なお、一部、表記を通行のものに改めている。

（5）阪口弘之「竹本義太夫――道頓堀興行界の戦略――」（「国文学　解釈と教材の研究」二〇〇二年五月）。

（6）大橋正叔「「作者近松門左衛門」推考」（『山邊道』第三十号、一九八六年三月。のち『近松浄瑠璃の成立』八木書店、二〇一九年）に、同年五月初演の『三世相』が作者名表記として先行するという指摘がある。ただし、『三世相』の作者名は埋木であり、正式に作者名が記されたものとしては『佐々木大鑑』が最初であることに変わりはない。

（7）『吾妻鑑』元暦元年十二月二十六日条に『佐々木三郎盛綱。自馬渡備前国児島追伐。左馬頭平行盛朝臣事。今日以御書蒙御感之仰。其詞曰。自昔雖有渡河水之類。未聞以馬凌海浪之例。盛綱振舞。希代勝事也云々。」と見える。

（8）流布本『平家物語』の本文は、佐藤謙三校注『平家物語』上下、（角川書店、一九五九年）に翻刻された、寛文十二年刊、平仮名整版本に拠った。なお、八坂本は引用箇所の末尾に、「返す返すもなさけなかりし事どもなり」と記している。

（9）『日本古典文学大辞典』第五巻（岩波書店、一九八四年）「藤戸」の項（徳江元正執筆）。

（10）ともに、鈴木光保『古浄瑠璃集――藤戸合戦物三種――』（三穂文庫、一九九三年六月）に影印、翻刻。以下、引用本文は同書に拠った。

（11）鈴木光保、前掲註10解題、一八〇頁。

（12）拙著『平家物語から浄瑠璃へ　敦盛説話の変容』（慶應義塾大学出版会、二〇〇二年）。

（13）『木曾物語』『ともへ』については、前掲註11二三六～二二四頁及び、阪口弘之「『ともへ』（紹介と翻刻）」（『大阪市立大学人文研究』第四十一巻第四分冊、一九九〇年一月）、同「金平浄瑠璃のはじまり――「きそ物かたり」の周辺――」（『論集近世文学』1、勉誠社、一九九一年五月）を参照。

（14）前掲註3

（15）前掲註3

（16）『松風』は『三道』『申楽談義』『五音』により、田楽喜阿弥作曲の『汐汲』の翻案で、観阿弥作曲の原作を元に、世阿弥が改作したもの。（『日本古典文学大辞典』第五巻、〔岩波書店、一九八四年〕「松風」の項〔西野春雄執筆〕に拠る）。

（17）古浄瑠璃『松風村雨』は『古浄瑠璃正本集』第六（横山重校訂、角川書店、一九六七年）に翻刻、解題。所属未詳。同書解題によると、寛文末から延宝初年の刊。五段まで現存するが、結末部を欠いており、全六段と推定される。内容は中納言行平が丹波庄司清正との争いから、須磨に流罪になり、松風村雨姉妹と契るが、都に召し返されて別れる。松風は男児みどり丸を生んで後、入水し、妹も後を追う。成人したみどり丸は、出家するというもの。『現在松風』は『土佐浄瑠璃正本集』（鳥居フミ子校訂、角川書店、一九七五年）に翻刻・解題。全六段。刊年未詳。こちらは中納言行平が右大弁定顕の奸計によって須磨に流罪になり、松風村雨姉妹と契るが、のちに事顕れて召し返されるというもの。姉妹は入水していない。

(18) 御伽草子『松風村雨物語』(別名『行平須磨物語』)は、謡曲『松風』を物語草子に仕立てたもの。御伽草子としては新しい部類に属する作品で、万治二年刊本が最も古く、万治寛文頃刊の松会版や、延宝天和頃刊の江戸版もある。(徳田和夫編『御伽草子事典』〔東京堂出版、二〇〇二年〕「松風村雨物語」の項〔小林健二執筆〕参照)。なお、御伽草子は松風を十八歳、村雨を十六歳とするが、妹の年齢は『佐々木大鑑』と一致する。

(19) 『日本古典文学大辞典』第五巻、(岩波書店、一九八四年)「松風村雨束帯鑑」の項(松井静夫執筆)。

(20) 前掲註3

(21) 謡曲『敦盛』は『申楽談義』に「世子作」とあることより、世阿弥の作。源平合戦の後、熊谷直実は出家して蓮生法師と名を改め、須磨を訪れて敦盛の菩提を弔う。そこに敦盛の亡霊が現じて回向を頼む。拙著前掲註12四十三~五十一頁参照。

(22) 松井静夫「『佐々木大鑑』について」(『近松論集』第二集、一九六三年七月)

(23) たとえば廣末保は「一度は不安に打ち勝ち景清を信じた心が再びうらぎられてゆく、そうした阿古屋の心を深くとらえることによって、近松は、阿古屋と景清の悲劇的なシチュエイションをつくり出してゆく。」(『増補近松序説』一九六三年九月、十八頁)とする。また、諏訪春雄は「阿古屋の激情的な心理の動きがみごとに捉えられている。題材を古伝承の世界に借りながらも、近松はこの作で、人間の生理と心理とをそなえた生きた女を描ききってみせた」(『近世戯曲史序説』白水社、一九八六年二月、一一四頁)とする。このような人物の心理を読み解くという指向こそが、近代の流行であった。角田一郎は「遊女上がりの女房阿古屋が、嫉妬による訴人で景清を牢舎に至らせた罪を悔いて自害する悲劇が、明治以来本曲の眼目として高く評価されている。」と記している(岩波講座歌舞伎・文楽第八巻『近松の時代』岩波書店、一九九八年)。これはまさに、「明治以来」の評価であって、初演時の評価とはおのずから異なるものであろう。

(24) 万治四年(一六六一)刊。『古浄瑠璃正本集』第三(横山重校訂、角川書店、一九六四年)解題によると、『義経記初巻』との関係から、井上大和掾(播磨掾)正本と推定される。五三六頁。

(25) 日本古典文学大系『西鶴集』上（岩波書店、一九五七年）所収「好色五人女」（堤精二校注）に拠る。

(26) 日本古典文学大系『近松浄瑠璃集』上（岩波書店、一九五九年）所収「重井筒」（重友毅校注）に拠る。

(27) 『日本国語大辞典』第二版第十一巻（小学館、二〇〇二年）四三三頁。

(28) 日本古典文学大系『浄瑠璃集』上（岩波書店、一九六〇年）所収「八百屋お七」（乙葉弘校注）に拠る。

(29) 『日本古典文学大辞典』第六巻（岩波書店、一九八五年）「八百屋お七」の項（横山正執筆）に拠る。

(30) 桜井徳太郎は「丙午生まれの女性は気性が強くて結婚しても夫を早死させるとか殺すとかいわれる俗信の定着したのは、江戸開府後三度目に廻ってきた一七八六（天明六）年、一八四六（弘化三）年、一九〇六（明治三九）年と、丙午生まれの女性を疎外する風潮が強まってきた」（『日本風俗史事典』「丙午」の項、弘文堂、一九七九年）とするが、地域によって定着した時期は異なるようだ。先の西鶴や近松の作品から判断して、大坂では寛文六年（一六六六）の丙午生まれが成人する頃に既に、広まっていたと思われる。

第五章　『義経千本桜』と『平家物語評判秘伝抄』

はじめに

延享四年（一七四七）十一月に大坂竹本座で初演された浄瑠璃『義経千本桜』は、今日もたびたび上演される傑作である。二代目竹田出雲、三好松洛、並木千柳（宗輔）の合作により、平家滅亡後の世界を『平家物語』『義経記』の内容に拠りながら、独自の趣向で描いている。

この作品が、平知盛、平維盛、平教経という三人の平家の武将が、壇ノ浦合戦の後も実は生きていたという設定を骨格としていることは、既に原道生が詳細に説いたところである。この設定について原は、「歴史の常識の逆を行く、奇警な、しかし、伝説としてはよくある形の設定」であると指摘している。[1] これら三人は劇中で、平知盛は自害、平維盛は出家、平教経は討死しているので、「正史」が書き換えられることはない。こうして三人が実は生きていたという「秘史」は闇に葬られてしまう。このような「秘史」の形成過程は、浄瑠璃作者による創作に一元的に帰してしまえないものである。というのは、『平家物語』には、浄瑠璃以前にさまざまな別伝が存在し、それらが浄瑠璃の内容に影響を与えていると思われるからである。『義経千本桜』が描く「秘史」は、どのような素材をもとに作られたのであろうか。この論考では、『平家物語』に関する伝承や批評の展開を検証することで、『義経千本桜』の成立背景の一端を明らかにしたい。

平維盛生存説をめぐって

問題の三人のうち、まず、平維盛生存説から検討していきたい。『義経千本桜』では三段目に描かれている。熊野の沖で入水したとされた平維盛は、実は吉野のすし屋弥左衛門に助けられ、今は弥助と名を変えて匿われている。すし屋の息子、権太はならず者で、家から追い出されている。弥左衛門は鎌倉方の詮議に備え、武者の首を持ち帰って鮓桶に隠すが、それを権太が持ち去る。そこに維盛の妻、若葉の内侍と息子の六代の君が訪ねてくる。すし屋の娘、お里は、詮議がかからないうちにと三人を逃がすが、権太が後を追う。梶原による詮議があり、権太は褒美欲しさに維盛の首を差し出し、内侍・若君を括って渡す。弥左衛門は激怒して権太を刀で刺すが、渡した首は偽首で、内侍・六代と見せかけたのは権太の女房と倅であった。危難を逃れた維盛と内侍・若君だが、すべては頼朝の配慮だった。維盛は高野山へ、内侍と若君は京へと別れる。

『平家物語』巻十は、平維盛は高野山で出家し、その後熊野で入水自殺を遂げたと記している（「横笛」〜「維盛出家」）。維盛については、早く中世から生存説話が存在した。『源平盛衰記』巻四十は、「ある説には」として以下のように記している。

或説ニハ、那智ノ客僧等是ヲ憐(あはれみ)テ、滝奥ノ山中ニ庵室ヲ造(つくり)テ隠シ置タリ。其(その)所今ハ広キ畑ト成テ、彼人(かの)ノ子孫繁昌シテオハス。毎年ニ香ヲ一荷、那智ヘ備ル(そなふ)外ハ別ノ公事ナシ、故ニ爰(ここ)ヲ香疁(かうはた)ト云(いふ)ト。
入海ハ偽事(いつはりごと)ト云々。

右に明らかなように、中世には既に維盛生存説が存在し、その子孫を名乗る人々がいたことがわかるのである。(2)

また、『太平記』巻五「大塔宮熊野落事」では、大塔宮護良親王の熊野落ちを描く際に、十津川における戸野兵衛尉の言葉として、「平家ノ嫡孫維盛ト申(マウシ)ケル人モ、我等ガ先祖ヲ憑(タノミ)テ此所ニ隠レ、遂ニ源氏ノ世ニ無レ恙(ツツガナク)候ケルトコソ承(ウケタマハリ)候へ。」と記している。(3) したがって、奈良県の十津川村にも維盛伝承が存在したことが知られる。参考までに、寛政三年（一七九一）刊の『大和名所図会』巻六には、十津川荘五百瀬(いもがせ)村（現、十津川村芋瀬）に「宝蔵寺」という、平維盛の建立と伝える寺があること、また、同所に維盛の墓があることを記している。(4) これら『源平盛衰記』や『太平記』の記事により、室町期には既に、平維盛の生存説話が成立していたことがわかる。このように説話が熊野と十津川の二箇所に見えることについて、鈴木宗朔は、熊野の維盛伝説が南北朝期に十津川まで伝来し、『太平記』がそれを取り入れたものと推定している。(5)

それでは、近世に入ると、この生存説話はどのように展開するのであろうか。鈴木の論考によれば、有田郡山保田庄上湯川村（現、清水町）の小松氏が代々「小松弥助」を名乗り、維盛の子孫として認められていた。『紀伊続風土記』によれば、元和五年（一六一九）に紀州藩主として着任した徳川頼宣が、小松弥助を地侍として処遇している。(6)

また、文献上は元禄二年（一六八九）刊の『参考太平記』巻五に、維盛の子孫が紀州に現存し、「小松弥助」を名乗っているという記事が見える。[7] したがって、この頃には、小松弥助の名は広く知られていたものと思われる。『義経千本桜』では、すし屋に匿われた維盛が「弥助」と名を改めている。作中では「いよいよ助くる」の意という説明がなされているが、この名は作者による創作ではなく、現存した「小松弥助」の名を参考にしたものであろう。[8] また、鈴木は『明良洪範』[9]続編巻八「小松維盛の後裔」の項に、維盛が熊野色川の土豪、清水清左衛門に匿われ、その婿となったとする記事のあることを指摘している。[10] これもまた、維盛がすし屋の弥左衛門に匿われて、娘のお里から思いを寄せられるという『義経千本桜』の筋に反映していよう。

さて、このような維盛生存説をさらに大きく展開したのが『平家物語評判秘伝抄』（以下『秘伝抄』）である。『秘伝抄』は『平家物語』の注釈書で、十二巻二十四冊。慶安三年（一六五〇）の刊記のある板本が存在するので、成立はそれ以前である。作者は諸説あるが詳らかでない。『平家物語』の本文を抄出し、著者による批評（評曰）及び別伝（伝曰）を付加している。別伝の典拠は明示されないが、『吾妻鏡』に拠る箇所があることが、堀竹忠晃によって指摘されている。[11] 本書の内容について杉本圭三郎は「『平家物語』を文学作品として評論するものではなく、叙述されている人物や人物の行動・事件など、作品に表現されている事実に対しての批評である。人物や人物の行動に対しては、儒教的・仏教的倫理観にたってこれを批判し、道学的見地からそれぞれ詳細に論じて毀誉褒貶している。事件、とくに戦闘などについては、兵法の立場からの評論を加えて、その優劣を明らかにしている。全体にわたって、強調しているのは道義であり、それを批判の軸とする、『平家物語』の人物論・政

道論・軍略論である」と指摘している。(12)

この『秘伝抄』において、維盛の入水がどのように記述されているかを、以下に見ていきたい。まず、「評曰」として、作者は維盛の入水を以下のように評価している。

> これもりの出家は、とても遁ぬ世と成給へば、さのみ感心すべきにあらず。石童丸が出家は、重景が勇によれり。故に三人の出家の其志の軽重を云時は、重景を重しとすべし。又惟盛(ママ)の出家せられける事、敵陣に向て討死し給たるより、当分廉からぬふるまひたるべし。されども、其志いかゞおもはれけん。此度の有様にては、とても平氏の滅亡にして、運をひらく事難に極時は、錦を着て泥中にふし、石を懐て淵に沈がごとくにして、よしなき徒と一所に、いたづらに空なり給はんより、暫其身をかくして、時をまち、運をひらかん計謀を廻し給ふ志宜しからんか。縦一生其志達事あたはずと云とも、其思処真実なる時は、必終には其心根世に顕るもの也。惟盛尤平家の一門をうちすてゝ退給ふ処をみる時は、是不義不勇なるに似たり。されども若此惟盛、此時退て、其身を隠、時に臨て大功を達し給ふ時は、却て此ときの不義不勇と存たるも、皆世の誤と成ぬべし。然ば惟盛の志一つによつて善悪の二義有べし。されども此書には、終に熊野の沖にて入水し給ひたりとあれば、是宜しからざる出家なるべし。(13)

右によれば、維盛の出家は敵と戦うことから逃れたものであり、潔くない行いであるという。しかし、波線部に見えるように、明らかに味方の形勢が不利な時に、潔く戦って討死するよりも、むしろその場を逃れて後日の再興を期したほうがよい、という判断も成り立ちうる。その場合には、一時は「不義不勇」に見えた行いも、世の誤りとなって面目を施すであろう。このような、死んだと見せかけてその場を逃れ、時期を見て再興を期すという計略は、『義経千本桜』全体の構想と深く関わっている。この問題については、後に知盛、教経についても詳しく見ていきたい。

また、右の評は最後のところで、「此書には、終に熊野の沖にて入水し給ひたりとあれば、是宜しからざる出家なるべし」とあって、維盛の出家は評価されていないものの、入水説を記す『平家物語』以外に、別の伝承があることが暗示されている。そこで次に、「伝曰」を見ていきたい。これは維盛に関する「別伝」であるが、以下のように記している。

> 小松大臣殿、御臨終の砌、惟盛を御枕の近ふへ召れ、あたりの人を退られ、重景一人斗召て仰られけるは、平氏禅門の驕によつて、天下悉当家を背、万人乱を好事、十ケ年以来甚といへども、重盛智謀を廻し、今に世をたもてり。されども一門の者共、悉私欲を貪て、弥禅門を驕らしめ、却て重盛に讐をたくむもの多し。されども吾天に徳をなせり。何ぞあへて是をうれふべけん。只吾徳の足ざる事を愁。然といへ共、運命既に尽て、此時空く成べし。しからば必天下の大乱三年を出べからず。終汝等も帝都を去、西海に流浪すべし。然らば汝は智をめぐらし、紀伊国に兼て拵たる所有。此所へしのび、世上には自害の躰をみせて、時を待て運をひらき、父が名を天下に再顕べし。始をよくする者はあれども、終を守る者稀也。天下を知べきものは源氏の輩たるべし。木曾義仲は不徳不明の者也。一旦事を得たりと云とも、終久かるべからず。頼朝は強敵たるべ

し。されども彼必後に驕生ずべし。時に臨で義兵を挙よ。是は是兵法の深意たり。此巻をもつて兵道の自在を悟れとて、一巻の書を伝られけり。時に重景を召て仰られける事は、汝が父景康より、代々相伝の忠士たり。殊に汝千万人秀て忠勇尤他異也。天下の始終今吾鑑処。少も違べからず。殊に汝は惟盛と同年にして、未若年也。存あらば必時に応ずべし。偏に草のかげにても、汝を頼と宣て、重代の御釼を下されけると云々。是によつて熊野山中に落忍給ひて、世上には自害の躰にもてなし給と云々。殊に瀧口は、小松殿の御恩深蒙たる者也。故に良将は、三世を鑑、いかなる山中の者、又は賤隠者等にも、義恩を施し置、終の大事を計と見えたり。

やや引用が長くなったが、右の別伝には重要な点が二点ある。維盛生存説を記していること、及び、それを重盛の計略としていることである。維盛の父、重盛は平家一門の衰運を予見し、子息に一つの計略を授ける。波線部にあるように、熊野の山中にあらかじめ隠れ家が用意してあるので、自害をしたように見せかけてそこに隠れよ、そして平家再興の時節を待てというもので、維盛はその父の言葉に従ったという。ここでは、維盛の入水は父、重盛が生前から仕組んでおいた計略だったのである。

　これは明らかに、世上に流布していた維盛生存説を補強し、拡大したものといってよい。引用部分の最後で、重盛が「義恩」を施しておいたことが、後に役立ったという記事が見えるが、これは『義経千本桜』において、弥左衛門が重盛から受けた恩義のために、維盛を救ったという内容に反映している。

『義経千本桜』では、弥左衛門は重盛が唐土の「硫黄山」に三千両の祠堂金を渡そうとした時の船頭で、その三千両を分け取りにしたのに、重盛は罪に問わなかったという。これは明らかに『平家物語』巻三「金渡」を意識した設定であるが、『平家物語』の「育王山」が『義経千本桜』では「硫黄山」に改められ、虚構の設定になっている。弥左衛門はその恩を今に忘れていないのである。新日本古典文学大系『竹田出雲／並木宗輔浄瑠璃集』によれば、この箇所はのちに改刻され、「分け取り」が「盗み取られ」に改められているという[14]。また、類似するの設定が享保十五年（一七三〇）の『蒲冠者藤戸合戦』（並木宗輔・安田蛙文作）に見えるという。同書は以下のように記している。

> 平家の侍小胡麻の郡司と伊賀の平内左衛門が、重盛の命により祠堂金三千両を唐土育王山へ運ぶ際に悪心が兆し、三千両のうちの千両を書類をごまかし、二人で五百両ずつ分け取りした。重盛は二人を見逃したが、二人は良心の呵責に苦しみ、罪滅ぼしにと重盛の死後、維盛・六代のために命がけで尽す。義経千本桜では、作者は自身の旧作から設定・文章の一部をそっくりとり入れながら、弥左衛門をもと平家の侍とせず、船頭としたところが、二段目切と一貫する平家物語の本文に則った脚色態度である[15]。

『義経千本桜』は従って、旧作『蒲冠者藤戸合戦』の設定を引き継ぎながら、部分的に改変しているのだが、弥左衛門を平家の侍でなくただの船頭としているのは、さきの『秘伝抄』の「いかなる山中の者、または隠者等にも、義恩を施し」という表現に合致している。弥左衛門が維盛を救ったのは、たとえ武士ではない身分の低い者でも、恩義を与えておけば将来役に立つことがあるという、まさにその具体的な反映になっている。また、維盛を熊野での入水から救うという設定も『秘伝抄』を参考にしたものとおぼしい。

また、ここで注意しておく必要があるのは、自害した振りをして密かに生き延びるという計略があらかじめ重盛によって示されていることである。それは、平家の衰運の予見に端を発しており、その先見性が強調されている。この重盛像は、『平家物語』巻三「無文」に、「不思議の人にて、未来のことをかねてさとり給ひけるにや」とあるような、「一門の運命」を予見する能力を拡大したものだ。『義経千本桜』では維盛の計略が父によるものとはしていない(計略であるかどうかも明瞭に示されない)が、先に記したように、重盛の恩を受けた者によって維盛が救われるという設定は『秘伝抄』を経由して、『義経千本桜』に反映しているのである。

知盛・教経をめぐって

それでは、次に『義経千本桜』の知盛・教経像はどのようにして形成されたのであろうか。まず、知盛である。『義経千本桜』では二段目渡海屋の段において、尼崎の廻船問屋、渡海屋に、義経主従が滞在している。船宿の主人、渡海屋銀平は、じつは壇ノ浦で入水したと見せかけて、安徳天皇を救い出し、生き延びた平知盛。安徳天皇の乳母、典侍の局を女房として、天皇を「お安」という娘として匿っている。義経主従をだまして船に乗せ、討ち取ろうとするが、計略が露見してしまい、逆に討たれて安徳天皇を義経に託して死ぬ。

都を落ちて九州に逃れようとした義経主従の乗る船に、知盛の亡霊が現じるという設定は、能『船弁慶』を典拠としている。『義経千本桜』本文においても、銀平が知盛に姿を変えて現れる場面では「抑是は桓武天皇九代の後胤。平の知盛幽霊なり」という謡曲の詞章が用いられ、謡風に語られるほか、義経と対決する場面でも「あら珍しやいかに義経」という謡曲の詞章が引用されており、その影響は色濃い。しかし、能では死霊となって現じている知盛が、ここでは生き残っている実在の知盛であるところに大きな違いがあり、その背後には死んだと見せかけて平家の再興を目指す「計略」がある。

一方、教経については『平家物語』では壇ノ浦合戦で華々しい活躍をした後に、源氏の武士二人を道連れにして入水している。『義経千本桜』では、教経もまた入水したと見せかけて生き延びている。教経は吉野で横川覚範と名を変えている。佐藤忠信が狐の助けを得て教経を討ち、安徳帝は京の建礼門院のもとで出家する。

教経を生き延びさせたのは屋島合戦で兄、継信を教経に射殺された佐藤忠信が、兄の敵を討つという設定とも結び付いており、優れた演劇的構成といえよう。この知盛・教経の二人について、『秘伝抄』巻十一下「能登殿最期」には以下のような記事が見える。

評曰、勇有て智なきをば偏勇とし、智有て勇なきをば偏智とすべし。勇智等をもつて大将とす。然るに能登殿のさいごの働、勇は甚勝たりといへ共、智は日来には劣給へり。天下国家に大将たるべき人の心得にはあらず。故に智不足の働と云へき乎。然ども平氏の一門のうちにて勇智をくらべみる時は、勇は教経をもつて第一とし、智は知盛をもつて第一とすべし。されども人の行迹、大

> 道にくらへみて、道理に達せざる時は、皆誤と謂べし。若其智ふかくして、勇徳等時は、此時まで此所に、角てはおはしますべからず。是たゞ其智不足故成べし。然といへ共、最後の働に、義経を目がけ給ふ事、是勇の勇たるものとすべし。然ども安芸太郎兄弟の者どもを、両の脇に挟、海に沈給ふ事は、事過たるふるまひたり。一方の大将のなすべき業にはあらず。縦自害をなし給ふといふとも、いかにもひそかにして、敵に最後か最後にてあらざるかを疑しむべきもの也。天下にはいかなる志の者や有なん。されば古功有大将は、自害をしけれども、死せざるがごとくにし或は死せざれども、死したるがごとくにみせたり。故に落行たる陣場に、首を求て面の皮を剝ぎ、捨行事などするもの也。此志臆病にして、其所を逃去にはあらざれども、只大功を存が故也。故に慎で大将の威神妙の道有事を学し給へ。

右は壇ノ浦合戦で、教経が入水して自害した場面の評である。前半の傍線部に見えるように、『秘伝抄』の作者は、平家の武将の中でも知盛と教経の二人を特に高く評価している。また、後半の傍線部においては、先の維盛に関する記述と同様に、ここでも敵に死を悟られないこと、あるいは死んだ振りをして生き延びることを勧めている。『義経千本桜』における「計略として生き延びた」知盛・教経像はこのような思想を母体としている。『秘伝抄』の観点に拠れば、二人が密かに生き延びたのは、優れた武将としてふさわしい行動だったといえよう。また、右には戦場を逃げ去るときに面の皮を剝いだ贋首をその場に残すことによって、死んだと見せかけるという記事が見えて興味深い。このような贋首への関心もまた、後述するように『義経千本桜』に結び付いている。さらに『秘伝抄』巻十一「内侍所都入」にも、以下のような記事が見える。

知盛のさいご勇智有。敵如何して此時までは手延になしおきけん。此度平家の合戦に、知盛教経両人の有様にて、せめて平氏の恥をきよむる、ことはの種とも成べし。されども此人々、さいなき大将なれば、良将の相皃曾てなし。水に入給ふ事は、女の自害に似たれ共、敵に首をとられ、獄門にかけられ、世上に面をさらさんよりは、是宜しかるべき乎。

ここでは、知盛が入水したことが、敵に首を取られるよりはまだ、よかったという。それは、死んだという明確な証拠を残さない死であり、そこに生存説が作られる「隙間」が生じているといえよう。このようにして『秘伝抄』は、知盛・教経の二人が首を取られなかったことを高く評価しており、そのような評価は『義経千本桜』の内容に結び付いている。『義経千本桜』「堀川御所の段」では、堀川御所の義経のもとに、鎌倉から川越太郎が詮議に来る。川越は義経に対して、平家の武将の首のうち、知盛・維盛・教経の三人の首が贋首であったことを問い質す。それに対して義経は以下のように答えている。

「其云訳いと安し。贋首を以ッて真とし。実を以ッて贋とするは軍慮の奥義。平家は廿四年の栄花。亡び失ても旧臣倍臣国ゝへ分散し。赤旗のへんぽんする時を待ッ。一チ門ンの中にも三位中将維盛は。小松の嫡子で平家の嫡流。殊に親重盛仁を以ッて人を懐。厚恩の者其数をしらず。維盛ながらへ有ルとしらば残党再び取リ立るは治定。又新中納言知盛。能登ノ守教経は古今独歩のゐせ者。大将の器量有リと招きに従ひ馳集る者多からん。さすれば天下穏ならず。何れも入水討死と世上の風聞幸イに。一チ門ン残らず討取リしと。贋首を以ッて欺しは。一ッ旦天下をせいひつさせん義経が計略。」

右には重盛が仁を施したためにその恩義を感じる者が多いことが見え、また、知盛・教経を「古今独歩のゐせ者」としている。これらは、『秘伝抄』の内容と重なり合う記述である。また、義経は三人が入水と見せかけて生き延び、平家の残党を再結集しようとする計略を見抜いており、三人の贋首を用いて天下を静めようという計略でもって対抗しようとしている。その間も義経は、郎等を諸国に派遣して三人の行方を追っているのである。つまりこれら三人の武将がいずれも入水によって死んでいるという『平家物語』の記述から、「首がない」という事実が引き出されて『義経千本桜』に反映しているのだが、そのような首へのこだわりは『秘伝抄』の記述を参考にしていると考えると、実に理解しやすい。このように見ていくと、『秘伝抄』に見える名将観、すなわち、死んだと見せかけて敵を欺く計略や、敵に首を取られないことを理想とする死に方の影響が、『義経千本桜』の内容に色濃く反映していることがわかる。こうして、『秘伝抄』によって方向付けられた『平家物語』の解釈に、浄瑠璃作者が従っているのである。

このように『義経千本桜』は『平家物語』や『義経記』の内容を踏まえているだけでなく、それらを評釈した書物をも参照している。それは、軍記物語には記されることのなかった「あるべき世界」

あるいは「ありえた世界」への想像力と結びつくものであった。維盛・知盛・教経がすぐれた武将であるならば、入水はせずに生き延びたであろう、という評価は、三人が生き延びた世界を描くという興味へと結びついている。そこに、『義経千本桜』の世界が形成される条件が存在しているのである。

おわりに

以上に見てきたことを簡略にまとめると、以下のようになる。『義経千本桜』は、平知盛・維盛・教経の三人の武将が、壇ノ浦合戦後も生き延びたという設定を有している。そのうち、維盛については、早く中世から生存説があるが、父重盛の恩を受けた者によって熊野から救われるという設定は『秘伝抄』の内容にごく近似している。

さらに、『秘伝抄』が優れた武将の行動として説く「自害を装って生き延びる」という計略が、知盛や教経の場合にも当てはまる。また、このような計略は、入水による自害では敵に首を取られないという条件によって補強されており、そのような首を取られていないことへのこだわりも、『義経千本桜』の内容に反映している。

以上から判断して、『義経千本桜』は『秘伝抄』の示す合戦観や別伝の影響下に作られたと考えられる。このような形で、軍記評判は浄瑠璃作者によって利用されていた。ここで、『太平記評判秘伝理尽抄』[16]（以下『理尽抄』）との関係にも言及しておきたい。合戦において、自害を装って生き延びるという計略は、『理尽抄』巻三「赤坂城軍事」において、楠木正成を描いた以下の記事が注目される。

正成自害の真似(まね)をして、城を落たる謀、書に顕然(けんぜん)たり。太公が秘術も是には過ぐべからず。生得(しやうとく)の智謀、古今に希(まれ)なる所也。(17)

右は、楠木正成が自害を装って赤坂城を落ち延びた場面の評であり、『理尽抄』はそれを太公望の秘術にも勝る「生得の智謀」と絶賛している。合戦において勝利が難しいと判断した場合に、むざむざと敵に首を取られるよりは、死んだと装ってひとまず身を隠し、再興を期すのがよい。そのような正成に対する評価を『秘伝抄』は、形を変えて拡大し、引き継いでいるといってよい。

『理尽抄』については、早く今尾哲也が『仮名手本忠臣蔵』との関係を指摘している。今尾は、赤穂事件の巷説を検証し、「物欲の権化」と見なされていた吉良の心象が『理尽抄』を介して普遍化された師直についての心象と共鳴して、両者は、一つの人格に複合されて行った」と指摘している。(18) このような、軍記評釈と浄瑠璃の間の緊密な関係を認めるならば、『秘伝抄』の示す世界観もまた、浄瑠璃世界に色濃く影を落としていたとしても不思議ではない。

浄瑠璃作者が『平家物語』や『太平記』などの軍記物語を利用する際には、様々な評釈類をも含む多様な文献を参照していたものと思われる。『秘伝抄』と浄瑠璃作品の関係については、なお検討されるべき課題が多いといえよう。

【註】

（1）原道生「「実は」の作劇法」（上・下）（『文学』一九七八年八月、十月）。

（2）以下、『源平盛衰記』の引用は、国文学研究資料館蔵延宝八年版本（請求記号タ4－53－42）により、私に翻刻し、仮名に漢字をあてた。このほか『源平盛衰記』は、『禅中記』に見える異説として、維盛が熊野では入水せず、相模の国、湯の下で入滅したとも記している。

（3）『太平記』本文は後藤丹治・釜田喜三郎校注、日本古典文学大系『太平記　一』（岩波書店、一九六五年）による。

（4）なお、十津川村は明治維新後の廃仏毀釈運動によって村内の全ての寺が破却されたため、この寺も現存しない。

（5）鈴木宗朔「紀州における近世の維盛伝説」（『軍記と語り物』三十四号、一九九八年三月）。

（6）鈴木、前掲註5

（7）このほか『参考源平盛衰記』も「熊野人口碑」に拠るとして、「小松弥助」の名を記している。日本古典文学大系『太平記』（前掲註3）に指摘がある。

（8）森田みちる「「義経千本桜」の成立をめぐって――歌舞伎との関係を中心に」（『国文目白』四十二号、二〇〇六年二月）に指摘がある。

（9）真田増誉編による伝記。正編二十五巻、続編十五巻。元禄年間の編か。「諸記等ニ洩ル所ノ実談等ノ見聞」を集めたという（朝倉治彦「明良洪範」『日本古典文学大辞典』岩波書店、一九九〇年）。

（10）鈴木、前掲註5

（11）堀竹忠晃「『平家物語』の受容と変容――『平家物語評判秘伝抄』「伝」の部を中心として――」（『論究日本文学』六十四号、一九九六年五月）。

（12）杉本圭三郎『日本古典文学大辞典』「平家物語評判秘伝抄」の項（岩波書店、一九八三～八五年）。

（13）以下、『秘伝抄』の本文は慶應義塾図書館蔵の慶安三年板により、私に句読点を施した。

（14）角田一郎・内山美樹子校注『竹田出雲／並木宗輔浄瑠璃集』（新日本古典文学大系九三、岩波書店、一九九一年）によれば、吉野の釣瓶鮓屋から仙洞御所への献上が、寛延元年（一七四八）に復活したのを受けての改変ではないか、という（四七九ページ脚注）。

（15）　前掲註14、四七八ページ脚注
（16）　全四十巻。大運院陽翁編、元和八年（一六二二）奥書。所謂「太平記読み」と称される講釈師の種本とされる。
（17）　本文は『太平記秘伝理尽抄』1（平凡社東洋文庫、二〇〇二年）に拠った。
（18）　今尾哲也「『太平記』と『忠臣蔵』——世界の形成についての覚え書き（上・下）——」（『文学』五十五巻四号、九号、一九八七年四月、九月）。

第六章　新田義貞の兜は何を意味しているのか——『仮名手本忠臣蔵』と『太平記』

はじめに

寛延元年（一七四八）八月に大坂竹本座で初演された浄瑠璃『仮名手本忠臣蔵』は、元禄十五年（一七〇二）十二月十四日に起きた赤穂浪士による吉良邸討ち入り事件（以後、赤穂事件）を脚色した浄瑠璃として最もよく知られ、歌舞伎にも移されて今日まで繰り返し上演されている人気作品である。この作品は元禄時代の江戸で起きた事件を『太平記』の人名を借りて表現していることがよく知られている。これは、近世演劇や文芸に用いられた、事件を異なる時代に置き換える「世界」という作劇法で、同時代の人名や事件をそのまま使用することが禁じられたことがこのような構成を加速させた。『仮名手本忠臣蔵』においては、赤穂事件を構成する吉良上野介が高師直、浅野内匠頭長矩が塩冶判官高定と『太平記』の登場人物に置き換えられている。このような『太平記』への置き換えは、同書巻二十一「塩冶判官讒死事」が枠組みとして利用されたためである。以下にその内容を確認しておきたい。

出雲の守護、塩冶判官高定の妻は、宗尊親王の子、早田宮の姫君で、天下の美人として名高かった。

この奥方の美貌の噂を聞いた高師直は、侍従の局に仲立を依頼し、たびたび文を送るが返事もない。頑なな拒絶に師直は讒言によって高定を失脚させて奥方を奪い取ろうと思慮し、高定に陰謀の計画があり、世を乱すであろうと将軍足利尊氏に告げる。謀反の噂が国中に拡がり、高定は郷里に帰って義兵を挙げようと考える。師直はこれを将軍に訴え、山名時氏と桃井直常が討手として遣わされる。高定の奥方は帰国の途の播磨の蔭山で味方の手にかかって死に、高定は辛うじて出雲に帰着するが山名時氏に攻められて自害する。恋の意趣が高定を滅ぼしたのである。

さて、長谷川強は、元禄赤穂事件がどのように劇化されたかについて、以下の三つに分類している。[1]

（一）説経の小栗判官の小栗・横山に仮託するもの。

（二）『太平記』の時代、師直・塩冶またその近縁の人物のトラブルに託するもの。

（三）浅野・吉良を思わせる架空の大名の争いとするもの。

『仮名手本忠臣蔵』は、この（二）に相当する。長谷川は、『太平記』の枠組みを赤穂事件に当てはめた先行作として、浮世草子『傾城伝授草子』の影響を強調している。

黒石陽子は、この長谷川の論を引き継ぎ、赤穂事件を描く作品で塩冶判官・高師直に仮託して描いた作品として、以下の八作品を挙げている。[2]

太平記さゞれ石　歌舞伎　宝永七年秋　京都夷屋座
硝（さざれいし）後太平記　歌舞伎　宝永七年　京都夷屋座
傾城伝授草子　浮世草子　宝永七年　八文字屋八左衛門版

兼好法師物見車	浄瑠璃	宝永七年か	大坂竹本座
碁盤太平記	浄瑠璃	宝永七年か	大坂竹本座
忠臣略太平記	浮世草子	正徳二年秋以前	江島屋市郎左衛門版
今川一睡記	浮世草子	正徳三年一月	中島又兵衛版
西海太平記	浮世草子	正徳三年九月	中島又兵衛版

以上八作品が、『仮名手本忠臣蔵』に先行して赤穂事件を「塩冶判官讒死の事」に当てはめている。たとえば、『仮名手本忠臣蔵』において高師直が兼好法師に和歌の指導を受けていることや、かほよ御前から文を返されたときに「戻すさへ手に触れたりと思ふにぞ　我が文ながら捨てもおかれず」という歌を詠むこと、或いは、かほよが「さなきだに重きが上の小夜衣わがつまならぬつまなかさねそ」という新古今の古歌によって師直に拒絶の意志を表現することなども、全て『太平記』を引いており、それは先行作と重なり合うのである。[3]

それでは、『仮名手本忠臣蔵』（以下『忠臣蔵』）の作者は、繰り返し使われてきた常套的な設定をそのまま踏襲しただけなのだろうか。それは違うのではないか、というのが私の素朴な疑問であった。というのは、『忠臣蔵』には先行作に見られない、『太平記』の作中人物が登場するからである。

その一人が、新田義貞である。もちろん、新田義貞本人は登場しない。『忠臣蔵』「大序」[4]は、将軍足利尊氏の弟の直義が、尊氏の代参として戦勝を祝して、鎌倉鶴岡八幡宮に敵将新田義貞の兜を奉納するという場面から始まる。これは、『太平記』巻二十一「塩冶判官讒死の事」の直前、巻二十末尾近くにおいて、新田義貞が越前の足羽（あすわ）合戦で討死したことを踏まえている。史実としては義貞の敗死は暦応元年（一三三八）閏七月、塩冶判官の讒死はその翌々年に当たる暦応三年三月の事である。『忠臣蔵』大序は「暦応元年二月」のこととするから、史実とは若干の齟齬があるけれども、一応は『太平記』の内容に沿った展開を意識していると言えよう。

『忠臣蔵』に先行する浄瑠璃『兼好法師物見車』の序幕は、塩冶判官の妻に邪恋をした高師直が、塩冶の妻が清水の音羽の瀧詣でをすると聞いて、涼みの会を催して塩冶の妻に会おうとすることから始まる。『太平記』の高師直の邪恋を利用するためだけなら、鶴岡八幡宮や新田義貞の兜という設定は不要であろう。なぜわざわざこのような設定をしたのだろうか。

『忠臣蔵』にはもう一人、興味深い人物が登場する。それは桃井若狭之介である。『忠臣蔵』本文では「桃井播磨守が弟、若狭之介安近」とある。この若狭之介の兄、播磨守には注意が必要である。『太平記』「塩冶判官讒死の事」において、高師直の讒言を聞き入れた足利尊氏は、塩冶判官追討のために、山名伊豆守時氏と桃井播磨守直常を差し向けているのだ。桃井播磨守は播磨の国、蔭山の宿で、出雲に落ち延びようとした塩冶判官の奥方に追いついて捕えようとするが、奥方は「敵に捕われて恥辱を受けるよりは」と、味方の山城守宗村の手にかかって死んでいる。

つまり、塩冶と桃井は『太平記』では敵対する関係にあり、それは『忠臣蔵』九段目における、塩谷家家老大星由良助と、桃井家家老加古川本蔵の対立へと結びついている。『忠臣蔵』では、大星由良之助妻お石が、加古川本蔵妻戸無瀬に対して、我が子力弥と、戸無瀬の娘小浪を結婚させたいのであれば、夫本蔵の首を差し出せという。三段目で塩冶判官が高師直に斬りつけた際に、加古川本蔵が制止したために判官が本望を果たせなかった恨みがあるというのである。このように人物関係を見ていくならば、『忠臣蔵』の作者は『太平記』をかなり丁寧に読み込み、その内容を巧みに人物造形に反映させているということになろう。

それでは、なぜ『忠臣蔵』の大序において新田義貞の兜が登場するのか。そもそも、『太平記』において新田義貞はどのように描かれているのだろうか。以下に検討していきたい。

『太平記』における新田義貞

『太平記』に最初に新田義貞が登場するのは巻七「新田義貞賜二綸旨一事」で、後醍醐天皇から関東（北条高時）征伐の綸旨を賜り、次いで巻十「新田義貞謀叛事付天狗催二越後勢一事」で挙兵している。そののち、鎌倉を攻めて北条氏を追い落とし、高時を自害に追い込む大功をたてた。足利尊氏と新田義貞はともに建武新政を支えるが、のちに足利尊氏が関東管領となり、新田氏の所領を犯したことから両者の関係は険悪化し、新田義貞は尊氏追討の命を受ける。（巻十四「新田足利確執奏上事」）。義貞は東海道において尊氏軍を退け、尊氏は鎌倉に退却するも、そののち、箱根竹下合戦で義貞が大敗を喫し、京に敗走する。

京では後醍醐天皇が比叡山延暦寺に臨幸し、尊氏が京へ攻め込むが、義貞が奪還する。そののち、兵庫で楠木正成が敗死。尊氏は再び京を攻め、後醍醐天皇は尊氏と和睦を結び、義貞を北陸に下す。花山院に幽閉されていた後醍醐天皇は秘かに抜け出して吉野に逃れるが、義貞は越前の足羽合戦で敗れて自害する。

さて、新田義貞がなぜ敗れたかについて『太平記』巻二十は興味深い説話を載せている。「義貞首ノ懸二獄門一事付勾當内侍事」である。以下、『太平記』の内容に従うと、勾当内侍は頭太夫行房の娘で、十六の歳より後醍醐天皇に内侍として仕えていたが、義貞が一目見たことから恋に落ち、天皇の命によって結ばれた。そののち義貞はこの勾当内侍に魅かれて、敵を比叡山に攻めた時も攻略をおろそかにして敵に国を奪われることとなった。ここでは、「誠ニ「一タビ笑デ能ク國ヲ傾ク。」ト、古人ノ是ヲイマシメシモ理也トゾ覺ヘタル」[5]と、『長恨歌』の内容を引いた警告が記されており、『太平記』の作者は義貞が敗れた原因をこの勾当内侍との関係においている。

このの後義貞が北陸に下ったのちも、勾当内侍を琵琶湖畔の今堅田に留め置いたが、のちに越前に陣を取った義貞が勾当内侍を呼び寄せたところ、再会する前に足羽で義貞は討たれている。このことについても、たとえば『太平記』の注釈書『太平記大全』[6]は、合戦の場に妻を迎えようとしたとして、強く批判的である。

つまり、近世期の『太平記』読者にとって、新田義貞は女の過ちから身を滅ぼしたという位置づけである。一方、塩治判官もまた、『太平記』巻二十一において以下のように評されている。

「サシモ忠有テ咎無リツル鹽冶判官、一朝ニ讒言セラレテ、百年ノ命ヲ失ツル事ノ哀サヨ。只晉ノ石季倫ガ緑珠ガ故ニ亡サレテ、金谷ノ花ト散ハテシモ、カクヤ。」ト云ヌ人ハナシ。

右に引用されているのは『蒙求』に見える「緑珠墜楼」で、晋の石崇が愛妾、緑珠のために讒言され処刑されたという故事である。塩冶判官もまた新田義貞と同じく、女性によって身を滅ぼしたと記される。

このように『太平記』は、女性によって身を滅ぼした人物の故事をしばしば引用している。巻四「備後三郎高徳 事付呉越軍ノ事」では、呉王夫差が、美妃西施のために越王勾践に敗れた説話を記し、巻十二「兵部卿親王流刑事付驪姫事」では、晋の献公が、後妻として迎えた美人の驪姫の讒言によって長子の申生を死に至らしめ、そのために晋の国が傾いたという説話を載せる。また、巻二十九「殷の紂王の事」では、紂王が美妃妲己によって悪政を行い、のちに紂が滅びたことを記す。このように見ていくと、『忠臣蔵』の大序に新田義貞の兜が奉納されるのは、美しい女性によって政治秩序が乱れるという暗示でもある。

さらに『太平記』は新田義貞が死後に怨霊となった記事を載せている。巻二十三「大森彦七の事」である。伊予の国の武士、大森彦七のもとに楠木正成が悪霊となって現れる。このとき正成が伴っていたのは、後醍醐天皇、護良親王、新田義貞、平忠正、源義経、平教経であったという。何れも合戦に敗れて死んだ武将や天皇、親王である。新田義貞は楠木正成や源義経と並ぶ悪霊として描かれるのだ。また、巻三十三では新田義貞次男の義興も怨霊となって、自分を謀殺した江戸遠江守を取り殺している。新田義興は今も多摩川畔の矢口渡近くに「新田神社」として祀られている。(7)

新田義貞は御霊となって祟りうる人物であり、その兜が奉納されることは何らかの祟りを予想させる行為である。(8)この兜が祟る対象が誰かを考えるならば、新田義貞が最も強く恨む人物であろう。それは、塩冶判官その人である。

なぜ、新田義貞が塩冶判官を強く恨むのか。新田義貞が足利尊氏を鎌倉に攻めた際に、箱根竹下合戦に敗れている。その敗因は、大手の箱根路の合戦で新田義貞が足利直義を追い落とし、まさに鎌倉を攻めようとしたとき、搦め手で戦っていた大友貞載と塩冶判官が新田軍から足利軍に寝返って自軍の将軍、尊良親王に弓を引いたためだ。これにより搦め手が総崩れになり、新田義貞は京に敗走した。[9]竹下合戦の敗戦が後醍醐天皇方の命運を決した。二人のうち大友貞載については、結城親光によって京で討たれている。[10]一方の塩冶判官は足利尊氏の臣として生きながらえた。後には、越前の金崎城にこもる新田軍を攻める戦いに加わっている。[11]塩冶判官は新田義貞にとって、敵よりも憎い人物だったのである。

『忠臣蔵』に先行し、作者の一人である並木宗輔作の『狭夜衣鴛鴦剣翅（さよごろもおしどりのつるぎば）』（元文四年（一七三九）八月、豊竹座初演）は、同じく『太平記』の「塩冶判官讒死事」を元にした浄瑠璃であるが、そこでは塩冶判官は新田義貞の忠臣として、義貞敗死後に義貞未亡人の勾当内侍を伴って足利方に降っている。これはじつは、新田家の再興を目指した計略だったのだが、それが果たせないまま塩冶判官は斬首されることになる。このような先行作を勘案するとき、『忠臣蔵』において、塩冶判官と旧主新田義貞の関係が何ら語られていないのは、ここで塩冶判官が「不忠臣」であることが観客に伝わると遺臣たちの忠義が割り引かれ、芝居の構造そのものが揺らいでしまうからだろう。しかし、足利方に寝返り、旧主の兜を見ても平然としている塩冶判官の姿は明らかに不自然である。『忠臣蔵』の作者は、塩冶判官が新田義貞の恨みを受けていることを暗示しているのである。

このような状況を勘案するならば、『忠臣蔵』の大序において塩谷判官の妻、かほよ御前が新田義貞の兜の目利きをすることは示唆的である。『忠臣蔵』はまた、かほよを後醍醐天皇の内侍の一人であったとするが、それは『太平記』に見える新田義貞の妻、勾当内侍の出自と一致している。『忠臣蔵』の作者は、『太平記』の勾当内侍と塩冶判官妻を重ね合わせて「かほよ御前」の人物像を作ったのである。[12] ここからも『忠臣蔵』が、『太平記』の浄瑠璃化の系譜の上にあることがわかる。『忠臣蔵』の大序において、新田義貞の兜が奉納されることは、単なるご都合主義ではない。新田義貞は死後に怨霊となって塩冶判官に祟り、破滅させたのである。『忠臣蔵』の作者たちは『太平記』を読み込み、その内容を熟知して戯曲に反映させている。[13]

『忠臣蔵』の三つの男女関係

以上に見てきたように、新田義貞が女性の色香に迷ったために敗れたことが、『忠臣蔵』全体の展開を暗示している。そこで実際に、『忠臣蔵』における三つの男女関係から、「女性の魅力による秩序の壊乱」がどのように描かれているか考えてみたい。『忠臣蔵』が金と色を巡る三つの死を軸に展開するという指摘が渡辺保にある。[14] この指摘は至極的を射ているが、私が注目するのは特に「色」のほうである。それが『太平記』から『忠臣蔵』の作者が引き継いだ解釈のフレームだったからだ。

まずは、この作品の主筋となる、かほよ御前を巡る高師直と塩谷判官の関係がある。これは先述したように「塩冶判官讒死事」における男女関係の乱れをそのまま踏襲している。なお、『太平記』においては塩冶判官の妻は「早田宮ノ御女(オンムスメ)」「御台」と呼ばれているが、『忠臣蔵』の「かほよ御前」は、先行作『尊氏将軍二代鑑』『狭夜衣鴛鴦剣翅』を引き継いでいる。

また、『太平記』においては高師直が恋の遺恨から足利尊氏に塩冶判官を讒言するという展開になるが、『忠臣蔵』はより直接的で「大序」において高師直は「をなご好き」と形容され、かほよに対して「塩谷を生（い）けうと殺さうとも。かほよの心たつた一つ。なんとさうではあるまいか[15]」と強引に迫っている。また、四段目ではかほよ御前が「恋のかなはぬ意趣ばらしに、判官様に悪口（あくこう）。もとより短気なお生れつき。え堪忍なされぬは　お道理ではないかいの」と述懐している。『忠臣蔵』では恋の意趣がより強調され、また、判官の短気な性格が災いしたとしている。

この、かほよに対する師直の邪恋に重ね合わせるように描かれるのがおかると勘平の恋である。早野勘平は塩冶判官の近習として仕えており、腰元のおかると恋仲であった。三段目において、おかるがかほよから師直に宛てた和歌を持参する傍ら、判官に仕える勘平と密会する。本文には、謡曲『高砂』の一節が引用され「松根によって腰をすれば　「アノ謡で思ひついた。イザ腰かけで」」と、二人の情交が暗示されている。その間に殿中では判官が刃傷に及び、勘平は判官の大事の場所に居合わせず、屋敷は閉門になって勘平は戻るきっかけを失う。そこに、高師直の家臣、鷺坂伴内がおかるに横恋慕をする筋が絡む。伴内は勘平によって退けられるが、主君の邪恋がもどかれている。しかし、勘平とおかるの恋にそもそもの落度があった。

この二人はともに若く未婚で相思相愛であり、関係そのものには何ら問題がないように見えるが、明らかに不義の恋である。それは勘平が仕事中におかると密会していたという過失だけではない。そもそも、武家の家中において主君の裁可を得ずに男女が交際することはご法度である。また、この二人は家柄が違う。

勘平は重代の塩谷家の家臣であり、近習に取り立てられるような家格の武士である。一方のおかるは百姓の娘で、兄、寺岡平右衛門も足軽として仕えている。二人の家柄は不釣り合いであり、勘平の結婚相手は本来、同程度またはより上の家格の武士の娘を、両家の話し合いのもとに貰うのがふさわしい。もし、この二人が正式に結婚するとなれば、当時の習慣としておかるに仮親を立てる、すなわちどこかの武士の家の養子とする必要があるだろう。このような身分違いの夫婦であるからこそ、六段目の悲劇は生まれるのである。

勘平もまた、道ならぬ恋によって破滅するという運命を辿っている。三段目において勘平は「主人一生懸命の場にもあり合はさず　あまつさへ。囚人（めしうど）同然の網乗物　御屋敷は閉門。その家来は色にふけり　御供にはづれしと人中へ。両腰差して出られうか」と述懐しているが、まさしく「色にふけ」ったことが勘平の落ち度だったのである。

これら二つの「不義の恋」が『忠臣蔵』の前半を占めている。大序から四段目においては塩冶判官の妻かほよ御前に対する高師直の不義の恋が判官を切腹に追い込み、三段目から六段目にかけては早野勘平と腰元おかるの、主君の目をかすめた不義の恋によって勘平が切腹に追い込まれている。

さて以上の関係に対して、二段目、九段目に描かれている、大星由良之助の子息、力弥と、加古川本蔵の娘、小浪の関係は異質である。この二人は不義の恋ではない。共に大名の家老の子同士という家柄が釣り合った似合いの夫婦であり、また、二段目において描かれる二人の関係も清潔なもので、そこには性の匂いがしない。にもかかわらずこの二人の関係が問題を孕むのは、先にも記したとおり、二人の親の大星由良之助と加古川本蔵が敵対するからである。

この力弥と小浪の関係が描かれていることは『忠臣蔵』全体においてどのような意味を持っているのだろうか。邪恋を主題としたこの戯曲において、力弥と小浪の清らかな恋はなぜ描かれる必要があったのか。それを考えるためには、もう一つの恋を描く七段目の分析が不可欠である。

七段目の大星由良之助像と二つの義父殺し

『忠臣蔵』には以上の三つの男女関係のほかに、もう一つの男女の関係が描かれている。七段目の大星由良之助と遊女おかるの関係である。

七段目は京都祇園の一力茶屋を舞台としている。塩谷家家老、大星由良之助はこの茶屋に入り浸って酒色にふけり、放蕩三昧の振舞をしている。そこに、同じく家老の斧九太夫が敵方のスパイとなって様子を探りに来る。一方、由良之助を諌めるために、矢間十太郎、千崎弥五郎、竹森喜多八の三人が来て意見をしても聞く耳を持たず、亡君の敵討に加わりたいという寺岡平右衛門に対しては敵討はやめたと言う始末。その後、九太夫から勧められた蛸を、主君の逮夜であるにもかかわらず食べてみせる。すべて芝居であるが、観客にはまだ由良之助の本心はわからない。

そののち、かほよからの書状を二階からおかるが盗み見る。由良之助は庭先の梯子を使っておかるを呼び下ろすのだが、その場面は濃厚に性的である。由良之助はおかるに対して「船玉様が見える」「洞庭の秋の月様を拝みたてまつるぢや」と女性器を意味する隠語を連発し[16]、「逆縁ながら」とおかるを背後から抱きとめている。男女は正面から抱き合うべきところ、背後から抱いたので「逆縁」とふざけたのである。茶屋は遊郭ではないが、性的な匂いの濃い空間である。そこで客が遊女に対して隠語を連発し、互いにふざけ合う。由良之助はおかるを請け出す約束をする。これは、『忠臣蔵』における三度目の「不義の恋」である。男女の色恋を主題とした『忠臣蔵』の性的表現のピークは、間違いなくこの七段目にある。しかし、その後のおかると平右衛門の対話から由良之助の本心が観客に明かされ、次いで由良之助自身が恋愛感情を否定する。ここに『忠臣蔵』の戯曲の核心が表れているといってよい。性的な欲望に基づいた男女の私的な関係が、主君の敵を討つという公的な関係によって否定される。「私」を殺して「公」に生きることが強調されるのである。

このことは、『忠臣蔵』に描かれた二つの「義父殺し」によって、明確に示されている。その第一は五段目における百姓、与市兵衛の死である。与市兵衛は娘のおかるを祇園の茶屋に売った金の半金五十両を持って夜道を急ぐ途中で、斧定九郎に金を奪われて殺される。その定九郎を勘平が猪と誤って撃ち殺し、金を盗む。その金を勘平は朋輩の千崎弥五郎に届ける。勘平が与市兵衛を殺したのではない。与市兵衛を殺した定九郎を討ち、義父の敵を討ったのだ。しかし、そのことなしには、勘平は忠臣になることはできなかった。

三段目で勘平は、屋敷に戻れずその場で切腹しようとしている。それを「今お前が死んだらば、誰が侍ぢやと褒めまする」と言って止めたのはおかるだった。確かに、勘平がこの場で切腹していたら、勤務中に抜け出しておかると密会し、主君の大事の場に居合わせなかった罪を死で贖ったに過ぎない。マイナスがゼロになっただけである。だから、勘平はたんに死んだだけでは忠臣にはなれない。主君の敵討に加わろうと苦心し、その過程で義父の敵を討ったにもかかわらず義父殺しと誤解され、無念の死を遂げたという経緯があってこそ、勘平は敵討の一味に加えられ「忠臣」になることができたのである。

もし、与市兵衛が殺されず、勘平がおかるを売った金を届けたとしても、由良之助は受け取らなかったであろう。六段目で原郷右衛門は勘平に向かって「殿に不忠不義せしそのはうの金子をもつて。御石碑の料に用ひられんは。御尊霊の御心にもかなふまじ」と言って勘平が届けた金を返している。義父与市兵衛の敵を討ち、さらに義父殺しの誤解から主君への贖罪のために切腹するという二重の功績によって勘平の誠意がようやく認められ、敵討への参加が許されたのである。これは贖罪のための間接的な義父殺しなのだ。

一方の九段目においては、よりあからさまな義父殺しが行われる。由良之助の子息力弥による、義父加古川本蔵殺しである。先述したように、加古川本蔵には亡君塩冶判官を制止した咎があった。本蔵はもとより力弥の手にかかる所存だった。本蔵は娘の嫁入りの引き出物として、高師直の屋敷の図面を渡して死ぬ。

なぜ、加古川本蔵は力弥に殺されねばならなかったのか。先述したように、加古川本蔵は高師直に斬りつけた塩冶判官を制止した。塩冶家の家臣にはその恨みがあるという。しかしそれは、形式的な理由に過ぎない。先の五、六段目における「義父殺し」と重ね合わせて考えるなら、義父が婿によって殺されることこそが重要だったのだ。

義父と婿の関係は、婚姻によって生じた私的な関係である。主従という公的な関係より私的な関係を優先することも可能だ。とくに儒教においては親に対する「孝」が主君に対する「忠」に優先するという価値規範が存在した。また、婚姻によって生じる配偶者の親は「義理ある親」と呼ばれ、実の親以上に大切にする義務があった。力弥は主君への義理を捨てて敵討をやめ、加古川本蔵の婿になることもできた。しかし、力弥はそれを願っていない。加古川本蔵は力弥に忠義を立てさせるためにわざと討たれてやる。それによって私的な関係を絶ち、心置きなく敵討ができるようにはからったのである。勘平も同じことで敵討などあきらめ、主君への義理を捨てて与市兵衛の婿となり、百姓となって生きる道もあった。しかし勘平もそうしなかったのである。『忠臣蔵』においては、主君の敵を討つという公的な関係（忠）が、結婚による私的な関係（孝）に優先する。そのことを象徴的に表現しているのが、二つの「義父殺し」なのである。

それは、元をたどれば高師直がかほよ御前に横恋慕したという、私的な関係に過ぎない男女の色恋によって、塩谷判官が死ぬという乱れた秩序を回復するために必要な犠牲であったのだ。『忠臣蔵』に描かれた三つの恋は、高師直のかほよに対する邪恋は師直が討たれたことで清算され、早野勘平とおかるの不義の恋は、勘平の死と与市兵衛の死によって贖われた。また、力弥と小浪の恋は、加古川本蔵の死によって敵討が家庭の平和に優先することが明確に示された。

かくて『忠臣蔵』は、『太平記』の「塩冶判官讒死事」を枠組みとしたことに端を発して、美しい女性が原因となって政治秩序が乱れるという設定を赤穂事件に持ち込み、主従の公的な関係が男女の私的な関係に優越するという政治的なメッセージを持つに至ったのである。

おわりに

以上に見てきたように、『忠臣蔵』において元禄赤穂事件が『太平記』の世界と重ね合わせられたことによって、主君の敵を討つという主筋の裏に、色恋によって乱れた秩序を正すという脇筋が入ることになり、両者が重なり合うことによって複雑で重層的な世界が構築されている。そこに「世界」の働きがあった。『太平記』の世界を借りなければ、このような重層性は生まれなかった。それではその「世界」とは何か。今尾哲也は以下のように記している[17]。

過去によって現在を相対化するのでもなければ、現在によって過去を相対化するのでもない。現在の社会的秩序や人倫の規範を、歴史を貫徹する普遍的原理と直観し、過去と現在との間の境界を捨象する。過去の人物は、自己を歴史的に限定し、自己と他者との関係を成り立たせていた言葉をもはや口にしようとはしない。彼らは現在の言葉を話す。過去の言葉が生きているからではない。現在の言葉＝論理が過去を侵蝕するが故にである。比喩的にいえば、過去が現在に向かって変質するのだといっても良い。過去が、存在の諸条件を失って図式化されるのも、無理からぬことといい得よう。そして、その図式化された過去、時間の隔たりを無化された過去こそ〈世界〉と呼ばれるものの本質であり、構成要素となった諸人物と行為の様態こそ、〈趣向〉の原基であったのである。

右の今尾の指摘は「世界」に対する理解として一面において正しい。確かに『太平記』は、江戸時代の側へと引き寄せられて理解されている。いわば、形式的な枠組みにすぎない。しかし、それは一面でしかない。今尾は「過去が現在に向かって変質する」と言うが、現在もまた過去に向かって変質するのだ。そもそも赤穂事件に『太平記』の「塩冶判官讒死事」が重ね合わせられたのは、「なぜ浅野内匠頭が吉良上野介に江戸城内で刃傷に及んだのか」が判然としないためである。内匠頭は事情聴取の際、遺恨から斬りつけたと証言しながら、その具体的内容は全く話さなかった。そのため、当時から遺恨の具体的内容は分からなかったようだ[18]。不可解な事件がさまざまな憶測を呼ぶ。

史実としてはおそらく、この「遺恨」は色恋を巡るものではない。そこに色恋を持ち込んだのは浄瑠璃作者の作為である。そのほうが芝居として面白いからだ。だから、『太平記』の「塩冶判官讒死事」が解釈のフレームとして採用された。しかし、そのような見方が、忠孝の間の葛藤という赤穂事件の別の側面を炙り出したのも事実である。『太平記』という「世界」が、新たな角度から赤穂事件を見直すきっかけになっている。

「世界」は現在の事象を過去の事件の記憶に当てはめて理解しようとする試みである。そのとき「世界」は現実を理解するためのフレームの役を果たしている。人は現実を理解する際に、しばしば過去に何らかの参照対象を探して、それに当てはめることで理解しようとする。そこでは現在は過去に向かって変質し、過去の表現が現在を侵蝕し補完するだろう。かくて「世界」は過去と現在が混じり合った空間を現出させることになる。現在を理解するために『太平記』を始めとした軍記物語の中に先蹤を捜すという態度は、近世においてなじみの深い思考法だった。

「歴史は繰り返す」と言うが、過去の事件の中に何らかの反復を見出すのは「歴史」という視座によってである。諏訪春雄は『忠臣蔵』について「日本人にとっての好ましい心情の鋳型のなかに事件ははめこまれ、はみ出た部分は削りとられて整形されていく」と指摘しているが[19]、そのような整形に利用されたのが『太平記』というフレームだった。『太平記』の世界を借りることによって、赤穂事件に邪恋というテーマが持ち込まれた。それは、現実の赤穂事件にはなかった、男女の色恋という設定を持ち込んだフィクションにすぎないのだが、まさにそのことが『忠臣蔵』が演劇的なリアリティを獲得するに至った根拠となっている。それは『忠臣蔵』の作者たちが、赤穂事件の本質は、主君に対する敵討という公的な関係を各個の赤穂義士たちの夫婦や親子といった私的な関係に優先させること、家族を犠牲にしても忠義を押し通すという点にあると見抜いていたからである[20]。敵討を達成した義士たちは、その後に切腹して死ぬ。しかし、犠牲になったのは切腹した当人たちだけではない。義士たちの家族もまた忠義に巻き込まれて、敵討の犠牲にならざるを得ない。そのことを『忠臣蔵』は戯曲として明確に示したのである。

【註】

（1）長谷川強「『仮名手本忠臣蔵』考——その成立と浮世草子——」（『学苑』昭和女子大学近代文化研究所、一九九四年二月）。

（2）黒石陽子「『仮名手本忠臣蔵』における刃傷事件脚色の方法——〝小栗〟から〝太平記〟へ——」（『東京学芸大学紀要』一九九七年）。

（3）『新古今和歌集』巻二十釈教、寂然。「十戒の歌よみ侍りけるに　不邪淫戒」新古今では、初句は「さらぬだに」である。

（4）浄瑠璃本文は「第一」であるが、通例に従って「大序」とする。

（5）『太平記』巻二十「義貞首懸獄門事付勾當内侍事」。以後、『太平記』の本文は、後藤丹治・釜田喜三郎校注、日本古典文学大系『太平記』（岩波書店、一九六〇〜六二）に拠った。

（6）『太平記』の通俗的な注釈書。西道智著、万治二年（一六五九）刊。

（7）『太平記』巻三十三「新田義興自害の事」。

（8）兜が武将の遺品として重視されたことについては、田原藤太秀郷が平将門の兜を埋めたと伝える「甲山」（「甲塚」とも）が江戸日本橋にあったことが、戸田茂睡による地誌『紫の一本』（天和二年（一六八二）成立）や、藤田理兵衛による地誌『江戸鹿子』（貞享四年（一六八七）刊）によって知られている。

（9）『太平記』巻十四「箱根竹下合戦事」。

（10）『太平記』巻十四「将軍入洛事付親光討死事」。なお、天正本系の『太平記』巻十四「尊氏入洛親光討死の事」は、後醍醐天皇の「尊氏が不義は是非に及ばず。大友ほど悪き物なし」という勅定を記している。『梅松論』にも同様の記述がある。

（11）『太平記』巻十七「金崎城攻事付野中八郎事」。

（12）先に触れた『狭夜衣鴛鴦剣翅』では、塩冶判官の妻かほよが実は勾当内侍だったという設定を持っており、この二人のイメージが重ね合わせられるのは、先行作に拠るところが大きい。二人の人物像が重ね合わせられていることについては、犬丸治『天保十一年の忠臣蔵　鶴屋南北『盟三五大切』を読む』（雄山閣、二〇〇五年）に指摘がある。

（13）『太平記』の人物を、赤穂事件の当事者である浅野長矩や吉良上野介に当てはめると、将軍足利尊氏には徳川綱吉があてはまる。高師直（吉良）の讒言によって誤って塩冶判官（浅野）を罰した暗愚な将軍足利尊氏（徳川綱吉）という政治批判が読み取れてしまうことを避けるためにも、兜の祟りという設定が必要だったのではないかと考える。

（14）渡辺保『忠臣蔵　もう一つの歴史感覚』（白水社、一九八一年。のち講談社学術文庫、二〇一三年）。

（15）以後、『忠臣蔵』本文は、土田衛校注、新潮日本古典集成『浄瑠璃集』（新潮社、一九八五年）に拠った。

（16）これらの語の解釈は、前掲註15による。

（17）今尾哲也『吉良の首　忠臣蔵のイマジネーション』（平凡社、一九八七年）。

（18）谷口眞子「元禄時代と赤穂事件の史実」（服部幸雄編『仮名手本忠臣蔵を読む』吉川弘文館、二〇〇八年）。

（19）　諏訪春雄『聖と俗のドラマツルギー　御霊・供養・異界』（学芸書林、一九八八年）。

（20）　谷口眞子は討入りの参加者たちについて、「彼らは「忠」を「孝」に優先させたが、それは後者（孝）を否定するのではなく、むしろ前者（忠）の達成が「家」への貢献になる、すなわち「家」を媒介にして「孝」が「忠」に含み込まれるという意識を持っていた。」と指摘している（前掲註18）。

第七章　反転する敵討――鶴屋南北と『東海道四谷怪談』

すべては『忠臣蔵』から始まった

文政八年（一八二五）七月、江戸中村座で初演された『東海道四谷怪談』（以下『四谷怪談』）は、少し変わった上演形態であったことがよく知られている。一番目に『仮名手本忠臣蔵』（以下『忠臣蔵』）として、二番目に『四谷怪談』を立て、初日、後日の二日間で完結するという上演方法であった。絵本番付によると具体的には、初日に『忠臣蔵』の「初段」から「六段目」、『四谷怪談』の「初日二番目序幕」「中幕」となり、最後に「隠亡堀の場」、後日は再び「隠亡堀の場」から始まり、『忠臣蔵』「七段目」「九段目」「十段目」のあと『四谷怪談』の「後日二番目序幕」「中幕」となり、最後に「十一段目大切」となる。郡司正勝は「初日、後日と分けて演じたり、二日替り、三日替りに演じて、両方観て完結するという方法は、よく田舎芝居や旅芝居でやる方法であり、目を見張るような斬新な企画と受け取るべきではなかろう」と指摘している。(1) このような上演形態は、『四谷怪談』が『忠臣蔵』の世界の中に構築された戯曲であることを意味しているが、それ以上の意味はあるのだろうか。

そのことを考えるために、まずは『忠臣蔵』全体の構成を考えてみたい。

第一　鶴岡の饗応（兜改め）本伝
第二　諌言の寝刃（ねたば）（松伐り）本伝
第三　恋歌の意趣（館騒動）本伝・外伝
第四　来世の忠義（判官切腹）本伝
第五　恩愛の二つ玉（山崎街道）外伝
第六　財布の連判（与市兵衛住家）外伝
第七　大臣の錆刀（一力茶屋）本伝・外伝
第八　道行旅路の嫁入り
第九　山科の雪転（ゆきこかし）（山科閑居）本伝
第十　発足の櫛笄（天河屋）本伝
第十一　合印の忍兜（討入り）本伝

右に明らかであるが『忠臣蔵』全体は、塩冶判官の高師直に対する刃傷事件の発端から判官の切腹、大星由良之助によるさまざまな苦難の末の討入りの成就までを描く「本伝」の部分と、塩冶家の家臣、早野勘平とその妻、おかるの物語を描く「外伝」部分によって構成されている。「外伝」は三段目の末尾で密会のために事件の現場に居合わせなかった早野勘平が山崎のおかるの実家に落ちる場面が描かれ、五、六段目が勘平の悲劇を描く。次の七段目は祇園の遊女となったおかるとその兄、寺岡平右衛門、大星由良之助が登場し「外伝」と「本伝」を結ぶ段である。

このように見ると、『忠臣蔵』を二日に分ける場合には六段目と七段目の間で切るのが、全体の分量からいっても、ストーリーからいっても、まずは合理的と言えよう。そのため、これまでの『四谷怪談』の研究史において、この初演時の上演形態が持つ意味はあまり深く追究されてこなかったようだ。しかし、私はそこに重要なメッセージが込められていると考えている。『忠臣蔵』は五段目で本伝から外伝へと話がそれるが、それが本伝へと還らないうちに、さらに脇筋の『四谷怪談』へと話がそれていく。外伝からさらなる外伝へ。それは『四谷怪談』という作品の本質とかかわる問題である。また、芝居の筋の上でも『四谷怪談』はどうしても『忠臣蔵』の六段目の後に置かれねばならない必然性があった。『忠臣蔵』と『四谷怪談』は一体として観ることで深い意味が分かるよう巧みに構成されているのである。以下に両者の関係を解読していきたい。

勘平と伊右衛門

はじめに、『四谷怪談』の本編が始まる直前にあたる、『忠臣蔵』五、六段目のあらすじをまずは振り返っておきたい。
五段目　早野勘平は、妻おかるの実家に身を寄せ、猟師になっている。ある夜、京と大坂の中間にあたる山崎街道で、以前の朋輩、千崎弥五郎と偶然に再会する。主君の敵討に加わりたいと言う勘平に対して、千崎は亡君の石碑料にことよせて軍資金の調達を求める。一方、おかるの父、百姓与市兵衛もまた勘平をもとの武士にするためにおかると相談の上、祇園の一力茶屋におかるが奉公に出る契約をして、その身代金の半金五十両を受け取り、夜道を急いでいた。一方、斧九太夫の子息、斧定九郎は不行跡で親から勘当されて山賊に身をやつしており、与市兵衛を殺して五十両を奪う。その直後、勘平は猪と見誤って定九郎を撃ち殺す。仕留めたのが猪ではなく旅人と気づいた勘平は、よくないこととは思いながら、定九郎の持っていた五十両を奪い取る（のちに、京の千崎のもとに届けたことが六段目でわかる）。

六段目　勘平が家に帰ってみると、祇園一文字屋の女あるじお才と使用人が来ていて、おかるが残金の五十両と引き換えに連れて行かれそうになっている。勘平は与市兵衛が帰るまで待つように求めるが、昨夜、与市兵衛が受け取ったという財布の共布を見て、自分が旅人から奪った財布と同じであることに気づき、義父を誤殺したと思い込む。おかるは京に出立し、その後に与市兵衛の死骸が担ぎ込まれる。おかるの母、おかやは勘平が夫を殺したと疑い、追及する。そこに千崎弥五郎と原郷右衛門の二人が訪ねてきて、昨夜の五十両の金を差し戻す。おかやは二人に勘平の義父殺しの疑いを訴え、証の立てられない勘平はその場で切腹する。ところが二人の武士が与市兵衛の死骸を改めると、刀傷であることが判明し、勘平は義父を殺して金を奪った定九郎を殺し、親の敵を討ったことが判明する。名誉を回復した勘平は、主君の敵討に加わることを許されて死んでいく。

こうして『忠臣蔵』は、主君の敵を討つという主題の中に、もう一つの小さな敵討を内包していることがわかる。

さて、『四谷怪談』は『忠臣蔵』の世界の中に作られた戯曲なので、主要な登場人物はすべて塩谷浪人である。ただし、両者に共通する登場人物はいないため、ストーリー上の接点はほとんどない。

しかし、次の個所はとても重要な接点である。『四谷怪談』初日序幕、浅草境内の場。お岩の父、四谷左門は貧苦のために物乞いとなっているが、乞食仲間の許可なく物乞いをしたために、乞食たちから痛めつけられている。そこに民谷伊右衛門が通りかかり、乞食たちに金を払って義父の危難を救う。左門は、伊右衛門に嫁いだお岩を離縁させ、実家に連れ戻していた。伊右衛門は左門にお岩との復縁を求めるが、左門は拒絶する。その理由は、伊右衛門が藩の御用金を盗んだ犯人であることを知っていたためだ。左門は以下のように言う。

トサア、訳はいまだ御主人御繁盛の砌り、お国元にて御用金紛失。その預りは早野勘平が親の三太夫、落度となり、切腹致して相果てた。その盗人もこの左門、よつく存じてまかりあれど、この詮議中にお家の騒動。それゆゑたうとうそれなりに、なにもかも言はずにをる身が情け。それゆゑ娘は添はされぬ。[2]

右にあるように『四谷怪談』では、民谷伊右衛門が御用金を盗んだことで勘平の父、三太夫が切腹している。[3]つまり、伊右衛門もまた勘平の親の敵なのである。ところが、初演時の構成では『四谷怪談』の序幕は、『忠臣蔵』の六段目の後に置かれている。となると、勘平はもう前の幕で死んでいる。勘平から見ると、斧定九郎は義父の敵、民谷伊右衛門は実父の敵である。勘平は義父の敵を討つことには成功したが、実父の敵は討たないまま死んでしまったのだ。勘平が死んだ以上、伊右衛門が早野三太夫の遺族から敵として追われることはない。つまり、『四谷怪談』は、敵討を主題とする『忠臣蔵』の内部に「敵が討たれないまま生き残り続ける世界」を構築しているのである。

跳梁する敵たち

　このように考えると斧定九郎と民谷伊右衛門は、いずれも早野勘平の親の敵であったことがわかる。以下に二人の共通点を検討していきたい。まずは『四谷怪談』の初日序幕を見てみよう。

　舞台は浅草寺の境内。塩谷浪人の四谷左門の娘でお岩の妹、お袖は貧苦のために浅草寺土産の楊枝店で働いているが、佐藤四茂七という許婚がありながら隠れて売春もしている（らしい）。同じく塩谷浪人の直助がお袖に言い寄るが、お袖は撥ねつける。一方、四谷左門は物乞いをしていて乞食たちに痛めつけられている。左門はお岩、お袖姉妹の父である。そこに、娘婿の民谷伊右衛門が通りかかって危難を救う。伊右衛門はお岩の夫で、夫婦の間には男の子も生まれていたが、四谷左門がお岩を離縁させて実家に連れ帰っている。伊右衛門は左門にお岩との復縁を願うが、伊右衛門が藩の御用金を盗んだ犯人と知っている左門は拒否する。一方、直助は売春しているお袖を買おうとするが、偶然来合わせた佐藤四茂七にお袖を取られてしまう。浅草の裏田圃で伊右衛門は悪事を知った左門を殺害し、直助もまた着物と提灯を目当てに恋敵の佐藤四茂七を殺害する（実は着物を取り換えた奥田庄三郎が殺されるのだが、ここでは直助は気がつかない）。駆けつけたお岩、お袖姉妹に、伊右衛門と直助は二人の親、四谷左門やお袖の夫、佐藤与茂七の敵を討ってやると約束するのだった。

　伊右衛門はカネのためには平気で義父を殺すが、それは斧定九郎が与市兵衛をカネのために殺したことと結びつく。定九郎は与市兵衛に向かい「オオいとしや。痛かろけれど　おれに恨みはないぞや。

金がありやこそ殺せ。金がなけりやなんのいの。金が敵じや」と言っている。そもそも、若い男性が老人を追いかけて殺すというシチュエーションそのものが、『忠臣蔵』の山崎街道の場と、『四谷怪談』の浅草裏田圃の場で近似している。

また、伊右衛門は『忠臣蔵』の勘平の性格を裏返したような存在だ。勘平は誤って義父を殺したと思い込み、その申し訳が立たずに切腹した。一方、伊右衛門は平然と義父を殺害し、お岩に対して「敵を討ってやる」と偽って復縁している。義父に対する態度は勘平とは真逆と言ってよい。[4]

さらに中幕も見てみよう。伊右衛門の浪宅。小者の小仏小平が民谷家伝来の薬「ソウキセイ」を盗んで逃げている。ほどなく小平は捉えられ、病気の主君のために盗み出したと言い訳をするが折檻されて、縛られて押入に入れられる。お岩は産後に体調を崩している。そこに隣家の伊藤家から薬と赤子の産着が届けられる。礼を言いに行った伊右衛門に対して伊藤喜兵衛は、先に届けたのはお岩の顔を醜くする毒薬だったと明かし、お岩と別れて孫のお梅と結婚してほしいと迫る。喜兵衛が示した持参金と仕官の約束に伊右衛門は心変わりをする。帰宅した伊右衛門は、婚礼の準備のためにお岩から蚊帳を奪い取り、道で会った按摩の宅悦にお岩に不義を仕掛けるよう強要する。離婚の口実のためだ。事情を知らないお岩は宅悦の態度に激怒し、二人がもみ合ううちに刃物がのどに刺さって死ぬ。

帰宅した伊右衛門は仲間たちと小仏小平を惨殺し、不義に見せかけるために戸板の表と裏にお岩と小平の死骸を釘で打付け、川に流す。その後、伊右衛門はめでたくお梅と祝言を上げる。しかし、その夜、伊右衛門がお梅と共寝をしようとするとお梅の顔がお岩になり、伊右衛門は思わず殺してしまう。また、騒ぎを聞きつけた舅の伊藤喜兵衛が小仏小平に見えてしまい、こちらも殺してしまう。伊右衛門はその場を立ち退く。

この場で伊右衛門は、「ソウキセイ」を主君、小塩田又之丞のために盗もうとした小仏小平に対して、以下のように言う。

出来心であらうが忠義であらうが、人の物を盗まば盗人。忠義で致す泥坊は、命は助かるという天下の掟があるか。たはけづらめ。

この伊右衛門の台詞については、これまでも注目されてきた。郡司正勝は「むしろ悪人伊右衛門の方が正当な理屈を声高に言う」と指摘し[5]、これに対して中村恵は「武士の発言としては非常識極まりなく、伊右衛門の不義士としての性格をはっきりと示す台詞となっている」と指摘している[6]。これはじつは『忠臣蔵』五段目において、勘平が定九郎の懐中から五十両の金を奪い取ったことに対する痛烈な当てこすりである。勘平は結果として義父の敵を討った。しかし、金を奪った時点では殺した相手が親の敵とは知らない。勘平の行為は明らかに盗みであり、たとえ主君の敵討という忠義のためであっても盗みは許されないのではないか。殺された定九郎は伊右衛門となって復活し、勘平と同様、忠義のための盗みを働いた小仏小平を折檻し、なぶり殺している。こうして死んだ定九郎は伊右衛門に転生し、復讐するのだ。

それでは、斧定九郎とは何者だったのか。

斧定九郎は五段目が有名だが、浄瑠璃では四段目にも登場している。主君、塩冶判官亡き後の屋敷明け渡しに際して、千崎弥五郎が討手を引き受けて屋敷を枕に討ち死にすることを主張した際に、父九太夫とともに強く反対し、その場を立ち去っている。

この場面では親子の関係は良好のようだが、そののち定九郎は親から勘当されたようだ。六段目の原郷右衛門の台詞からそれがわかる。

これへ来る道ばたに。鉄砲受けたる旅人（りょじん）の死骸。立ち寄り見れば斧定九郎、強欲な親九太夫さへ。見限つて勘当したる悪党者。身のたたずみなきゆゑに。山賊すると聞いたるが　疑ひもなく勘平が。舅を討つたはきやつがわざ

右にあるように、五段目では定九郎は親と絶縁して山賊になっている。『忠臣蔵』は、大星由良之助の指揮のもとに敵を討つ「善」の側と、敵の高師直に加担する「悪」の側とが対立し、抗争する劇である。斧九太夫は赤穂浪士でありながら高師直側に寝返った人物だ。定九郎はその「悪」なる側からも絶縁されている。二重に排除された存在である。それは、定九郎が敵討の芝居の外部に存在することを意味している。そこには明らかに『忠臣蔵』の世界に開いた亀裂がある。そこから外部が一瞬、顔をのぞかせるが、定九郎の唐突な死によってその亀裂は閉じられ、何事もなかったかのように芝居は先に進んでいく。

定九郎は端役である。だから観客はその存在の意味にほとんど気を留めないだろう。だがこの役を初代中村仲蔵は大きく作り変えてしまった。山賊姿の定九郎を、黒羽二重の浪人姿に変えたのである。

『忠臣蔵』の評釈書『古今いろは評林』には「仲蔵二度目あたりより黒羽二重の古き着物に成やぶれ傘さして出るなど仕はじめたり」「此役におゐて三都にて只仲蔵一度〳〵に妙ある仕内を増て大に評判を得たり」とある。[7] 水田かや乃はこの記述から「再演時に練り上げた工夫が広まっていくとも考えられる」と指摘し、この仲蔵の新演出が以降の定九郎に大きな影響を与えたことを指摘している。[8] この仲蔵の演出が大当たりを取ったことについては、落語『中村仲蔵』などでも有名である。仲蔵はたんに役の工夫をしたにすぎない。しかし、それは結果として『忠臣蔵』の外部の闇を大きくクローズアップしてしまった。今尾哲也はこの初代仲蔵による扮装の改革を「たんに衣裳や拵えに工夫をこらしたというような、いわば、小手先の改革ではない」と指摘し、〈山賊〉から〈浪人〉の姿への移動を「定九郎に関する性根の理解の移動である。あるいは、行為者としての、人間の生の在り方にたいする解釈の移動である」と指摘する。そして、そのような役の解釈の変化が『忠臣蔵』全体にまで影響を与えたという。今尾は、仲蔵が定九郎を「勘平と同じレベルに生きる牢人」と捉えていたというのである。[9]

仲蔵にとって、定九郎は、勘平に匹敵する人物でなければならなかった。五段目は、そのような「定九郎を主人公とする劇」と観念された。「二流」とさげすまれ、「行儀あしく」とおとしめられながらも、仲蔵は自己の創造に確固たる信念をもった。（中略）扮装の改革を介して、仲蔵は『新・五段目』を創造したのであった。

今尾の論を参考にしながら、仲蔵による改革の意味を考えてみたい。先に記したように、定九郎は忠臣の側からも敵の側からも排除された、自己の欲望のためだけに生きる「純粋な悪人」である。ここで、その姿が大きくクローズアップされる。それは、『忠臣蔵』という善悪が対立し抗争するドラマに開いた亀裂である。当時の観客がこの役に魅了されたのは、仲蔵の背後に深い闇を見ていたからではなかったか。初代中村仲蔵が主に活躍したのは十八世紀末の天明期で、南北より一世代前にあたる。南北もまた、仲蔵の演出によって勘平と対等になった定九郎の悪の姿に魅了されたひとりであったと思われる。それが、『四谷怪談』の民谷伊右衛門像へと結びついているのだ。

そこで、『四谷怪談』の民谷伊右衛門を改めてみてみよう。伊右衛門は塩谷浪人の四谷左門を殺しているし、同じく塩谷浪人で主君に対して忠節を尽くす小仏小平もなぶり殺しにして、お岩の死骸と一緒に川に流している。さらに隣家の伊藤家の婿になっている。伊藤喜兵衛は高師直の家老だから、明らかに敵の側に寝返ったのである。しかしその直後、伊右衛門は伊藤喜兵衛と孫娘のお梅を殺害して立ち退き、伊藤家の後家、お弓からも敵として追われる身になる。(その後、穏亡掘の場で伊右衛門はお弓も堀に蹴落として殺害し、伊藤家の血筋が絶える。ここでも伊右衛門は「討たれない敵」になる)。善悪双方の敵になった伊右衛門は、定九郎と同じく二重に排除された存在である。

このように見ると、『四谷怪談』が『忠臣蔵』の内部に構築されていながら、善悪双方から排除された民谷伊右衛門を登場させたことで、敵討の物語の外部へと劇世界が逸脱していくことがわかる。伊右衛門は伊藤喜兵衛のとりなしで高野(高師直)に仕官しようとしたり、母、お熊から貰った書付で高野に仕官しようとしたりするが、遂に果たせない。元の忠臣蔵の世界には戻れないのだ。そこには、塩谷浪人でありながら敵を討つ側にも敵の側にも加担せず、敵討とは無関係に自分勝手な欲望のままに生きる一人の男の姿が描かれているのである。伊右衛門は、初代中村仲蔵が生みだした斧定九郎像をしっかりと引き継いでいる。

直助という存在

ここで『四谷怪談』に登場するもう一人の悪人、直助について見ておきたい。直助は塩冶家の家臣、奥田将監の元中間で、同じく塩冶浪人の佐藤四茂七の許婚であるお袖に横恋慕をしている。これは、高師直の塩冶判官の妻かほよに対する横恋慕によって事件が起きる『忠臣蔵』のパロディだ。しかし、この横恋慕は『忠臣蔵』とは異なっている。

第六章で扱った『忠臣蔵』に描かれる三つの男女関係は、いずれも厳格な身分秩序の中にある。塩谷判官の妻かほよに対する高師直の邪恋は、大名同士の争いである。大星由良之助の子息、力弥と、加古川本蔵の娘、小浪の結婚は、家老家同士である。早野勘平の妻、おかるに横恋慕をする鷺坂伴内と早野勘平はいずれも家臣の身分で、塩冶判官と高師直の関係のもどきになっている。

一方、『四谷怪談』では、直助は初日序幕で売春婦となったお袖に言い寄るが、お袖は「家格が違う」と突っぱねている。

以前そなたは下部(しもべ)直助、わたしがとゝさん左門様とは、将監(しやうげん)様は同じ格式。その小者の軽い身でゐながら、浪人したとあなどつて、わしをとらへてあたいやらしい。聞く耳は持たぬわいなうお袖は、下男の身でありながら、主君と同じ格式の家の娘である私に恋をするとは、と身分違いの恋を非難する。直助と四茂七では格が違うというのである。直助はそれに対して、身分の違いを嘲笑い、たとえ元は小者でも浪人すれば武士ではない。町人に身分はないから対等だ。今はカネがあると迫っている。[10] ここには、階級秩序に縛られた武士の価値観に対する南北の批判がうかがえる。

直助は女に対する強い欲望のままに生きている。そこが、たとえ惚れた女でもカネと出世のためには捨てる酷薄な伊右衛門との差であろう。直助は自らの欲望を成就させるために、恋敵の佐藤四茂七を殺害しようと計画し、実行する。実は誤って主君にあたる奥田庄三郎を殺してしまうのだが、その誤りには気がつかない。

このような身分違いの恋は『四谷怪談』ではもう一組描かれている。高師直の家老の孫娘、お梅の、伊右衛門に対する横恋慕である。こちらは家格の高い家から、低い相手への恋だ。武家社会においては、同程度の家格の者同士が結婚するというルールがあった。『四谷怪談』はそのような秩序が破壊されている。『忠臣蔵』においては、高師直、鷺坂伴内の二人の横恋慕は成就しない。一方、『四谷怪談』では、直助とお梅の横恋慕はともに成就してしまう（ただし、お梅は横恋慕が成就した直後に斬殺される）。ここでは夫婦の間の貞節や同程度の家格で結ばれるという秩序が無視されている。そのような倫理が否定された世界に生じるのは、無秩序で何でもありの空間である。

後日序幕、深川三角屋敷の場を見てみよう。直助は鰻掻きになり、深川でお袖と一緒に暮らしている。お袖は死んだ（と思い込んでいる）夫に貞節を立てて、直助とは枕を交わしていない。お袖は寺の門前で樒を売ったり、洗濯物を引き受けたりして生計の足しにしている。そこに古着屋の庄七がお岩の死骸から剝ぎ取った着物を持ち込む。直助が川から櫛を拾ってくるが、それはお岩の大事にしていた櫛だった。お岩の着物を漬けた盥から手が出て櫛を奪い取ったり、盥の中の着物が血だらけになったりと奇妙なことが起こる。そこに偶然来合わせた按摩の宅悦から、二人はお岩の死を聞かされる。お袖は直助に姉の敵を討ってもらう約束で正式に夫婦になる。そこに回文状の詮議で佐藤四茂七が訪ねてくる。夫が生きていたことを知ったお袖は、自ら二人の夫の手にかかって死ぬ。直助もまた、自分が殺したのが四茂七ではなく主君にあたる奥田庄三郎だったこと、お袖とは血を分けた兄妹だったことが分かり自刃する。

ここで直助が破滅せざるを得ないのは、彼が倫理の規範にまだ縛られているためである。直助は恋敵の四茂七を殺害してお袖の夫になろうと、一旦は倫理を破りながら、最後には倫理によって追い詰められて死を選ぶ。諏訪春雄は直助について「主殺し、近親相姦の果てに、最後に善心に戻って自害する」とし、「善とか正義とかの倫理秩序の自覚がある連中は、南北劇の主役にはなりえない」と指摘している。[11] そこに、倫理には縛られない伊右衛門との大きな差がある。伊右衛門は義父を殺し、妻を捨ててもその行為を一切恥じることがないし、最後まで反省しない。直助と比較することで、伊右衛門の立ち位置がより明瞭になるのである。

『四谷怪談』と金銭

『忠臣蔵』は、主従に対する忠義や夫婦の貞節、親に対する孝といった倫理によって支配された世界である。それを悉く無視し、破ったのが『四谷怪談』の世界だ。そこでは、主君に対する忠義や夫婦の間の貞節は守られず、妻は捨てられ、義理の親が平然と殺される。倫理なき無秩序な世界である。その世界でものをいうのはカネだろう。

『四谷怪談』の世界を支配しているのは金銭である。伊右衛門には金銭にまつわるエピソードが常に纏わりつく。先に記したように御用金を盗んだ罪があり、それに気づいた義父、四谷左門を「露見致さば後日の妨げ。最早生けては」と殺害している。さらに伊藤喜兵衛に唆され、持参金と仕官を引き替えにお岩を捨てる。

一方、善人たちもカネに苦しめられている。たとえば、序幕で殺された四谷左門もその一人。貧苦のあまり物乞いになるが、乞食たちから無許可で物乞いをしたと責められる。その危難を伊右衛門はカネで救う。左門は不忠不義の伊右衛門から恵まれることを拒絶し、「明日きっと返す」と言うが、返す当てがあるとはとても思えない。左門もカネの前では倫理を捨てざるを得ない。また、お岩とお袖の姉妹は、貧苦から売春婦になっている。カネと引き換えに貞節を売っているのだ。いくら忠義や貞節を守ろうという強い意志があっても、カネがなければそれを守り通せないという窮地に、南北は善意の登場人物たちを追いこんでいく。たとえば、浅草の楊枝店で店番をしていたお袖は、客が高野の縁者と知るや商品を売ることを拒否する。しかし、店が客を選んでいては商売にならない。商売に倫理は持ち込めないのだ。こうなると、頑なに倫理を守ろうとするお袖の生き方のほうが却って滑稽に見えてくる。

こうしてカネにまつわるエピソードは、この作品では幾度も繰り返し表現されていく。伊右衛門は小仏小平から取り戻した家伝の秘薬ソウキセイをカネに困って五両で質に入れてしまうし、お熊から手渡された高師直の書付も借金のかたに取られてしまう。後日序幕では小仏小平の子、次郎吉がシジミを売っており、祖母のお熊から稼ぎが悪いと折檻されている。『四谷怪談』では、すべてがカネで動いているのだ。

このようなカネにまつわるエピソードの中でも注目すべきは、お岩の櫛だろう。直助が川で拾ってきた櫛が、姉お岩が大切にしていた母の形見だと気付いてお袖は驚く。ところが、直助とお袖は米屋の支払いに窮しており、直助はその櫛を質入れしようとする。お袖は反対するが、背に腹は代えられないので不承不承同意する。ところがお岩の怨念がそれを許さない。櫛は幾度も盥の中に落ちた挙句に鼠が咥えて仏壇に置く。気味が悪くなった直助は質入れをあきらめる。

この櫛はお岩にとって、母の形見というかけがえのないものだ。自分が死んだ後は妹に渡したい。そのような固有性を持つ一方で、同時にこの櫛は商品として価値があるから質に入れることも（つまりは流すことも）可能である。個人にとってかけがえのない（交換不能な）モノが金銭に置き換わって交換されてしまう。こうして金銭はすべての固有性を剝奪していく。

ソウキセイの場合も考えてみよう。この薬は足腰の立たない病に冒された小塩田又之丞を救うために欠かせないものだ。だから忠臣の小仏小平は命に代えても執着する。小平は伊右衛門に殺され、その後、伊右衛門はカネに詰まってソウキセイを五両で質に入れてしまうが、小平の亡霊によって質屋から盗み出され、主君、又之丞のもとに届けられる（後日序幕「小塩田隠れ家の場」）。そこに質屋が詮議に来る。偶然、居合わせた朋輩の赤垣伝蔵が他の質草とともに六両を払ってその場を済ませる。いくら主思いの小仏小平の亡霊が薬を届けても、いったん質に入ったからにはカネがなければ手に入らない。又之丞はこの薬で無事に本復し、討入りに加わることができる。しかし、それも結局は金銭ずくなのだ。ここでは敵討への参加が金銭によって購われている。こうして、小平の忠義心よりも金銭のほうが現実には力が強いことが示される。

伊右衛門の悪は金銭にまつわる悪である。直助はお袖を妻にしたいという強い欲望から、誤って主殺しを犯す。一方の伊右衛門には人間関係にそのような強い執着はない。伊右衛門は当初はお岩に執着しているが、次の幕ではあっさりお梅に乗り換えてしまう。自分の息子にも執着しない。たんにカネが欲しいだけだ。カネのためには親も妻子も捨てるという酷薄さは、先に見たように切羽詰れば誰しも追い込まれる可能性のある窮地でもある。カネと引き換えられるのは櫛や薬といった品物だけではない。人間関係もまた金銭によって破壊されていく。

一方のお岩は関係の固有性にどこまでも執着する。父の敵を討ちたい、我が子がかわいい、夫の背信が許せない、そういった強い感情が怨念となって伊右衛門を苦しめる。忠義や貞節といった倫理が関係の固有性を存立基盤としており、敵討とは関係性への執着なのだという事実を南北は浮かび上がらせていく。

金銭の問題は、じつは『忠臣蔵』五、六段目にすでに表れていた。勘平は主君の敵討に加わりたい。そのためにはカネが要る。いくら塩谷浪人たちの忠義心が強くても、軍資金がなければ敵討を成就させることは難しい。もし、勘平に潤沢な資産があれば、おかるが祇園の茶屋に奉公に出る必要もなく、六段目の悲劇も生じなかった。勘平を追いつめたのは実はカネなのだ。そこに南北は気づいている。

『忠臣蔵』の敵討は、主従関係が代替不可能だと信じるからこそ実行される。主家が取り潰されれば他家に仕官すればよいだけだという「交換可能性」があれば、敵討は起きない。ところが、金銭はあらゆるものから固有性を剝奪し、人間関係までも交換可能にしてしまう。かけがえのない夫婦関係にあった妻は、遊女になることによって金銭と引き換えに誰とでも関係を持つ存在へと転化してしまう。関係の固有性を守ろうとする倫理が金銭を媒介とした代替可能性によって試練に晒される。南北はそこに「敵討」の困難を見出している。『四谷怪談』は、金銭による倫理の崩壊を描いているのである。

後日の構成と結末

後日の構成の意味についても考えておこう。後日は、初日に続いて再び深川穏亡堀の場から幕を開ける。次いで、『忠臣蔵』の七、九、十段目が上演され、『四谷怪談』の後日二番目序幕「深川三角屋敷の場」「小塩田隠れ家の場」、中幕「夢の場」「蛇山庵室の場」最後に『忠臣蔵』十一段目という構成になる。

穏亡掘の場は、初日三幕目の再演だ。深川の穏亡掘で直助と伊右衛門が出会う。そこにお岩と小平を張り付けた戸板が流れ着く。この場で直助が手に入れたお岩の櫛が二番目序幕の「三角屋敷」で重要な働きをするので、二つの幕は内容上の繫がりが強い。一方、『忠臣蔵』七、九、十段目はそれぞれが独立したエピソードであり、相互の連続性は弱い。このことから、本来は『忠臣蔵』の外伝であったはずの『四谷怪談』が、逆に『忠臣蔵』を包み込むような形になっているのがわかる。中幕の「蛇山庵室」で伊右衛門が佐藤四茂七に斬りつけられた後、最後に『忠臣蔵』十一段目（討入り）が演じられるが、十段目との間が切り離されたことによって取って付けたような形になる。

かくて、後日はあたかも『忠臣蔵』のほうが『四谷怪談』の外伝のような位置づけになってしまう。ここに至って主客が転倒する。初日において『忠臣蔵』から逸脱した『四谷怪談』の物語世界は塩谷浪人が登場するものの、敵討の計画や準備とは縁が遠い。伊右衛門とお岩も、直助とお袖も、塩谷浪人であると同時に貧苦に迫られた市井に生きる庶民であり、敵討とは無関係な日々の暮らしがリアルに表現されている。それによって『忠臣蔵』の世界は相対化される。そこでは亡君への忠義のために敵討に奔走する人たちが却って奇矯に見える。その日の生計に事欠くような差し迫った暮らしの中では「敵討」の余裕などなく、それはむしろ贅沢ですらある。先に記したように、病に苦しむ小塩田又之丞は、薬が手に入らなければ敵討に加わることもできない。このような貧苦に苦しむ敵討の物語は繰り返し演劇化されてきたが、『四谷怪談』には貧苦を克服して敵討を成就する「美談」の趣はない。あるのは敵討を嗤う猥雑さだ。そこでは、人々はさまざまな欲望に晒されている。最後に伊右衛門に斬りつける佐藤四茂七も、初日の序幕ではお袖という許婚があるのに女を買おうとする。貞操観念が緩い。そこに表現されているのは、ありきたりな欲望を持つ普通の人々の姿である。その中で、特殊な人々だけが敵討に加わる。欲にまみれた日常の中で、敵討は「外伝」だ。

『忠臣蔵』を動かしている力が主君に対する忠義という強い倫理観であるとするなら、『四谷怪談』を動かしているのは金銭を媒介とした野放図な欲望である。作者南北の眼は市井の人々に注がれている。そこでは、欲望が倫理を突き崩していくのはもはや当たり前の社会の姿であり、むしろ倫理に縛られた窮屈な生き方をする人のほうが異様に見えている。『四谷怪談』は金銭が敵討を崩していくドラマなのだ。

また、『忠臣蔵』が大星由良之助や早野勘平といった「敵を討つ側」から見た世界であるとするなら、『四谷怪談』は伊右衛門や直助といった「敵の側」から見た世界である。敵を討つ側の世界は公正で美しく、倫理的ではあるが、一方で忠義や貞節といった価値規範を押し付けてくる窮屈さが生じる。敵を討たれる側の世界は秩序が失われているから不安定だが、欲望のままに生きることができるので自由で解放的だ。それは人間の醜い欲望に塗れた、猥雑で豊饒な世界なのである。

『盟三五大切』をめぐって

『四谷怪談』に続き、その後日談として文政八年九月に江戸中村座で上演された歌舞伎『盟三五大切』(かみかけてさんごたいせつ)についても検討しておきたい。以下にまずあらすじを記しておく。

塩冶浪人の不破数右衛門は藩の御用金三百両が紛失した咎で浪人し、その間に刃傷事件からお家は断絶した。紛失した御用金を返して敵討参加を願い、返した金は二百両、あと百両返せば帰参が叶う。さて、数右衛門は薩摩源五兵衛と名乗り、芸者、小万と深い仲になっている。小万には三五郎という情夫がおり、勘当を受けた父、了心のために百両を調達したいと願っていた。源五兵衛が伯父、富森助右衛門から敵討のために預かった百両を、小万と三五郎は偽の身請け話を仕組んで騙し取る。源五兵衛はその恨みから三五郎の一味が集まるところを襲い、仲間の五人を殺害するが三五郎と小万は逃げる。その後、三五郎夫婦は四谷の鬼横丁に越す。そこに訪ねてきた父了心に三五郎は百両を渡し、勘当が解ける。了心はその百両を旧主の不破数右衛門に渡したいと考えていた。大家が小万の実兄、弥助で、以前は神谷（民谷）に仕えた中間であり、御用金を盗んだ犯人とわかる。そこに源五兵衛が訪ねてきて、もはや恨みはないといい、酒を置いて帰る。先夜の五人殺しの罪は、忠僕の八右衛門がかぶる。源五兵衛が置いていったのは毒酒で、飲んだ弥助が死ぬ。三五郎は高野（高師直）の家の絵図面を見出し、それを数右衛門に届けようと出かけ、小万が一人残るところへ再び源五兵衛が現れて赤子とともになぶり殺しにする。小万の首を持ち帰ってひとり酒盛をする源五兵衛。そこに了心が訪ねてきて百両と絵図面を渡し、帰参を促す。源五兵衛は罪を犯した自分は帰参できないと言うが、樽の中から三五郎が現れてすべての罪を告白し、自害する。源五兵衛は晴れて不破数右衛門に戻り、討入りに加わる。

さて、この作品が『忠臣蔵』五、六段目のパロディになっていることは、すでに犬丸治に指摘がある。[12]犬丸は薩摩源五兵衛と早野勘平の類似点について七点を挙げているが、私がその指摘の中で特に重要と考えるのは以下の三点である。

(1) 源五兵衛・勘平は共に塩冶浪人であり、民谷伊右衛門による「御用金紛失事件」がもとで勘平の父、三左衛門は切腹、添え役の源五兵衛は浪人した。

(2) 勘平は石碑料を調達して義士の列に加わらんとしている。おかるが身を売って得た金は「百両」。源五兵衛も失った御用金三百両のうち二百両をなんとか調達し、残る「百両」を大星に持参することで、連判に加わろうとしている。

(3) おかるは夫に内緒で身を売る。勘平は与市兵衛を殺したと思い込む。三五郎も小万も結果的に「お主のためにお主を偽は」る。観客はすべてを知っていて当事者同士が事情を知らない錯誤の悲劇である。

もちろん、違いも大きい。なにより勘平は切腹しているが、源五兵衛は無事に敵討に加わっている。

さて、それでは源五兵衛に対する三五郎は、誰と類似しているだろうか。

(1)　斧定九郎・三五郎はともに塩冶浪人だが、親からは勘当されている。

(2)　斧定九郎からは勘平に、三五郎からは源五兵衛にカネが渡る。

私は右の類似点から三五郎が斧定九郎ではないかと考える。

両者のカネの流れを整理してみよう。

『忠臣蔵』　与市兵衛　↓　定九郎　↓　勘平

『盟三五大切』　富森助右衛門　↓　源五兵衛　↓　三五郎　↓　了心　↓　源五兵衛

『忠臣蔵』では、定九郎が与市兵衛を殺し、勘平が定九郎を殺している。定九郎は悪人である。『盟三五大切』では、三五郎は源五兵衛を騙してカネを奪うが、結局は源五兵衛に渡すためだった。カネが渡る四人に悪人はいない。

つまり、『盟三五大切』は『忠臣蔵』の斧定九郎がじつは善人であり、互いに善意の目的で金を奪い合うという話なのである。

じつは、定九郎が善人なら、という思考実験を南北はすでに文政四年（一八二一）初演の『菊宴月白波（きくのえんつきのしらなみ）』で行っている。(13) このときは『忠臣蔵』の後日談だった。敵討の成就した後、生き残った定九郎は実は忠臣で、主家の再興に尽力する。このような設定を『忠臣蔵』の五、六段目の世界に当てはめたのが『盟三五大切』なのである。

さて、先にも触れたが、勘平は斧定九郎を誤って殺し、五十両の金を盗んでいる。殺人（過失致死）と窃盗の犯人だ。しかし、そのことは結果として義父の敵を討ったとして不問に付される。こう考えると、『盟三五大切』の源五兵衛の行動は、じつは勘平ときわめてよく似ていることがわかる。

三五郎に百両を騙し取られた源五兵衛は殺人鬼となるが、その殺人を具体的に見ていくと、まず三五郎の仲間の悪党五人を殺した罪は、下男の八右衛門が被ったので源五兵衛は無罪になる。次に、毒酒で殺した弥助は御用金を盗んだ悪人、民谷伊右衛門の手下で、その妹小万とその子も悪に連なる縁者だから、この三人を殺したのは（結果として）敵討になる。さらに、三五郎は自刃している。つまり殺人を重ねた源五兵衛は、最終的には何一つとして悪事は働いていないことになる。あくまで「結果として」だが、それは『忠臣蔵』の勘平が「結果として」義父の敵を討ったことと同じだ。

色に耽り、家財まで売り払って芸者に入れあげる放埒を重ね、果ては殺人鬼となり果てて散々に人を殺し、敵討に対する熱意などかけらもなくても、最後に辻褄さえ合って敵討に加われば立派な「忠臣」だ。こうして南北は『忠臣蔵』五段目で勘平が犯した殺人と窃盗の罪を極端に拡大してみせた。その意味では本作は『忠臣蔵』七段目のパロディともいえる。由良之助がいくら酒色に溺れていても、最後に敵討を実現すれば、そこまでの行為はすべて「敵を欺くための方便だった」として許されてしまうのだ。

先の『四谷怪談』では、敵の側からも逸脱した悪人が大きくクローズアップされて、その無軌道な姿が印象深く描かれている。一方、『盟三五大切』の魅力は、敵を討つ側の忠臣に悪の要素をふんだんに盛り込み、形骸化した忠義の姿を描き出した点にある。ここでは敵討はもはや芝居の枠組みでしかない。芝居の筋のほとんどは、敵討とは全く無縁の色恋に起因する殺人によって占められている。

さらに注目しておきたいのは、源五兵衛と三五郎がいずれも善人で、百両の金を同じ目的で使おうとして奪い合うことだ。三五郎は百両を了心に届けたいと思っているが、その了心は源五兵衛にその金を届けたいのだ。こうして同じ金を同じ目的で奪い合うという悲劇が起きる。このモティーフは、次章で扱う河竹黙阿弥の『三人吉三廓初買』を始めとした歌舞伎作品に強い影響を与えていくことになる。

おわりに

近世の武士は何世代にもわたって職分を世襲によって継承していく存在である。そこに歴史を尊重する眼差しが生じるのは、「はじめに」で触れたとおり。家格を重んじ、主君に対する忠義を守ることは、いわば武士の存立基盤と言ってよい。そのとき、赤穂浪士による敵討は忠義の象徴的な表現として、世襲制の裏返しでもあった。何世代にもわたって恩義を受けてきたからこそ、一旦、お家に大事があれば身命を賭す覚悟が生まれる。武家社会にはそのような世代を超えた主従関係があり、武士が忠義という道徳に縛られているからこそ、近世社会において『忠臣蔵』は支持されてきた。

しかし、その一方で、近世後期にもなると現実の世界はそのような理念との乖離が大きくなる。内田保廣は、『東海道四谷怪談』の実録版『四谷雑談』に描かれる伊藤喜兵衛が、妾、お花の懐胎を喜ばず、伊右衛門に嫁がせようとしたことについて、「本来武士であれば、自家の繁栄、子孫の連綿たることを願うのが当たり前である。にも関わらず喜兵衛はそれを願わない。養子を取るのだが、その持参金が三百両。他に隠居分として一生の間、一年に五十俵を受け取るとの条件であった」「お岩が祟るのはこういった連中に対してである」と指摘している。[14] ここに描かれた、内田の言うところの慾と利に駆られた下級武士たちの姿こそ、南北が掬い上げた同時代の下級武士の実像だった。社会における金銭の比重が増す中で、忠義という理念がどこまで規範として力を持ちうるのかという問いが、そこでは生じている。好むと好まざるとにかかわらず、生活のためには忠義を捨てざるを得ないことが起こる。そのような社会の変化に合わせて、金銭の働きを重視した内容へと歌舞伎も変化していく。そのとき、武士の系譜を重視した「歴史」は形骸化し、現在だけが意味を持つ社会が生まれているのである。

【註】

（1）郡司正勝校注『東海道四谷怪談』「解説」（新潮日本古典集成、新潮社、一九八一年）

（2）本文の引用は註1による。

（3）この設定は近松半二他の合作による浄瑠璃『太平記忠臣講釈』（近松半二、三好松洛、竹田文吉、竹田小出雲、竹田平七、竹本三郎兵衛合作、明和三年（一七六六）十月、竹本座初演）の内容を借りている。同作三段目では塩冶家の御用金千両の紛失の責任を取って金役の早野三左衛門が切腹しており、金蔵に落ちていた小柄をもとに詮議の結果、斧九太夫が犯人とわかって処断されている。このことは犬丸治『天保十一年の忠臣蔵』（雄山閣、二〇〇五年）に指摘がある。

（4）勘平と伊右衛門が表裏の関係にあることは、犬丸治が指摘している（前掲註3）。ただし、犬丸は伊右衛門が高師直の御落胤であるという説を採る。これはもともと松田修が唱えたもので、大変魅力的ではあるが、私はやや論拠が薄いと感じる。

（5）郡司正勝、前掲註1頭注。

（6）中村恵「「悪」の武士道――民谷伊右衛門をめぐって――」（『江戸文学』三十一号、二〇〇四年十一月）。

（7）『古今いろは評林』の本文は、守随憲治校訂『仮名手本忠臣蔵』（岩波文庫、一九三七年）に付載のものによる。

（8）水田かや乃「初世中村仲蔵による定九郎演出の定着について」（『演劇学』第二十六号、一九八五年）。

（9）今尾哲也「仲蔵と定九郎」（『歌舞伎研究と批評』二十六号、二〇〇〇年十二月）。

（10）お袖が売春婦になっても夫のある身と訴えて客に身体を許さないという設定もまた、『太平記忠臣講釈』における矢間重太郎の妻、りゑが同じく辻君となるが身体を許さないことを元にしている。

（11）諏訪春雄『鶴屋南北　笑いを武器に秩序を転換する道化師』（山川出版社、二〇一〇年）。

（12）犬丸治、前掲註3

（13）犬丸治、前掲註3及び「南北・默阿弥の『忠臣蔵』とその時代」（服部幸雄編『仮名手本忠臣蔵を読む』吉川弘文館、二〇〇八年）。

（14）内田保廣「野暮な屋敷の大小捨てて」（『江戸文学』三十一号、二〇〇四年十一月）。

第八章　生命と貨幣――『三人吉三廓初買』と『曾我物語』

はじめに

安政七年（一八六〇）一月、江戸中村座で初演された歌舞伎『三人吉三廓初買』は河竹默阿弥の、ひいては江戸歌舞伎の代表作の一つである。作者自身、本作を快心作と認めていたことはよく知られている。

この作品は当時の江戸の初春興業の慣例として曾我狂言として仕立てられており、そこに『八百屋お七』の趣向と、梅暮里谷峨の洒落本『傾城買二筋道』から得た通人、文里と遊女、一重の情話とが綯い交ぜになっている。特に「お七」の世界からは主人公の三人が吉三であることを始めとして、安森源次兵衛や海老名軍蔵、土左衛門伝吉、釜屋武兵衛など主要人物の名を借りており、また、大詰においてお嬢吉三に火の見櫓の太鼓を打たせるなど、その影響は色濃い。その一方で「曾我」の世界からは単に、作品の背景として敵討という設定を借りただけに留まっているように見える。

しかし本作品の中心にあるのは実は、庚申丸という刀の代金百両であり、登場人物の運命は全てこの百両の金の動きに翻弄されるといってよい。それは刀の詮議を特徴的なプロットとする曾我物の世界と密接な関係にあり、本作品はいわば曾我狂言のパロディとして作られているとも言えるのである。そのため本作品の主題を考える上で、「曾我物」として分析するという視点は不可欠であると私は考えている。

そしてそのような視点から導き出されるのは、詮議される対象がなぜ刀ではなく貨幣でなくてはならなかったのかという問題である。黙阿弥はそのような設定によって自身の貨幣観を表現したのであり、本章の目的は作品にあらわれた作者、黙阿弥の思想を究明することにある。

結末のないドラマ

この作品の発端は、鎌倉荏柄神社の境内で金貸し太郎右衛門と研師の与久兵衛が出会う場面である。[1]与久兵衛は海老名軍蔵という武士が、庚申丸という短刀を道具屋、木屋文蔵から購入する代金百両を、太郎右衛門から借りる仲介をしようというのである。しかし、この作品にはそこに至るまでのプレ・ストーリーが存在する。そこで、それをまず、劇中の台詞から再構成してみることにする。

頼朝昵近の武士、海老名軍蔵は、かねて剣道の争いから同じく将軍昵近の武士、安森源次兵衛に対して遺恨があった。軍蔵は手下の伝吉を使って、安森源次兵衛が頼朝から預かった刀「庚申丸」を盗ませる。刀を紛失した咎によって源次兵衛は切腹、安森家は断絶し、長男の吉三は行方知れず、息女おもと[2]は吉原へ勤めに出て一重という名の遊女になる。

舞台の発端より約十年前に遡るこの事件が、物語の真の発端である。さて、敵討と刀の詮議は曾我物の狂言の中心的な主題だが、この作品もまた曾我狂言である以上、当然のことながらその主題を踏襲している。すなわち、安森源次兵衛は善人であり、刀を奪わせた海老名軍蔵は悪人（＝敵）である。そして安森源次兵衛の子や家臣が父或いは主君の敵を討ち、盗まれた刀を奪い返すことによってドラマは結末を迎える。このような筋の展開は、曾我狂言一般と構造を同じくしている。曾我狂言のみならず、敵討は江戸時代の芝居において最も好まれた話題であり、数限りない敵討の物語が生み出されたと言っても過言ではない。そこにはさまざまなヴァリアントが存在するものの、基本的には善良な主人公が悪人のために殺された親、或いは主君の敵を討つまでの艱難辛苦と、本望を遂げて大団円を迎える快感とが主要なテーマになっていることは言を俟たない。

そしてこの『三人吉三廓初買』もまた、そのような「敵討」の狂言の類型の上に作劇されているのである。しかし、ここで注意しなければならないのは、この作品が「敵討」としては非常に奇妙な構成になっている点である。作中に登場する真の悪人は、安森源次兵衛を切腹に追い込んだ海老名軍蔵その人である。軍蔵の手下として刀を盗み出した伝吉もまた悪人の一味であったが、劇中では既に改心して善人になっている。ところが肝心の敵、軍蔵は序幕の最後において安森家の家臣、弥作と相討ちになり、死んでしまう。この時点で敵討は成就されたのであり、通常ならばここでドラマは閉じられなければならない。ところがそうはならなかった。盗まれた庚申丸の行方が失われたままだからである。敵討が成就しても盗まれた刀が戻らなければドラマは幕を閉じることができない。このドラマを貫いているのは結末が結末として成り立たないこと、結末を迎えることができないことの悲劇である。この作品はいわば「結末から始まるドラマ」であり、また、「結末が蜿々と引き延ばされるドラマ」である。なぜ黙阿弥はこのような作品を作ったのか。

結論から先に言えば、この作品が結末を迎えることができないのは、本来、値の付けられない筈の庚申丸の刀が百両という経済的価値を持ってしまうことに起因している。そのことがもたらす悲劇こそ、黙阿弥の描いたこの作品の主題だったのである。

海老名軍蔵は刀の代金として借りた百両を返さずに死んだため、軍蔵の死後、金貸しの太郎右衛門は、刀を預かっていた研師、与久兵衛から百両のかたとして庚申丸を取り上げる。金貸しである太郎右衛門にとっては、庚申丸の由来は関心の埒外にある事柄である。彼にとって重要なのは刀が百両の価値を持つことだけなのであり、彼が庚申丸を持っているのはそれと引き換えに百両の貸金が返済されるという期待においてのみである。したがって庚申丸は再び百両と出会うまで退蔵されることになる。一方、道具屋木屋文蔵に支払われた刀の代金百両は、手代十三郎→おとせ→お嬢吉三→和尚吉三……と人々の間を転々としてゆく。ここにおいて、刀の由緒や来歴に裏付けられた唯一絶対の価値と、その刀を道具屋がいくらで売るかという市場での交換価値とが完全に分離され、百両という刀の交換価値だけがひとり歩きを始めることになる（庚申丸はそののち、お嬢吉三によって太郎右衛門から強奪され、ドラマの終り近くまでその姿を現さない）。このことがさまざまな悲劇を引きおこしていくのである。

敵討をテーマにする芝居において、刀など家の重宝が質入れされる場合は他にもある。例えば、天明元年（一七八一）初演の『敵討天下茶屋聚（かたきうちてんがちゃやむら）』[3]では浮田家の家中、早瀬玄蕃は東間三郎右衛門に討たれ、貫之の色紙を奪われる。その色紙が質に取られており、それを取り戻すため早瀬の遺児、伊織の妻、染の井は苦界に身を沈めて百両の金を工面するが、敵方に変心した中間、腕助により、その金は盗まれる。

この作品ではしかし、色紙が道具屋の手に渡ることは敵討の過程における一つの苦難のエピソードに過ぎないのであり、質に取られること自体が芝居の主題と根本的に関わり、そこから本筋が敵討とは別のドラマへと展開していくということはない。『三人吉三』の特異性は、刀が質入れされることのもたらす悲劇を挿話ではなく主題とする点にある。

道具屋の手代、十三郎が落とした百両は、軍蔵に庚申丸を売却した代金であった。ところがその百両を拾ったおとせも、おとせから強奪したお嬢吉三も、更にその金を手にした和尚吉三も、かつてその金が庚申丸の代金であったことを知らない。和尚は父、伝吉にその百両を届けるが、伝吉もまたその金が、十三郎が落とし、拾ったおとせが強奪された金そのもの、つまり自分の探し求めている金そのものだということに気づかない。気づかないからこそ伝吉は、和尚がその百両を不正な手段によって入手したのではないかと疑い、「そでねへ金は受けねへ」と言って突き返す。更にその後、お坊吉三はその百両を、拾った釜屋武兵衛からまきあげる。その金を伝吉がお坊に貸してくれと頼み、二人は争いになる。お坊には妹の一重が世話になっている文里（文蔵の廓名）にその百両を届けたいという目的があり、伝吉には息子の十三郎が主人文蔵に届ける代金百両を落としたので、それを返却させてやりたいという目的がある。二人は同じ目的で同じ金を使おうとしているのである。しかし二人がそのことに気づく筈はないから全く無意味な殺し合いが起こる。そして伝吉はお坊に殺される。(4)

もし、これが百両ではなく刀のまま人々の間を転々としていたらどうだったか。十三郎が刀を落とし、その刀を得た和尚が伝吉に届けたなら、伝吉は和尚に突き返したりはしなかっただろう。それが自分の探していた刀、庚申丸だと一目で判るからである。或いはたとえその先にドラマが進行していたとしても、刀のまま流通していたならば、釜屋武兵衛からお坊吉三が刀を入手した時点で刀は元の保持者である安森家の一族の手に戻ったことになり、悲劇はここで幕を閉じる。したがって悲劇は、刀が百両に入れ替ったこと、まさにそのことによって引き起こされていく。庚申丸には三匹の猿が彫り込んであり、それを知っている者が見れば一目で見分けがつく。しかし百両の金にはそのような表徴はない。表徴がないからこそそれがどのような由緒を持つ金なのか分からない。刀が百両に入れ替ることによってその由来が見失われ、抽象的な価値だけの存在になる。貨幣は当事者にとっていかに貴重で切実なものであったにせよ、所有者が移ったとたんに元の所有者がその貨幣に込めた意味は跡形もなく忘れ去られる。貨幣があらゆる価値のメタ・レベルにある記号にすぎないからである。悲劇はしたがって、貨幣のこのような働き、意味を瞬時に解体し見失わせていく働きによって引き起こされていく。

この誤りに気づいたのは和尚吉三であった。第二番目三幕目において、和尚はお坊とお嬢に向かって言う。「そでねへ金は受けねへと、突き戻したは親仁が誤り。さすればお嬢に科(とが)はねへ。お坊吉三も己(おれ)が親父を、高麗寺で殺したは、すなわち親の敵うち」と。和尚は百両の金の移動のどこに錯誤があったのかを的確に見抜いている。それは刀が百両の金に入れ替ったからこそ起きた錯誤であった。もし刀のままで人々の間を転々としていたなら、お嬢もお坊も「悪事」を働いたことにならなかった。お嬢は強奪した刀を元の持ち主へ返したことになるし、お坊は父が盗まれた刀を取り戻して敵を討ったことになる。しかし、二人が手にしたのは刀ではなく百両の金だった。まさにそのために、二人は

「悪事」を働いたことになってしまう。[5]

この錯誤を明察した和尚は、伝吉の過去の悪因が祟って畜生道に落ちた自分の弟と妹、十三郎とおとせの首を落とし、過去の悪因を精算した上で、お嬢とお坊の身替りとしてその首を差し出し、二人を逃がそうと考える。そうすることによって、刀が百両に入れ替ることが引き起こした錯誤の連鎖を断ち切り、事態を解決しようとしたのである。しかし、和尚の必死の画策も空しく、お嬢とお坊は助からなかった。釜屋武兵衛によって訴人されたためである。それは再び貨幣の本質と関わっている。

和尚が伝吉に届けた百両は、釜屋武兵衛によって拾われた。武兵衛はその金で、かねてから思いを寄せていた一重を自分のものにしようと考える。ここに刀が貨幣に入れ替ったことのもたらす悲劇が再び起こる。所有者が変ることによって元来の意味とは別の意味が付与されたのである。刀のままであったなら武兵衛は手に入れても、即座に他の目的に使用するのは困難である。しかし百両の金は容易に他の目的に使用しうる。その貨幣は、もとは庚申丸の代金であったという痕跡を留めていないから、武兵衛はそれを知る由もない。それ故、お坊が武兵衛から百両を強奪した時、本来生じる筈のない新たな遺恨が生じる。こうして安森源次兵衛と海老名軍蔵の対立に端を発した敵討のドラマとは異質な対立がドラマに混入してしまうことになる。その新たな対立が、お嬢とお坊の命を奪うのである。

刀が貨幣に入れ替ることによって、本来起こる必要のない紛争や、本来起こり得ない紛争が次々と引き起こされていく。貨幣に本来付随していた意味が見失われ、新たな意味が次々と生み出されていくからである。こうして作品の基底にある敵討のドラマは見失われ、舞台は百両の金を巡る、人々の醜い奪い合いのドラマへ転化していく。

ここで黙阿弥が象徴的に表現しているのは、あらゆる価値が貨幣に置き換えられることによって、意味が見失われていく社会の姿であった。その世界では人は金銭を奪った時にだけ悪人になるのであり、存在そのものが悪と見做されるような絶対的な悪人は居なくなるのである。

海老名軍蔵が本質的な悪人であるのは、「自らの遺恨を晴らし、栄達の途を得るため、無実の安森源次兵衛を切腹させ、その一族を不幸に陥れた」という行為によってである。軍蔵は純粋な悪意に基づいて刀を盗むのであり、刀の経済的価値に目がくらんでのことではない。その軍蔵の死後、舞台からは本質的な悪人は姿を消し、代って登場するのは全て、金のために悪事を働く「小悪党」ばかりになる。第一番目の大詰で和尚吉三はいみじくも、次のように独白する。「金ゆゑ鬼にならにゃァならねへ」。或いは第二番目序幕において、伝吉はお坊吉三と百両の金を争い、自ら数珠を切って、「切ったからにやァ以前の悪党」と言う。和尚、伝吉親子共に、金銭に関わる時にだけ一時的に悪人になるという言辞に注意する必要がある。金銭は刀と違い、誰にとっても価値があるから、持ち主を困らせようという意図がなくとも、人はそれを盗んだり奪ったりすることが起きる。金銭が人の欲望をかきたて、善人を悪人にし、人を不幸に陥れる。

その一方で、金銭を盗まれたり奪われたりした者は、その金そのものを必ずしも取り戻さなくともよい。他のところから持ってきた同額の金銭で埋め合わせをすることが可能だからだ。それが貨幣経済社会の姿である。そこでは最早、掛け替えのないものは何もない。かくて庚申丸という唯一絶対の価値が、百両の金という経済的価値に置き換えられてしまうことによって、いわば際限のない敵討の連鎖が引き起こされるのである。この作品本来の敵討、つまり本質的な善悪の対立は海老名軍蔵が討たれた時点で既に解消されている。それにもかかわらず人々は、百両の金を巡って新たな対立を起こし続け、ドラマは結末を迎えることができない。貨幣というものの本質がそうさせたのだ。つまり、貨幣が敵討というドラマを解体したのである。

生命と貨幣

敵討は命の唯一絶対性、掛け替えのなさを成立の基盤としている。平出鏗二郎は敵討の条件として以下の三つを挙げている[6]。(一)死に報ゆるに死を以てす、(二)討手は第三者たるを要す、(三)復讐の目的を有せざるべからず、の三点である。中でも特に重要なのは(一)で、「報ゆる」という語を広義に解釈すれば、(一)のみで(二)(三)の意味も含み得ると平出は述べている。人にとって命は他のいかなる価値とも置き換えることができないからこそ、命を奪われた者の関係者は、奪った相手の生命を奪い返すことによってしか満たされない。こうして敵討は生命の唯一絶対性とそれゆえの等価性という逆説を成り立たせる。社会的地位や年齢の如何にかかわらず一個の生命と一個の生命とは等価であるという認識なしには、敵討という行為は起り得ないのである。

この芝居に即して考えてみると、安森源次兵衛が切腹したのは、この世に二つとない庚申丸の刀を紛失したためであった。すなわち源次兵衛は、唯一絶対の刀を紛失した過失を唯一絶対の生命によって弁済したのである。しかしその刀を盗んだ伝吉は、吠えついた孕み犬を斬ったはずみで、肝心の刀を川に落としてしまう。この伝吉の行為、刀を落としたことこそがこの作品の最も重要な端緒となっている。刀の行方が見失われたことによって、刀に付随していた意味が忘却され、刀から唯一絶対の価値が引き剝がされる。それは、その刀と等価であった源次兵衛の生命の価値が見失われたことでもあった。十年ののち川浚いの人足によって拾われた刀は、本来の意味が見失われており、巡り巡って道具屋で百両の値が付けられる。それは単に刀に値が付いたというだけではない。その刀によって象徴されていた源次兵衛の生命にも百両の値が付いたということなのである。

こうして刀を媒介として生命と百両が等価であるという等式が成立してしまう。この作品では、百両のために命を落とす（落としかける）という表現が繰り返しなされている点に注意する必要がある。それによって、百両の金が象徴的にも実質的にも生命の価値と等価であるという世界を、作者は表現しているのである。以下にそれを、具体的に見てみたい。

1、道具屋の手代十三郎は、刀の代金百両を落とした申し訳に焼身自殺を図る（伝吉に助けられ未遂に終る）。

2、十三郎の落とした百両を拾ったおとせは、その金を届けようとしてお嬢吉三に奪われ、川へ突き落されて絶命しそうになる（八百屋久兵衛に助けられる）。

3、奪った百両がもとで、お嬢吉三とお坊吉三は命がけの争いになる（和尚吉三が仲裁する）。

4、和尚吉三が父伝吉に届けた百両を拾った釜屋武兵衛はお坊に強奪される。その時のお坊の台詞「命を元手にするからにやァ、さうかといつても返されねへ」。

5、その百両をお坊から命がけで強奪しようとした伝吉は、返り討ちにあって殺される（ここでもお坊は、「命を元手に取つた金」と言っている）。

6、和尚吉三はお坊とお嬢をひとり五十両ずつ、合計百両の代償で捕えることを役人から請け負い、妹おとせと弟十三郎を身替りに殺してその首を差し出す。
7、お坊吉三は自分の身替りになって死んだおとせと十三郎への香奠として百両を、和尚に手渡す。
以上の例から明らかなように、この作品の世界では人間の生命と百両が等価であるという事実が繰り返し表現されている。このうち6と7の例はひとり五十両ずつで、二人で百両だが、他の例と同列に扱ってよいだろう。「百両」というのはむしろ、象徴的な数字と見るべきである。これらの表現には、シニカルな世相描写以上の意味が含まれている。本来掛け替えのない筈の人間の生命が、金銭という尺度によって測られてしまうという事態にこそ、この作品の描く不幸の起源があるのである。

掛け替えのない庚申丸の刀を奪われた過失によって切腹した、源次兵衛の子や家臣が、奪われた刀を奪い返し、敵、海老名軍蔵を討って遺恨を晴らすというのが、このドラマ本来の基本構造である。とするなら、この作品の特殊性は、庚申丸に百両の値が付くことによって、敵討といういわば生命と生命の交換が、市場交換のメカニズムに回収されてしまう点にこそある。

同様に身替りもまた、敵討と思想的基底を同じくしている。主君の子や皇子などの命を助けるために臣下が自分の子や身内の首を犠牲にするといった行動は、敵討と同じく生命は誰にとっても唯一絶対のものであるが故に交換可能である、という信仰に基づいていると言えよう。ところが生命が経済的価値と交換可能であるということになれば、敵討や身替りを支えていた生命の絶対性に対する信仰は無価値のものとなる。この作品の眼目は、まさにそこにあるのである。かくて生命の絶対性、掛け替えのなさを基盤として成立していたドラマは、貨幣によって意味が解体される。

繰り返すが、安森源次兵衛が盗まれたのが、頼朝公から預かった百両であったなら、他の何らかの手段で弁済は可能であり、必ずしも切腹する必要はない。逆に言うと、源次兵衛の切腹は刀の唯一絶対性によって支えられており、敵、海老名軍蔵の生命もまた唯一であるが故に敵討の意味と必要が生じるのである。それは世界が掛け替えのないもの、意味や価値に満ちた代替不可能なもので成り立っているという観念に基づいている。その世界では、主従や親子といった関係は絶対であって、人は主君や親のために生きることに生の意味を見出しているのである。死が意味を持つことは生が意味を持つことに他ならない。そのような意味が見失われ、人が金銭のために生きる世界では、人は自らの欲望にだけ忠実に生きるようになる。そこには、人の生きるべき大義は存在しないから当然、人は刹那的にならざるを得ない。こうして敵討のドラマの解体は、敵討を支えていた倫理観・世界観の解体でもあったのである。

神話の解体

黙阿弥はこの作品において「三」という数字に対して特異なこだわりを示している。言うまでもなく主人公は三人の吉三であり、三人が最初に出会うのは第一番目二幕目「稲瀬川庚申塚の場」である。また、伝吉が安森家から盗み出した刀も「庚申丸」であった。この作品が庚申信仰と関わりが深いことはよく知られているが、庚申もまた「三」とは縁が濃い。庚申とは三尸(さんし)と呼ばれる体内にひそんでいる三匹の悪虫が庚申の日に体外に出て天帝に罪を告げ、寿命を縮めるという俗信である。それにちなんで三匹の猿を祀ることが多く、庚申丸に三匹の猿が彫られている所以である。三人は庚申堂にあった土器で義兄弟の契りを交わし、額に掛けてある三匹の括り猿を一つずつ持ち帰る。それは庚申の日に生まれた子が盗人になるという俗信とも関わるし、また、三人の悪事がやがて露顕してその命を縮めることを暗示してもいよう。このような趣向はこの作品が初演された安政七年が庚申の年であったことにちなんでいる。

更に黙阿弥は、主人公を三人にしたことについて、庚申塚の場で和尚吉三に以下のように語らせている。

聞きやァ隣は水滸伝。顔の揃った豪傑に、しよせん及ばぬ事ながら、こつちも一番三国志、桃園ならぬ塀越しの、梅の下にて兄弟の、義を結ぶとはありがてへ。

これは初演当時、隣の中村座で『水滸伝』に取材した『金瓶梅曾我松賜』が上演されていたのを当て込んだ台詞であり、『三国志演義』第一回において、蜀の劉備・張飛・関羽の三人が幽州の桃園で義兄弟の契りを結ぶことを踏まえたものだ。[7] しかし、このような「三」への執拗なこだわりは単に、数字を合わせただけの修辞ではない。主人公が三人になっていることは、この作品の主題に深く根差しているのであって、なぜ三人でなければならなかったのかという必然性を解明することなしには、この作品の主題に近づくことは困難だろう。

『三国志演義』は魏・呉・蜀の三国が対立抗争する世界を描いた作品である。その三者の対立という図式がこの作品の根底に隠されている。それを象徴するのがこの庚申塚の場に描かれているもう一つの「三」、「虫拳」である。お嬢吉三とお坊吉三が百両の金を争う場面の台詞には以下のようにある。

お嬢　互ひに名を売る身の上に、引くに引かれぬこの場の出会ひ。
お坊　まだ彼岸にもならねへに、蛇が見込んだ青蛙。
お嬢　取る取らないは命づく。
お坊　腹が裂けても、飲まにやァ、おかねへ。
お嬢　そんならこれをここへ賭け、
　ト、お嬢吉三、百両包みを、舞台前、真ん中へ置き、
お坊　虫拳ならぬ、
両人　この場の勝負。

ここでお坊は自身を蛇に、お嬢を蛙に見立て、この場の勝負を「虫拳」に擬している。「虫拳」はこの時代流行した「拳」の一種である。蛇、蛙、蛞蝓（なめくじ）がそれぞれ、蛙が蛇を恐れ、蛞蝓が蛙を恐れ、蛇が蛞蝓を恐れるという「三すくみ」によって成り立っている。しかし、この場ではお嬢吉三とお坊吉三の両人は虫拳によって勝負をつけようと言っているのではない。とするならば、この両人の争いが虫拳に擬せられることは、蛞蝓に相当する人物の登場をあらかじめ予定していることになる。それが両者を仲裁する和尚吉三であることは言を俟たない。

あたかも虫拳の如くに、お坊・お嬢・和尚の三人は敵対する関係にある。まず、お坊とお嬢は現在、百両の金をめぐって争っている。この対立が第一。次にお嬢は和尚の妹おとせからこの百両を強奪し

たのだから（もちろんこの場では両者はそれに気づいていないが）二人は敵同士である。この対立が第二。更に、同じくこの場の二人はまだ気づいていないが、和尚の父伝吉は、お坊の父安森源次兵衛から庚申丸を盗んだのだから、二人は本来敵同士である。この対立が第三。したがってこの場の三人は、潜在的にはそれぞれ敵同士の関係にあることになる。

さて、ここでこの作品が基にしている曾我狂言の世界に立ち戻ってみると、本来の対立は実はこの場に直接関わらない、和尚とお坊の間の敵同士の関係にあることに気づく。その他の対立はいわば副次的なものだ。庚申丸が百両の金に入れ替っていなかったならば、お嬢はおとせからそれを強奪しなかっただろうし、その金をめぐってお嬢とお坊が争うこともない。つまり刀が貨幣に変わることによって二つの余分な対立が派生したのである。

本来の敵討の図式から言えば、和尚は悪者の側の人物、お坊は善者の側の人物とはっきり峻別されていたはずである。敵討は善悪二元論的世界観によって支えられている。というよりも敵討という行為そのものが、世界は善者と悪者によって二分し得るという世界観を根底において支え、強化するものとして機能しているのである。しかし、この作品においては最早、絶対的な善者も絶対的な悪者も存在しない。善者であったはずのお坊は、お嬢から百両を強奪しようとするし、一方、悪者であるはずの和尚は次の場面では金に困っている父伝吉に百両を届けようとする善者へと転身する。三人はそれぞれ、絶対的な善者でも絶対的な悪者でもない「小悪党」なのであって、その場その場の状況に応じて善・悪と立場を変えていくのである。それが善悪二元論とは異なる三項対立の秩序がもたらした世界であり、そこでは善悪の価値は全て相対的なものになる。

繰り返すが、そのような三項対立こそ貨幣がもたらした秩序であった。そこでは敵討という意味が解体され、貨幣という抽象的な価値をめぐって際限なく対立が引き起こされ、本来の対立が見失われていく。作者は曾我狂言という絶対善（曾我五郎・十郎）と絶対悪（工藤祐経）の二元的対立の世界に、貨幣経済の秩序を導き入れることによって善悪を相対化し、『三国志』という三項対立の世界へと転化させたのである。こうして、善悪二元論という神話的世界は解体したのだ。この三項対立は、この作品の中でもう一度描かれることになる。それは第一番目の大詰、和尚吉三の夢の中である。

「はじめに」でも触れたように、この作品を曾我狂言として見るならば、曾我五郎と工藤祐経が最初に出会う所謂「対面」の場は最も重視されねばならない。慣例としてそれは、第一番目の大詰に置かれる。この作品では和尚吉三の夢に見た地獄での閻魔大王と小林朝比奈の対面がそれに相当する。[8] 朝比奈の地獄破り説話をもとにしたこの場面は、作品の本筋とはおよそ没交渉な場面であり、ストーリーの展開の上からはあまり必然性は認められない。そのためこの場は再演以降は殆ど上演されていない。しかし、「対面」こそは曾我狂言の眼目であり、この一見無用に見える夢中の地獄での対面にこそ、この作品の主題が凝縮されているのである。その概略を以下に見てみたい。

地獄にいる閻魔大王のもとに、小林朝比奈が乗り込んでくる。娑婆での悪行、特に人殺しを重ねた朝比奈は閻魔に対して自分を裁くよう強要するが、閻魔は、「今日は地獄の祭日だから」と取り合わず、娑婆に追い返そうとする。怒った朝比奈は閻魔を高座から引きずり降ろし、自分が高座に上がる。こうして、本来閻魔が工藤祐経、朝比奈が曾我五郎であった関係が逆転し、朝比奈が祐経、閻魔が五郎、その場に居合わせた地蔵菩薩を十郎に見立てて「対面」のパロディが演じられる。そののち朝比奈・閻魔・地蔵の三者は、『源氏物語』を書いた罪で地獄に堕ちている紫式部をめぐって争いになり、地獄拳になる。「地獄拳」とは朝比奈が閻魔に勝ち、閻魔が地蔵に勝ち、地蔵が朝比奈に勝つという三すくみを基にした即席の拳である。閻魔に負ける地蔵に朝比奈が負けるのは、朝比奈の母、巴御前が、朝比奈が無事育つよう子安地蔵へ願を掛けたためと、作者は説明している。三者の争いは決着が着かないまま、和尚は夢から覚める。

この場において象徴的に表現されているのは、娑婆で人殺しという悪行を重ねた小林朝比奈（絶対的な悪を体現している）が地獄において裁かれることなく、地蔵（絶対的善）と閻魔（善悪の審判者）との三者対立になることによって展開する、善者も悪者もいない、終りのない世界である。ここでもやはり、曾我五郎・十郎対工藤祐経という、「対面」における本来の善悪の対立は解体されてしまっている。曾我という善悪二元論の世界は善が悪を克服することによって（敵討が成就することによって）終結する。しかし、三項対立の世界ではいつ果てるとも知れない対立の連鎖によって、ドラマは幸福な結末を迎えることができない。地獄での「対面」の場面はこの『三人吉三』全体を集約的に表現していると共に、三人の吉三が最初に出会う庚申塚の場とパラレルな関係にある。

再び三人が出会う場面に戻る。お嬢吉三とお坊吉三は、百両の金をめぐって命がけの争いをしようとしている。しかし、この芝居が純然たる敵討を主題としているのなら、二人が争うのはそもそも間違いである。なぜならお嬢の父、八百屋久兵衛はもと安森家出入の商人なのだから、二人は本来、味方同士の関係にある。勿論、お嬢は幼い頃に攫われて、本来の関係がここでは見失われている。しかし、この作品は、本来味方同士である筈の者同士が、その関係が見失われて敵同士になる悲劇——例えば『伊賀越道中双六』(9)「沼津」のように――を描いているのではない。お嬢とお坊は敵討をめぐる敵同士の関係ですらない。単にその場の百両をめぐって、一時的に対立しているに過ぎないのである。それは本来、対立する必然性のない閻魔と地蔵が紫式部を争うのと同様、滑稽である。この対立は滑稽で空しい。なぜならそれは敵討のように、生命や世界に唯一つしか存在しない刀といった掛け替えのない何かを争っているのではなく、他の手段によってでも入手可能な百両の金を命がけで争っているからだ。たとえ争いに勝ったにせよ、勝者には敵討を成就した時のような至福は訪れない。のみならず、同じ金をめぐって第二、第三の争いが引き続いて起こる。三項対立の世界に結末が訪れることは永遠にないのである。こうして黙阿弥は、主人公を三人にすることによって、敵討の解体された後の世界を描くことに成功したのである。

庚申塚の場において三人の吉三は、義兄弟の契りを結ぶことによって、対立が止揚されたかに見えた。しかしそれは結末が先に延ばされただけのことであって、真の解決ではない。この対立が本当に解決され、ドラマに結末が訪れるためには、三者が全て滅ぶこと、つまり刺し違えて死ぬことしかないのである。この作品の結末で三人の吉三が刺し違えるのは、作者のご都合主義によるのではない。互いが敵同士の関係は、そうしなければ根本的に解決しないのであり、それは作品の主題から導き出された必然的な結末なのである。勝者のいない世界。三項対立によって象徴される世界では、あらゆる人間は敵同士であり、絶対的な善も悪もないから全員死んでしまわなければ「敵討」は終らない。この作品で、百両の金に手を触れた人間が、最後の八百屋久兵衛を除いて悉く死んでしまうのはそのためである。かくて世界が終るまで、人々は金銭を巡って争い、対立し続けるのである。

おわりに

この作品の結末において、庚申丸とその代金百両は再び出会い、それぞれ安森の一族と道具屋木屋文蔵の手に戻る。

勿論、このようなことは現実には起こりえない。もと庚申丸の代金だった貨幣は果てしない流通過程に入り込んでしまい、その行方はあっという間に見失われて、再び庚申丸と出会うことはないだろう。そうして貨幣が貨幣として流通し続ける限りにおいて、意味は解体され続け、忘却され続けることになる。

一方、主役の三人の吉三は、積もる悪事から逃れられず、刺し違えて死ぬ。たとえ最後で辻褄が合っても、途中で三人が貨幣をめぐって起こした罪は無かったことにできない。庚申丸が百両の貨幣に変わることなく人々の手を渡っていたら、この作品の結末は違ったものになっていたはずだ。つまり貨幣の「何にでも交換でき、しるしを持たない」という性質が三人を悪人にしたと言える。そのとき、庚申丸は交換不可能な関係の固有性を象徴しているのである。

この作品の意義は、敵討や身替りといった歌舞伎を成立させていた基本的な枠組みの解体を描いた点にあった。それは、敵討や身替りといった行為を基底において支えていた、主従や親子といった関係の解体であった。序幕において金貸しの太郎右衛門は研師の与久兵衛に向かって、「いくら心安い仲でも金銭は他人だ」と言う。この諺は、人は誰しも金銭に関わる時には「他人」の関係になること、即ち金銭には本源的に人間関係を疎遠にする力があることを意味している。金銭を媒介とした契約関係が親しい仲を遠ざけ、主従や血縁といった「縁」で結ばれた社会を解体する。前述したようにそれは、人が掛け替えのないもの、つまり生きる意味を見失うことでもあった。そして人は個人の狭い欲望を満たすためにだけ生きるようになる。その先には近代社会が拡がっている。こうして歌舞伎の世界の終焉を描くこの作品は、江戸歌舞伎の掉尾を飾るにふさわしい、黙阿弥畢生の傑作である。

【註】

（1）本文として、新潮日本古典集成『三人吉三廓初買』（今尾哲也校注、新潮社、一九八四年）所収の「讀賣新聞」本を用いた。同書「凡例」で今尾氏が述べておられる通り、初演本の忠実な活字化と考えられる。なお、本稿を成すにあたり、同書から多大な恩恵を受けていることを、あらかじめ明記しておく。

（2）第二番目序幕には「お安」とあり、混乱が見られる。

（3）奈河亀輔作。天明元年（一七八一）十二月、大坂角の芝居にて初演。

（4）この場で伝吉とお坊吉三が、同目的で百両を使用しようとしていることについては既に、川村湊に指摘がある（『異様の領域』国文社、一九八三年、二〇六頁）。なお、同書で川村は黙阿弥劇においては、「悪」とはつねに貨幣に換算され、両替されるようなもの」であると指摘しているが（二〇五頁）、貨幣そのものの機能についての言及はない。

（5）このように登場人物が貨幣の運動に翻弄されることについては、渡辺保「生き金、死に金」（『舞台という神話』新潮社、一九九四年、一八三－一八七頁）に指摘がある。渡辺は、『三人吉三』の主役は、三人の吉三でも伝吉でもおとせでも十三郎でもなく実に百両の金包みなのである」と述べているが、全く同感である。

（6）平出鏗二郎『敵討』（文昌閣、一九〇九年、中公文庫、一九九〇年）。

（7）以上、庚申及び『三国志』に関しては、前掲註1の注釈に負っている。

（８）　鎌倉時代初期の武将。大力をもって知られ、木曾義仲の妾、巴を母とするという伝承を持つ。曾我物では通例、曾我兄弟の後ろ楯として登場する。なお、朝比奈の地獄破り説話は古く中世に遡る。地獄に来た朝比奈の勢いに閻魔王が押されて、遂に極楽浄土へ案内するというのが原形。

（９）　近松半二、近松加作合作、天明三年（一七八三）四月、大坂竹本座初演の浄瑠璃。呉服屋十兵衛は二歳で生別した父、平作と再会するが、二人は敵同士の関係になっていた。

＊直接的な引用関係にはないが、本稿を成すにあたって以下の論考から多くの示唆を受けたことを明記しておきたい。

岩井克人「西鶴の大晦日――貨幣の論理と終わらぬ時間――」（『現代思想』第十四巻第一〇号、一九八六年九月）、同『貨幣論』（筑摩書房、一九九三年）。

第九章　和歌から物語へ――「浅茅が宿」と『兼好法師集』

「浅茅が宿」と『徒然草』

秋にもなりしかど風の便りもあらねば、世とともに憑（たの）みなき人心かなと、恨みかなしみおもひくづをれて、

身のうさは人しも告（つげ）じあふ坂の夕づけ鳥よ秋も暮れぬと

右は『雨月物語』中の一編、「浅茅が宿」[1]において、「秋に帰る」と約束したまま音信の絶えた夫、勝四郎の不実を嘆く妻、宮木の歌である。右の如き和歌的な修辞にはどのような背景があるのだろうか。[2]本稿はこの問題を考えるための材料として「浅茅が宿」と兼好法師の家集『兼好法師集』との関係を検討してみたい。上田秋成が、『兼好法師集』をどのような形で創作活動に反映させたかを主要な論点として、「浅茅が宿」の読解に資することを目的としている。

まずは、「浅茅が宿」のあらすじを確認しておきたい。葛飾の真間の郷に勝四郎という男がいた。元は裕福な農家だったが貧しくなり、京に上って商人になろうと心づく。妻の宮木は美しい女性で、

勝四郎を止めようとしたが聞かなかった。勝四郎は秋には戻ると約束して京に上る。ところがその夏、関東で戦乱が起こる。宮木は不安に思いながらも夫の帰りを待つ。一方の夫は、都から帰る途中に木曾の山中で盗賊に会い、その先にも関所があって通行は困難と聞く。戦乱により、もはや家も焼け、妻も死んでしまったであろうとあきらめ、近江に引き返したところ熱病を患ってしまう。七年を過ごし、故郷に帰ると故郷はすっかり荒れ果てていたが、家は元の通りでやせ衰えた妻が迎えて泣く。勝四郎は妻を慰めて一夜を過ごし、朝になってみると家も妻もなく、辺りは荒れ果てている。勝四郎は事情を知る漆間の翁から妻がはるか以前に死んだことを聞き、昨夜会ったのは妻の霊魂であったと気づく。

「浅茅が宿」に影響を与えたと考えられる先行文芸については、これまでにさまざまな指摘がなされてきた。全体の構成に関わるものとしては、『剪燈新話』中の「愛卿伝」及び、その翻案たる『伽婢子』中の「藤井清六遊女宮城野を娶る事」がよく知られている。さらに『源氏物語』「蓬生巻」や『伊勢物語』第四段、『今昔物語集』巻二十七第二十四話、『徒然草』第一三七段、二三五段、謡曲『砧』などがある。また、秋成自身の作品として、『世間妾形気』「米市は日本一の大湊に買積の思入」「二度の勤は定めなき世の蜆川の淵瀬」などとの関係が指摘されている。加えて、結末部で漆間の翁が語る真間の手児名の物語は『万葉集』に拠っている。本論考はそれらの作品群にたんに新たな一編を加えるというよりは、やや異なる位相での影響を考えている。

そこでまず、「浅茅が宿」と『徒然草』の関係を確認しておきたい。「浅茅が宿」という表題が『徒然草』第一三七段によることは中村幸彦によって指摘され[3]、定説化している。以下に『徒然草』の該

当個所を引用する。(4)

よろづの事〔も〕、始め終りこそおかしけれ。男女のなさけも、ひとへに逢ひ見るをばいふ物か〔は〕。逢はでやみにし憂さを思ひ、あだなる契をかこち、長夜をひとり明かし、遠き雲井を思ひやり、浅茅が宿に昔をしのぶこそ、色好むとは言はめ。

右の箇所は、「花はさかりに」で始まる、『徒然草』の有名な段の一節である。「浅茅が宿」という表題がこの段の字句に一致するのみならず、「『長き夜を独り明かし、遠き雲井を思ひや』るのはそのまま宮木の身の上であり、『浅茅が宿に昔をしのぶ』のは、そのまま勝四郎の境遇ではないか」と中村は指摘している。

次に、鵜月洋は『徒然草』第二三五段の影響を指摘している。(5) 以下に該当箇所を引用する。

主ある家には、すゞろなる人、心のまゝに入り来ることなし。主なき所には、道行き人みだりに立ち入り、狐、梟やうの物も、人気に塞かれねば、所得がほに入り住み、木霊などいふけしからぬ形も顕るゝ物也。

この箇所も、「浅茅が宿」に、荒れ果てた家の描写として、「今は狐狸の住みかはりて、かく野らなる宿となりたれば、怪しき鬼の化してありし形を見せつるにぞあるべき」「一旦樹神などいふおそろしき鬼の栖所（すむところ）となりたりし」と見える表現や、再会した勝四郎に対する宮木の言葉「狐・鵂鶹（ふくろふ）を友として今日までは過しぬ」に反映していると見て、間違いないであろう。この他、細部においては、物語冒頭に見える「足利染」の語が『徒然草』二一六段の「足利の染物」に関わることや、物語の結末に登場する「漆間の翁」が『徒然草文段抄』などの注釈書に法然上人の姓が漆間氏とすることに拠ることが中村幸彦によって指摘されている。(6)

この中村と鵜月の指摘を継いで、井上泰至は「浅茅が宿」が『伊勢物語』四段の業平歌を引用していることについて、この『徒然草』一三七段に「業平歌を注記する諸注の存在を介してのものと見る可能性もあながちに否定はできないであろう」と指摘し、さらに『徒然草』二三五段の諸注が『源氏物語』「蓬生」巻を挙げていることも指摘している。(7) 井上の論に拠れば『源氏物語』や『伊勢物語』は『徒然草』の注釈を介して、利用されている可能性が高いということになる。

『兼好法師集』の歌から

さて、以上の点において『徒然草』から「浅茅が宿」への明瞭な影響を認めるとき、『兼好法師集』の以下の歌が注目される。まず、第七六番歌を見てみたい。(8)

武蔵の国金沢（かねさは）といふところに、むかし住みし家のいたう荒れたるにとまりて、月あかき夜

ふるさとの浅茅が庭の露のうへに床（とこ）はくさ葉とやどる月かな

兼好が若い頃、関東に止住していたことはよく知られている。昔懐かしい我が家に、久しぶりに戻ってみると、家は荒れ果て、庭には草が生い茂っていた。詞書には詳しくは記されていないが、関東から京に居を移した兼好が、何年か後に再び関東に下向した折りの歌と推定される。右の歌の「浅茅が庭」と「浅茅が宿」という語句が近似するのみならず、京と関東という地理的関係や、久しぶりに故郷に戻り、すっかり荒れ果てた我が家から月を眺めるという情景は、そのまま「浅茅が宿」の勝四郎に重なるといってよい。『徒然草』を熟読してその表現を「浅茅が宿」に反映させた秋成が『兼好法師集』を読んでいなかったとは考えにくく、執筆に際してこの兼好の歌が秋成の脳裏にあったものと判断しても差し支えないだろう。

さらに『兼好法師集』には以下のような歌も見える。第二三〇、二三一番歌である。

あはれなる夢を見てうち(お)どろきたるに、語るべき人もなければ
覚めぬれど語る友なきあか月の夢の涙に袖はぬれつゝ
見ずもあらで夢の枕にわかれつる魂(たま)のゆくゑ(へ)は涙なりけり

右の二首には、人と会った夢から覚めた後に、その夢を思い出して涙する様子が詠まれている。これら二首について荒木尚は「親しい人とのはかない逢瀬と別れを夢にみて、それは夢であったと知って悲しくなり、ただ涙するばかり、の意」とする。[9] 特に後の二三一番歌は夢に魂と逢うことを詠み、

興味深い。この歌の場合、和歌の通例として夢に逢った魂は必ずしも死者のものとは限らない。しかし、これら二首の直前に置かれた、第二二八、二二九番歌が「なき人をとぶらひて」の詞書を有する追悼歌であることを考慮すれば、『兼好法師集』を読んだ秋成が、この歌の「魂」を死者のものと解釈した可能性が高い。「夢の枕にわかれつる魂」という表現は、「浅茅が宿」において勝四郎が宮木に再会すると見たのは夢であったとして「若又我を慕ふ魂のかへり来りてかたりぬるものか」と考える箇所や、漆間の翁が勝四郎に対して「必ず烈婦の魂の来り給ひて、旧しき恨みを聞え給ふなるべし」という表現と符合する。これら二首の歌もまた「浅茅が宿」と重なる内容と言ってよい。

さて、以上の三首が、勝四郎の立場と響きあう内容を持っているとすると、逆に宮木の側から詠んだ歌も考えられよう。たとえば次のような歌を見い出すことができる。第三八番歌である。

たのもしげなることを言ひて、たち別るゝ人に
はかなしや命も人の言の葉もたのまれぬ世をたのむわかれは

右は、再会を約して別れようとする人の、当てにならない様子を恨む歌と解されよう。荒木は「命も人の言葉も当てにならないこの世なのに、別れに際しての、再会を期する言葉を頼みにすることよ」と訳している。[10]「浅茅が宿」の本文との関連では、絹商人となって上京することを誘う雀部の言葉を信じ「他がたのもしきをよろこびて、残る田をも販つくして金に代」るという勝四郎は、宮木から見ればまさに「たのもしげなることを言ひて、たち別るゝ人」である。それに対して宮木は、以下

のように答えている。

かくてはたのみなき女心の、野にも山にも惑ふばかり、物うきかぎりに侍り。朝(あした)に夕べにわすれ給はで、速く帰り給へ。命だにとは思ふものの、明(あす)をたのまれぬ世のことわりは、武(たけ)き御心(みこころ)にもあはれみ給へ

宮木は「明をたのまれぬ世のことわり」と不安を述べているが、右の和歌の「たのまれぬ世をたのむわかれ」という表現を介在させることで、その文意はより明確になろう。

また、勝四郎と宮木の別れに際してのやり取りに関して、次の第七〇・七一番歌も興味深い。兼好と道我僧都との贈答歌である。

東(あづま)へまかり侍しに、清閑寺(せいがんじ)にたちよりて、道我僧都にあひて、秋は帰りまでくべきよし申侍しかば、僧都

かぎりしる命なりせばめぐりあはん秋ともせめて契りをかま(お)し

返し

行(ゆく)するゑの命を知らぬ別れこそ秋ともちぎるたのみなりけれ

関東に下向することになった兼好が、道我に対して「秋には帰る」と約束する。道我が「いつまで生きているかが確実に分かっていたなら、秋の再会を約束できますのに」と詠んだ歌に対して、兼好

は、「いつとは知らぬ命だからこそ、秋という約束が頼りになるのです」と返している。[11]「浅茅が宿」では不安を訴える妻に対して勝四郎が、「葛のうら葉のかへるは此の秋なるべし。心づよく待ち給へ」と、葛の裏葉が秋風に返るように秋には帰ると答えている。「秋には必ず帰る」という約束は、右の兼好の歌と一致している。ただし、兼好の場合は、京から東国への旅なので「浅茅が宿」とは地理的関係が逆なのだが、「秋には帰る」という約束の不確実さと、命への不安、それでも約束を頼みにする道我法師の心情は宮木に通底すると言えよう。この二首はまさに勝四郎と宮木にあてはまる。

さらに、ここでの勝四郎の返答に注意しておきたい。「葛」は秋の草花であり、和歌ではその葉が風によって裏に返ることがしばしば詠まれてきた。また「返る」と「帰る」が掛詞になっている。ここからは勝四郎が和歌的情趣を理解し、歌語に習熟した雅な人物として表現されていることがわかる。高田衛はこの個所について、『源氏物語』「松風巻」の和歌「いくかへり行きかふ秋を過しつつ浮木にのりてわれ帰るらむ」や『玉葉集』巻十四の和歌「秋風と契りし人はかへり来ず葛のうら葉の霜がるるまで」が引歌になっていると指摘し、勝四郎の言葉の中に「帰らない」という含意を読み解いている。[12]このような和歌の表現の多義性とそれに伴う解釈の揺れは、まさに本話の主題と言ってよい。勝四郎と宮木の別れの場面は和歌的な情調によって彩られている。それは、この物語が和歌の世界で蓄積された表現によって成立していることを明瞭に示している。

さらに、以下の二二五番歌を見ておきたい。

秋の夜、とりの鳴くまで人と物語りして、帰りて

有明の月ぞ夜ふかき別れつるゆふつけ鳥やそらねなりけむ

兼好の歌は、「鶏が鳴いたのでお別れしましたが、あの時鳴いたのは鶏の声を偽って真似た声だったのでしょう。帰ってみるとまだ夜深くて、有明の月が照っていました」の意。[13] 清少納言の「夜をこめて鳥の空音にはかるともよにあふ坂の関はゆるさじ」（後拾遺集・雑二）を踏まえたもの。兼好の歌では、一夜を共にした二人が、「ゆふつけ鳥」が鳴いたことによって別れている。ゆふつけ鳥は「木綿付鳥」で、鶏に木綿を付けて都の四境の関で祓いをしたもの。また、鶏の異名にもなっている。明け方に鳴くことによって、函谷関の故事のように関を開けることもあれば、この兼好の歌のように、暁の別れに結びつくこともあるのだ。

さて、この歌を、冒頭に引用した、帰ると約束した秋になっても便りもよこさない夫に対して「身のうさは人しも告じあふ坂の夕づけ鳥よ秋も暮れぬと」と詠んだ歌と重ね合わせてみたい。

宮木の歌の「あふ坂」には、和歌の定型として「男女が逢う」が掛かっている。宮木が「身の憂さ」を「夕づけ鳥」に託して、夫に伝えてほしいと願っていると読める。しかし、その一方で、兼好の歌のように「ゆふつけ鳥」は別れを象徴する鳥でもあった。とするなら、宮木の歌にも別れの意味が言外に込められていると読むのが妥当だろう。つまり、宮木の歌は表向き、夫の帰りを待ちわびるという意味でありながら、その裏にはもう別れの時が来たという絶望が隠されているのである。そこには、夫の言葉を信じようとしながらも、その一方で辛い別れを予感する、複雑に揺れ動く宮木の心

情が巧みに表現されていると言えよう。このように『兼好法師集』と重ねて読むことによって、「浅茅が宿」の表現が重層性を帯びてくるのである。

秋成と兼好

以上、『兼好法師集』から七首の和歌を取り上げたが、これらの歌はあくまでも和歌の類型を離れておらず、「浅茅が宿」とは偶然に表現が近似しただけではないかという批判もありうる。確かに、これらの和歌を参照することなしに「浅茅が宿」の表現が成り立ちうるか否かを判別するには困難が伴う。これらの歌を読んでいなければ「浅茅が宿」は成立しなかったと即断することはできない。ここで私がこれらの和歌を提示した理由は、大きく以下の二点に拠っている。

第一に、先にも記したように、秋成が「浅茅が宿」を執筆するに際してあきらかに『徒然草』を参照していることは通説となっており、秋成が『徒然草』だけを読んでいて『兼好法師集』は読んでいなかったと考えるほうがかえって不自然であること。井上は「菊花の約」「吉備津の釜」「貧福論」等にも『徒然草』の影響がうかがえることを指摘している。[14] 秋成は『徒然草』を深く読み込んでいるのであり、その際に『兼好法師集』を読んでいる可能性が高いと思われる。

第二に、これらの歌に表現された心情はやことばは明らかに「浅茅が宿」と響きあうところがあり、合わせて読むことによって「浅茅が宿」の抒情性が豊かに拡がることである。直接に参照したかどうかの議論は措くとしても、これらの対比によって「浅茅が宿」の本文が和歌表現ときわめて親和性が高いことが明らかになる。

和歌を介することで『徒然草』は、兼好の個人的な体験へと還元されうる。たとえば、『徒然草』一三七段「花はさかりに、月はくまなきをのみ、見る物かは」のような一般論として書かれている表現が、先の「ふるさとの浅茅が庭の露のうへに床はくさ葉とやどる月かな」という歌を介在させることによって、兼好の私的な体験に基づく感懐という読みへと回路が開かれる。和歌は一般に私的な表現であって、いつ、どのような場で、誰に対して詠まれたかという成立事情を、一首ごとに表現の背後に持っている（題詠の場合でも、いつ、どのような場で、という限定性はある）。和歌は兼好の実体験に根差した表現と理解されうる。そこには『徒然草』に記された美意識が、和歌を介することによって個別の人物に関する物語へと結びつくという道筋を看取しうる。

ここに見てきた『兼好法師集』との表現の近似からは、「浅茅が宿」全編に和歌的修辞が色濃く用いられていることが理解されよう。和歌はコミュニケーションのツールでありながら、その解釈の多義性から、一方でメッセージが相手に完全には届かないこと、その結果心情のずれが生じやすいこと、つまりディスコミュニケーションの危険性をその表現の本質として抱え込んでいる。相手の不義をかこち、自らの満たされない思いを切々と訴える、或いは夢の儚い逢瀬を嘆き、死者へのもはや届かない思いを悲しむ。そのような表現の類型は、和歌において洗練され蓄積されてきた。そして、和歌に表現されてきたこのような男女の心情の擦れ違いは、勝四郎と宮木の関係に色濃く反映しているとみてよい。「浅茅が宿」は如上の和歌的情緒を修辞の核としていると読むべきであろう。『兼好法師集』との関係を措定することによって、「浅茅が宿」の読みが深まるものと私は考える。このことは、「浅茅が宿」一編の主題とも関わる問題であり、さらなる検討を要する。

兼好伝と和歌

先に私は、和歌を介することで『徒然草』が兼好の個人的体験へと還元されうると指摘した。近世においては、和歌をもとに兼好の伝記『種生伝』が編まれ、広く流布していた。その内容についても検討を加えておきたい。

『種生伝』は、きわめて虚構性の強い伝記である。著者は信田厚敬で正徳二年（一七一二）に版行されている。兼好が伊賀の国種生の地で没したとする伝承をもとにしているためにこの書名がある。島内裕子は「江戸時代に書かれた兼好伝の中でも、最も文学的完成度が高く、兼好の生涯を一編の物語のように書いている。」と評している。[15] 同書では、兼好は美男子で武芸にも和歌にも優れた人物として描かれている。若い頃に伊賀権守橘成忠女小弁と恋仲になったが、二人の関係を知った成忠が激怒し、娘を田舎に連れ去って軟禁してしまった。兼好はこれを悲しんで東国へと旅立つ。このあたりは『伊勢物語』の業平の東下りを想起させる展開である。兼好は武蔵の国、金沢に退居する。そののち、後宇多法皇から召された兼好は都に帰り、成忠女の死を知る。以下に本文を引用したい。[16]

彼女（かのおんな）もなやましき心地のつもりて、此世になきものとなりしとなん。やがて尋ゆき、其しるしをみるにつけても

おくれゐてあとゝふ法のつとめこそいまははかなき名残なりけれ

ありし夢さへねがはしく、塚のほとりの草枕せしに、雨もぞ降る

夜もすがら雨もなみだもふるものをなどかへりこぬわかれなるらむ

久しい時を経て帰ってきてみると、恋しく思う女はすでに死んでいた。「浅茅が宿」とは地理関係が逆になるが、状況は類似している。ここでの墓前に「法のつとめ」を行う兼好の姿は宮木の墓の前で慟哭し、漆間の翁とともに読経して菩提を弔う勝四郎の姿と重なり合う。また、「夢さへねがはしく」と墓のほとりで眠り、亡き恋人を夢に見ることを願う兼好は、勝四郎が宮木と夢で逢うことも響きあう。

もう一か所、「浅茅が宿」と『種生伝』の内容が近似している箇所を指摘しておきたい。[17]「浅茅が宿」の勝四郎は京での商いの後に郷里に帰ろうとして木曾の御坂で盗賊に会い、そこから都に引き返している。以下に「浅茅が宿」の本文を見てみたい。

八月のはじめ京をたち出でて、岐曾の真坂を日ぐらしに踰けるに、落草ども道を塞へて、行李も残りなく奪はれしがうへに、人のかたるを聞けば、是より東の方は所々に新関を居て、旅客の往来をだに宥さざるよし。さては消息をすべきたづきもなし。家も兵火にや亡びなん。妻も世に生てあらじ。しからば古郷とても鬼のすむ所なりとて、ここより又京に引きかへすに、

右に見える木曾の御坂は、『種生伝』において、兼好が一時、庵を結んだ場所であった。『種生伝』の記事は『吉野拾遺』[18]を元にしているので、そちらから引用しておきたい。[19]

我、一とせ、木曾の御さかのあたりにさそらひ侍りし時、山のたゝずまゐ、河のきよきながれにこゝろとまり侍りしかば、こゝにぞおもひとゞまりぬべき所にこそ侍れとて、

思立つ木曾の浅きぬ浅くのみ染てやむへき袖の色かは

と詠じて、庵をひきむすびてしばしさぶらひしに、くにのかみ鷹狩に人あまたぐし玉ふて山ふかき庵のほとりまでいましてかりしたまふさまの浅ましくたへがたかりければ、

こゝも又、浮世也けりよそながら思ひし儘の山里もがな

とながめすてゝ出侍りし。それより、いづかたにこゝろをとむべくもあらずとおもひとりて、ふるさとにたちかへりて侍れば、世中みだれける程に、たゞ和歌をともなひとして、こゝろをすまし侍らむよりほかはあらじとおもひ侍るにこそ

右にあるように兼好もまた木曾の御坂から踵を返していること、ふるさとに帰ると世中が乱れていたことなどを記しており、「浅茅が宿」とのゆるやかな結びつきが認められる。兼好の木曾滞在について島内裕子は「史実ではありえないだろうが二首の歌は確かに兼好の歌である。」と指摘し、二首がそれぞれ『風雅和歌集』と『新千載和歌集』に入集している歌であることから、それらをもとに創作された説話と推定している。[20] 秋成が「浅茅が宿」において木曾の御坂という地名を利用したのは、兼好伝との繋がりを暗示するキーワードだったのではないだろうか。

「浅茅が宿」の結末部において、勝四郎は宮木の辞世の歌を見出す。古い那須野紙に書かれた手跡は

まさに妻のものであった

さりともと思ふ心にはかられて世にも今日まで生ける命か[21]

この歌を見て夫は妻の死を知り、我が行いを悔いて涙を流す。妻の歌は述懐歌であり、夫に読まれることを前提としていない。ただ、自分の気持ちを歌に託しただけである。それを読んだ夫は、はじめて「さりともと」と自分の帰りをあきらめないで待っていてくれたのに、自分は妻を見捨ててしまったという事実に気づく。ここでは宮木の心情が和歌によって夫に伝わっているが、それは宮木の意図ではない。いずれ夫が読むであろうと知っていたのなら、夫を非難しているともとれる歌を宮木は残しただろうか。この歌は、夫に後悔の感情を呼び起こす。しかし、宮木は夫に後悔させようとしてこの歌を詠んだのではない。だから、ここで語られているのは、和歌を媒介としたコミュニケーションであるとともに、ディスコミュニケーションでもあるのである。

そのとき宮木だけが優雅な和歌の教養があったのでは、せっかく残した歌の意味を理解してもらえないだろう。勝四郎もまた深い和歌の教養を身につけた男性だからこそ、この歌を読んで泣く。勝四郎には兼好の影が宿っている。『兼好法師集』や『種生伝』を見てくると、「浅茅が宿」の勝四郎には近世の兼好のイメージが投影されていると考えてよいのではないか。

おわりに

和歌は相手に気持ちが伝わらない状況をも包み込む表現である。夫の帰りを待ちわびる宮木の切実な心情がこもった本論文の冒頭の歌は、夫には届かない。それでも宮木は届かないことを知りながら歌を詠む。離別や失恋の嘆き、相手への不信、理解されない寂しさや苦しみ、和歌はそのような心情を表現するディスコミュニケーションのツールであることも本質の一部としている文芸なのだ。届かない思いを切実に歌に込める。そこにコミュニケーションツールとも、ディスコミュニケーションツールともなり得る和歌の複雑な性格があるのではないだろうか。

宮木の勝四郎への想い、勝四郎の後悔、それらは互いにすれ違ったままで相手に届くことがない[22]。それこそが本話の主題であり、和歌を媒介としたコミュニケーションが本質的に抱える問題だった。その意味で本話は秋成の歌論なのだ。

「浅茅が宿」は享徳の乱を背景にしている。室町時代中期の享徳三年(一四五四)から文明十四年(一四八二)まで続いた関東の大乱で、勝四郎はこの乱が勃発したために関東に帰れなくなったとしている。ところが、この物語には享徳という時代の固有性が露わに表現されていない。合戦が起きた地名や武将の名、合戦の推移、そういった情報は何ら記されることがない。本話は軍記物語の記述とはおよそ無縁である。

一方でこの物語は『徒然草』や『源氏物語』、『万葉集』を始めとした古典の引用に満ちている。そもそも和歌は、「本歌取り」という手法によって過去の作品を現在の表現に取り込むことが可能である。また、物語において古歌やその一部を引用する「引歌」という手法も同じであろう。その意味でこの物語は、過去の表現の蓄積に依拠して作られている。

和歌の世界では、古代と近世は和歌を媒介として直接に結びつくことが可能になる。和歌は時代を超える。上田秋成がこの「浅茅が宿」で行ったことは、和歌や物語の世界に蓄積された表現を巧みに利用して新たな物語として再生することだった。その際に、『徒然草』及び『兼好法師集』とその作者である兼好に関する情報が巧みに利用されているのである。それは国学者としての秋成の研究成果でもあったと思われる。

【註】

（1）以下「浅茅が宿」の本文は、中村幸彦・高田衛・中村博保校注・訳、新編日本古典文学全集『英草子・西山物語・雨月物語・春雨物語』（小学館、一九九五年）に拠った。

（2）「浅茅が宿」と和歌の関係については、高田衛「幻語の構造――雨と月への私注――」（『別冊現代詩手帖』第一巻三号、一九七二年一二月、のち『江戸幻想文学誌』平凡社）、飯倉洋一「身のうさは人しも告じ――「浅茅が宿」作中歌補注――」（『文献探究』二十八、一九九一年九月）、井上泰志「引歌の方法――「浅茅が宿」試論――」（『国語と国文学』七五巻七号、一九九八年七月）、田中厚一『雨月物語の表現』（和泉書院、二〇〇二年）、加藤裕一『上田秋成の思想と文学』（笠間書院、二〇〇九年）などを参照した。本論考はこれらの論から多くの示唆を得ている。

（3）中村幸彦編著『秋成』（日本古典鑑賞講座二四巻、角川書店、一九五八年）。

（4）以下、『徒然草』の引用は、佐竹昭広・久保田淳校注『方丈記　徒然草』（新日本古典文学大系、岩波書店、一九八九年）に拠った。

（5）鵜月洋『雨月物語評釈』（角川書店、一九六九年）。

（6）中村幸彦校注『上田秋成集』（日本古典文学大系、岩波書店、一九五九年）。

（7）井上泰志、前掲註2

（8）以下、『兼好法師集』の引用は、伊藤敬・荒木尚・稲田利徳・林達也校注『中世和歌集　室町編』（新

日本古典文学大系、岩波書店、一九九〇年）に拠った。『兼好法師集』の校注者は荒木尚。なお『兼好法師集』は近世には寛文四年刊本が流布している。

（9）荒木尚、同前

（10）荒木尚、同前

（11）荒木尚、同前

（12）高田衛、前掲註2

（13）荒木尚、前掲註8

（14）井上泰志、前掲註2

（15）島内裕子『徒然草の変貌』（ぺりかん社、一九九一年）。

（16）『種生伝』の本文は正徳二年版本により私に翻刻し、濁点を施した。

（17）岐阜県中津川市山口から馬籠峠にかかる坂。木曽路の南側の入り口にあたる。

（18）南北朝期の説話集。作者は松翁とするが不明。南朝側の逸話を収める。

（19）本文は『群書類従』巻四八五（続群書類従完成会、一九三二年）による。

（20）島内裕子、前掲註15

（21）この歌は『権中納言敦忠集』に見えることが、『雨月物語評釈』（前掲註5）によって指摘されている。元は恋の歌であるが、本話では辞世の歌に転用されており、そのことからも和歌の解釈の幅広さが示されていると言えよう。

（22）木越治も本話について「その内部には夫婦の相互不理解の物語をかかえもつ作品とみなければならない」と指摘している（「くり返しの修辞学――「浅茅が宿」試論――」『論集近世文学』5、勉誠社、一九九四年十一月）。

第十章　『平家物語』伝承の近世と近代――『小敦盛』をめぐって

はじめに

説話・伝承研究においては、従来、起源や形成過程について強い関心が払われてきたのに対して、衰退過程や終焉についてはあまり関心が払われてこなかった。たとえば平敦盛の遺児説話である小敦盛説話について考えてみると、説話が広く流布した段階で研究は止まり、当該説話そのものの再生産については、ほぼ無視されてきたといってよい。特定の個人による創作物としての文学作品とは異なり、伝承性の強い説話は、さまざまな「作者」がかかわることによって社会的に形成されてきた。そのような研究が進む一方で、社会がいつまで、どのような形で伝承を維持し続けたかもまた、重要な研究課題であろう。説話は、口承や書承、芸能など種々の媒体によって社会に流布するが、やがて再生産されなくなる日が来る。本章では中世に成立した「小敦盛」説話を題材として、それが近世を経て近代社会にどのように伝わり、いつごろまでどのように再生産されたかを検討したい。それは、近代社会が歴史的事実とは異なる伝承と如何に向き合ったかという問題とも結びついているのである。

小敦盛説話の成立と展開

まず、小敦盛説話の概要と成立について確認しておきたい。概要は以下である。『平家物語』巻第九「敦盛最期」においては、平敦盛が一の谷合戦で熊谷直実に討たれる場面が印象深く描かれている。さて、敦盛には北の方がいた。北の方は懐胎しており、男子を出産するが、平家の遺児は探し出して殺されるために下り松に捨てる。通りかかった法然の一行がその子を拾って養育する。成長した若君は、説法の場で母と再会し、父が敦盛であると知る。若君は賀茂社に参詣してその夢告により、一の谷を訪ねて敦盛の亡霊と出会い、遺骨を拾って帰る。若君は出家して父の菩提を弔い、北の方も出家する。(1)

以下に、中世から近代に至るこの説話に関する主要なテキストを挙げておきたい。

一五世紀末ごろ　能『生田敦盛』(金春禅鳳作)
一六世紀半ばか　幸若舞『敦盛』
天正ごろ(一六世紀末)　御伽草子『小敦盛絵巻』(天理図書館・慶應義塾図書館ほか)
同じ頃か　御伽草子『小敦盛絵巻』(御伽文庫系本文、ニューヨーク公立図書館本ほか)
正保二年(一六四五)　古浄瑠璃『こあつもり』刊(草子屋喜右衛門板)
寛文元年(一六六一)　古浄瑠璃『一切記』刊(『こあつもり』の異板)
一七世紀後半　御伽文庫『小敦盛』刊

宝永・正徳ごろ	説経『こあつもり』刊（五段本、鱗形屋板）
正徳元年（一七一一）	『山城名勝志』刊（大島武好編、宝永二年序）
正徳三年（一七一三）	歌舞伎『神力小敦盛』初演
正徳四年（一七一四）	浄瑠璃『小敦盛花靭』初演
享保一五年（一七三〇）	浄瑠璃『須磨都源平躑躅』初演（長谷川千四作）
享保二一年（一七三六）	古浄瑠璃『こあつもり』再刊（鱗形屋板）
元文二年（一七三七）	歌舞伎『小敦盛血汐袈裟』初演
延享三年（一七四六）	歌舞伎『子敦盛一谷合戦』初演
宝暦元年（一七五一）	浄瑠璃『一谷嫩軍記』初演（並木宗輔ほか作）
宝暦一一年（一七六一）	黒本『新子あつ盛』刊
寛政七年（一七九五）	黄表紙『子敦盛』（丈阿作）刊
文化六年（一八〇九）	読本『奇譚青葉笛』（高井蘭山著）刊
文化七年（一八一〇）	葛原斎仲道『熊谷蓮生一代記』刊（文化八、九、弘化四、安政三年刊あり）
幕末ごろ	説経『祭文こあつもり』刊
明治一九年（一八八六）	『熊谷蓮生一代記』再刊（活字版）
	『敦盛外伝青葉笛（奇譚青葉笛）』再刊（活字版）
明治二八年（一八九五）	三浦有田子編『連夜説教　熊谷直実』刊
明治四四年（一九一一）	熊谷無漏編『実説文庫』第一編刊

大正元年（一九一二）　村田天籟著『悲壮史談　小敦盛』刊
大正五年（一九一六）　碓井小三郎編『京都坊目誌』刊
大正一〇年（一九二一）　京都扇子団扇同業組合編『近代扇史』刊
昭和七年（一九三二）　『法然上人小敦盛一代記』写（初代若松若太夫）

この説話がいつごろ成立したかは定かではないが、右に記すように、金春禅鳳（一四五四～一五三二?）作の『生田敦盛』がこの説話を題材としていることから、おおよそ十五世紀末には元になる伝承が成立していたとおぼしい。中世のテキストとしては、ほかに御伽草子『小敦盛絵巻』があり、現存写本は十六世紀末ごろのものが残る。[2]なお、幸若舞の『敦盛』は、敦盛の北の方を按察使大納言資賢の娘とする一方で、遺児については説話を持たない。

また、この説話は説経や古浄瑠璃においても語られた。近世に入って、六段の古浄瑠璃正本が正保二年（一六四五）に版行されているほか、宝永・正徳頃刊の五段本の説経『こあつもり』正本が残る。説経正本は版行が遅れるが、本文は古浄瑠璃正本より古体を留めていると評価されている。

さて、御伽草子と説経・古浄瑠璃正本を比較すると、結末部に大きな違いがあることがわかる。御伽草子『小敦盛絵巻』は後日談として敦盛の遺児が西山の善恵（証空）上人になったとする。一方、説経『こあつもり』は以下のような結末部を有する。[3]

（敦盛の御台所は）都へのぼり、しんきに寺をたて、そのなを、みゑいだう（御影堂）と、がくを打、てつからあふぎ（扇）をおらせ給ひける、（若君は）そのころ、じやうどのほうが、二つにわれ、しんざん、とうさんとて、二つに成、東山のは、ちおんゐん、若君はぢおんじ（知恩寺）と、がくを打、明くれ、ぼだいを、とい給ふ、今の百万べん、是也。

右に見える、知恩院と知恩寺の本山争いは、大永元年（一五二一）頃から激化し、天正三年（一五七五）に知恩院を本山とすることで一応の決着を見る。(4) とするなら、この伝承の成立はそれ以降ということになる。伝承の成立時期の特定は難しいが、説経・古浄瑠璃のような語り物においては、御伽草子とは異なる伝承が語られており、近世初期にまで遡り得るものであろう。ここで注目されるのは、敦盛の北の方が御影堂の開祖となっており、扇を折ったという伝承である。ここに名の見える「御影堂」は、新善光寺御影堂で、かつて京都市下京区御影堂町にあった時宗の寺である。(5) ここに見えるような扇にまつわる伝承は、近世においてさらに拡大していくことになる。

近世における小敦盛

近世において、小敦盛関連テキストは盛んに版行されている。また、浄瑠璃・歌舞伎などの芸能にも取り入れられていることがわかる。

先に紹介した説経『こあつもり』の結末部のうち、敦盛の北の方が新善光寺御影堂で扇を折ったという伝承が、とくに近世期においては広く流布していくことになる。まず、浄瑠璃『須磨都源平躑躅』を見てみたい。文耕堂・長谷川千四合作、全五段。享保十五年（一七三〇）大坂竹本座初演のこの作品は、別名を「扇屋熊谷」という。『平家物語』『源平盛衰記』より、平敦盛と熊谷直実、平忠度と岡部六弥太の関係を軸に構成されている。以下に平敦盛に関わる筋を摘記する。

この作品の二段目において、平敦盛は扇折の若狭の家に女装して「小萩」と名乗って匿われている。この家の娘、桂子が敦盛に恋をし、阿根輪平次による詮議を受けるが来合わせた熊谷が救い、桂子が敦盛の身替りになって死ぬ。扇屋主人の若狭は、熊谷直実と敦盛にそれぞれ陣扇を与え、二人は戦場での再会を約して別れる。そののち、熊谷は敦盛を討って出家する。という筋である。この作品では、敦盛と扇の結びつきがストーリーの前提となっており、両者の関係が既に社会に流布していたと考えられる。さらに、敦盛が身を隠すために女装しているという設定も興味深い。扇を折る仕事が女性のものだったことをこの設定は示している。

このような扇と敦盛の関係を考えるうえで次に、近世の地誌類を見てみたい。浅井了意の著した『京雀』巻六（寛文五年（一六六五）刊）には、以下のように見える。[6]

○みえいだう前の町　　此町南側に御影堂あり。此寺は一遍上人の流れを汲て、時宗念仏の教をつたふ。寺中に念仏の堂ひとつあり。其めぐりは軒をならべて立つづき尼ども扇ををりて業とす。末代になりて今はわかき女房共あまたあり。髪うつくしうゆひ、けさうして扇ををりける。さしもかくれなきみえいだう扇也。

ここでは、御影堂において扇が盛んに売られていることがわかるが、その始祖伝承としての平敦盛の北の方という名は見えない。同様に、貞享三年（一六八六）刊の『雍州府志』にも「中世以来、尼を携え、常に扇を製して四方に売る。是を御影堂折と謂ふ[7]」と扇に関する記述は見えるが、敦盛の北の方の名は見えない。貞享二年刊の『京羽二重』も同様である。

御影堂の扇の由来については、元禄三年（一六九〇）刊の『人倫訓蒙図彙』の「扇所・扇折」に以下のような記述が見える。

唐土より始りて其時代さだかならず。古語に月長山に入りぬれば扇を上てこれを教ゆといふ時は、遥の上古と聞こえたり。都におゐて城殿（きどの）折、是根本なり。城殿今、鷹司通の西に住す。畳紙此家に作り名物とす。扇、畳紙、共に公家より此所にもとめらるゝなり。中比より五条の御影堂の僧これをなす。女の業なり。

右に拠れば、御影堂の扇は城殿の扇を学んだものということになる。城殿駒井氏は、室町期より扇で知られ、城殿の近くに住む僧尼が制法を学び、五条橋西へ移って作り始めたのが御影堂扇であるという[8]。また、城殿は御伽草子の製作者としても有名であった。

地誌類の御影堂に関する記述において、最初に敦盛の北の方の名がみえるのは、正徳元年（一七一一）刊の『山城名勝志』（大島武好編）である。「御影堂」の項には以下のような記事が見える[9]。

平ノ敦盛ノ室（按察使資賢卿女、王阿上人内戚也）祐寛阿闍梨ニ就テ剃髪ス。（生一房如仏ト号ス）蓮華院於堂ノ傍ニ創シテ居ヲトス。王阿幼年ノ時、潮熱ヲ患ルコト有。如仏尼自ラ袙扇ヲ制シテ祐寛ヲ加持セ令テ之ヲ奉ル。徳風扇テ熱ヲ払テ即愈ユ。皆人奇ト為ス。（原漢文、私に読み下し、句読点を加えた。（　）内は割注である）

ここでは、扇の由来が敦盛の北の方に結び付けられているだけではない。北の方の出自を按察使資賢の娘とすることは幸若舞曲『敦盛』にすでに見えるが、それのみならず王阿上人の内戚とし、その扇が幼少時の王阿を熱病から救ったという奇特として説話化されており、興味深い。敦盛北の方と扇に関わる説話は、ここにおいてさらに扇の功徳が増補されているのである。これ以降の地誌類や名所案内類も類似の記述があり、明治期に至るまで、名所案内には簡略ながら同様の敦盛の北の方の記事が見える。

この内容から、先の浄瑠璃『須磨都源平躑躅』と考え併せても、十八世紀初頭以前には敦盛の北の方を御影堂扇の創始者とする伝承が社会に定着していたことがわかるのである。

このほかに近世後期には新しい敦盛関連のテキストが出版されている。まず、文化六年（一八〇九）には、高井蘭山による読本『奇譚青葉笛』が刊行された。本作品では、敦盛の北の方を、真盛入道息女桂の内侍とする。桂の内侍は遺児を出産したのちに下がり松に捨て、法然が養育する。成長した若君は出家して是空と名乗る。その後に母と再会し、母も出家、摂津の国、生田の森に庵室を構えて隠棲する。蓮生と是空は賀茂社に籠り、夢告によって連れ立って一の谷に下り、敦盛の霊と再会し、遺品の狩衣の片袖を得る。そののち、北の方は六十二歳で生田の森の庵室で往生を遂げ、是空も老年になったために、敦盛の遺品「青葉の笛」を安置する須磨寺に居を移して往生する。本書は敦盛の北の方と扇の関係については記していない。『青葉笛』を表題としていることからも、須磨寺寄りの傾向が強い。小敦盛説話をもとに、わかりやすい読み物として再編成した作品である。従来の小敦盛説話と異なるのは、若君の出家後の名を是空とすること、賀茂社の夢告によって敦盛の亡霊と対面するのを是空と蓮生の二人としているところであろう。青葉の笛が須磨寺に所蔵されていることを明記することや、遺児が晩年に須磨寺に居住することも本書の特色である。

一方、その翌年の文化七年に刊行された葛原斎仲道による『熊谷蓮生一代記』は、件の扇の伝承を含んでいる。同書は敦盛の北の方を、按察使大納言資賢女玉琴姫、遺児を放童丸とする。法然に拾われた若君と再会した玉琴姫は、熊谷直実と三人で連れだって敦盛の討たれた一の谷に赴く。玉琴母子は夢に敦盛の姿を見て、敦盛から日の丸を描いた陣扇を託される。それこそ、敦盛が熊谷直実との一騎打ちに際して用いた陣扇であった。そののち、玉琴姫は法然のもとで出家し、生一坊如仏と名を改め、五条の南、京極の西にあたる蓮華院の王阿上人を頼り、蓮華院の隣に庵室を営み、敦盛から得た扇を手本に扇を折って生計とする。これが御影堂扇の濫觴となる。放童丸もまた出家して、法信坊盛蓮と名を改める。

この作品は、本文中に『山城名勝志』を引用し、北の方が扇を折ったことを小敦盛説話の重要な要素として扱っている。他は従来の小敦盛説話と同様である。

近世期全体を通してみると、当初は説経・古浄瑠璃『こあつもり』に後日談として付加されていた、敦盛の北の方のその後に関する説話がふくらみ、御影堂扇の濫觴を語る縁起譚として成長していった様子がわかる。そしてこのような傾向は近代へと引き継がれていくことになる。

近代における小敦盛

近代以降も、御影堂の扇に関する伝承は再生産され続け、さまざまな文献に記述がある。まずは、近世以来の名所案内類を見てみたい。

明治期になっても、江戸時代と同じような和装横本の名所案内は発行され続けている。そこには新善光寺御影堂も記載されており、扇の由緒を記すものもある。その下限は、明治三十二年一月刊の『京都名所案内』（片岡賢三著、風月堂刊）であろうか。一方、洋装本の早い例では、明治二十七年刊の『京都案内都百種』（辻本治三郎編、尚徳館刊）がある。明治二十二年には東海道本線が全通し、京都への旅行は鉄道が主な移動手段となった。そのような変化は、旅行の形にも変化を与えていくことになる。和装本から洋装本への変化もこれと時期を同じくしている。さらに、明治時代後半になると、新善光寺を取り上げない名所案内が増えてくる。その理由の一つは、取り上げる「名所」の数を絞り込み、解説を詳しくする傾向が出てくることにある。また、新善光寺では、もと、盛んに扇を製造していたが、明治時代後半には衰えていく。そのことも新善光寺が取り上げられなくなる理由であろう。

さて、名所案内の御影堂扇に関する記述は、簡略なものから詳しいものまでさまざまであるが、扇の功徳に関する説話が従来とは異なっていることが注目される。明治十三年刊の『京都名勝一覧図会』には以下のようにある。[10]

> 坊中に扇を折て業とする事、昔無官大夫平敦盛の室、蓮華院尼公此寺に閑居し、阿古女扇（あこめ）を製玉（せいしたま）ふ。其頃後嵯峨帝御悩ましま す時、当寺住職祐寛（ゆうくわん）阿闍梨御悩除滅の修法を加持、又扇に咒文（しゆもん）を封納して帝に上らるる。即ち天皇の御病気苦悩たちまちに御平癒（へいゆう）まし〳〵ける。上人の号をおくり玉ふ。扇はこの吉例によりて世々此所の名産となる也。

右には、『山城名勝志』に近似する扇の由来が記されているが、扇によって病気が平癒した人物が、王阿上人から後嵯峨天皇に変わっており、さらに扇の功徳によって祐寛に上人の号が贈られたとしている。このように、扇を天皇と関連付けることで、より御影堂扇の権威付けを図ったものと思われる。ただし、後嵯峨天皇は仁治三年（一二四二）に即位しているのだが、仮に平敦盛の北の方が、敦盛が死んだ一の谷合戦（寿永三年、一一八四）に十五歳であったとするならば、仁治三年には七十三歳ということになり、やや年齢が不自然である。

碓井小三郎編の『京都坊目誌』（大正五年刊）においては、さらに説話が増補されて以下のように見える。(11)

> 因云。古来寺中坊舎に於て祖扇（アコメ）を製造して之を販ぐ相伝ふ平敦盛の室（按察使資賢の女。清照と称す）本寺に隠棲し。住持阿闍梨祐寛に帰依し。剃髪して尼僧と為り。蓮華院生一如仏と号す。常に余技として扇子を製作す宝治二年の頃後嵯峨天皇御悩のことあり。祐寛尼の造れる祖扇を加持祈

念して宮中に上る。御悩忽ち平癒す。天皇叡感あり勅して加持製扇を以て寺産たらしむ。爾来毎年献納し恒例と為る之に於て寺中之を製して汎く販売すと云ふ。其要め強固にして永久に堪え。世人呼んで御影堂扇と又久寿扇と曰ふ。時宗たるに及び妻帯を公認せるを以て寺中の婦女皆之を製す。狂歌師班竹が詠に

『扇折る手しなやさしく御影堂涼しき風をはこ入にして』と。明治維新後各坊大に荒廃して僅に六坊を存せしが。今は境外に属して個人営業となり旧号を襲ふて商号と為す。宣阿弥。持阿弥等あるのみ。

右にあるように、扇の功徳によって後嵯峨天皇の病気が平癒したという説話は、天皇の勅命によって御影堂の寺産になったとし、それに因んで毎年宮中に扇を献上することも行われているというのである。ただし、本書が刊行された大正時代には、御影堂扇を製する店は「宣阿弥」「持阿弥」の二軒のみになってしまっているようだ。また、大正十年に発行された、京都扇子団扇同業組合事務所編による『近代扇史』には、宮中で毎年「水無月には御影堂の扇を几帳に掛けらるるを例とす」とし、さらに「御影堂の扇商中清照会を起し尼を顕彰して我国扇業者の開祖とせんと企つるものある亦所以なきにあらざるなり」[12]と記しており、そのような顕彰運動がこの時期にあったことが確認できる。

このように近代において、扇の由緒が天皇と結びつけられ、さらにその説話が増補されていく傾向にあることがわかる。これは、御影堂扇が以前のように盛んに売れなくなっていることと軌を一にしていることも興味深い。

このような御影堂扇の由来に関する記事を確認できる観光案内書のうち、最も出版が遅いものは、京都市庶務部観光課編・発行による『京都遊覧案内』（昭和八年）であろうか。同書では先の「後嵯峨天皇」は「後鳥羽天皇」に変わっている。後鳥羽天皇であれば在位は寿永二年（一一八三）から建久七年（一一九六）なので、敦盛の北の方の年齢とはほぼ合致することになる。

このような扇の由来に関する記述は他にも、熊谷無漏編『実説文庫』第一編に「扇屋熊谷の実説附玉織姫、青葉笛、平山武者所[13]」として記されている。内容は『山城名勝志』と同じである。

小敦盛説話の終焉

それでは、小敦盛説話はいつごろまで「生きて」いたのだろうか。以下に近代における小敦盛説話を載せる文学作品を見てみたい。先に記した江戸時代の文化年間に刊行された『奇譚青葉笛』と『熊谷蓮生一代記』の二書は、いずれも明治十九年に活字版で再刊されている。また、明治二十八年には、三浦有田子の『連夜説教　熊谷直実』が刊行されている。同書の序文には以下のようにある[14]。

一　本書連夜説教「熊谷直実」ハ在来ノ法談本ヲ増補添削セシノミナラス説教書等ヲ多ク参考トシテ著述セシモノナレトモ其素ヨリ歴史ニ拠テ事実ヲ精確ニ敷衍スルコトヲ旨趣トセシモノニアラサレハ時代及言語ノ曖昧等間々之ナキニシモアラサル可シ読者之ヲ寛放シテ可ナリ

この書は右に「在来ノ法談本ヲ増補添削セシ」とあるように、『熊谷蓮生一代記』を粉本として、増補したものである。右に歴史的事実を精確に敷衍したものではないという言及があることに特に留意しておきたい。近代以降、「歴史的事実」が強く意識されるようになり、事実に基づかない伝承が排除されていく傾向がある。本書もまたその内容が「史実」ではないことを読者に断っておかないといけない、という意識が作者の側に強くあることを示しており、このような観念がやがて小敦盛説話を活字から消していくことに結びつくのである。

作者、三浦有田子は伝未詳。其中堂主人、三浦兼助か。三浦兼助は、名古屋の人。明治十年（一八七七）書肆「其中堂」を興し、仏教書の出版・販売及び、古書販売を手掛けた。其中堂はのちに京都支店を出し、現在も寺町通三条北に仏教書専門店を構えている。

其中堂の「連夜説教」シリーズは、明治二十七年から三十年代にかけて、二十四編が刊行された。そのうちの『安倍保名』について、渡辺守邦は「『絵本輪廻物語』の焼き直しであり、十席に分けて口演する点（より正しくは口演の台本を装った読み物）に新しみを盛った」と指摘している。(15)

次に、大正元年（一九一二）刊の村田天籟著『悲壮史談　小敦盛』を取り上げたい。これは、源平合戦に取材した小説で、表題には「小敦盛」とあるものの、内容は熊谷直実と平敦盛に関するものだけではなく、平治の乱から説き起こして頼朝・義経兄弟についても描いている。ただし、頼朝を常盤の子とするなど、潤色が著しい。このような歴史小説は、高山樗牛の『滝口入道』（明治二十七年（一八九四）刊）の大ヒット以来、模倣作として数多く作られたものの一つで、本作は熊谷と敦盛については詳述するが、敦盛の遺児については結末部に簡略に記されているだけである。

敦盛の北の方、桂姫は我が子を下り松に捨て、法然上人が拾って養育し、是空法師となる。のちに法然と桂姫、熊谷直実は対面し、直実は出家して蓮生となる。また、桂姫も出家し、生田の森に庵室を構えて敦盛の菩提を弔う。

本書は、敦盛の遺児が出家して是空となったり、北の方が生田の森に庵室を構えたりすることなどの点で、高井蘭山の『奇譚青葉笛』の影響が濃い。北の方の名も「桂姫」（『悲壮史談　小敦盛』）「桂の内侍」（『奇譚青葉笛』）と近似している。一方、熊谷直実が、敦盛の北の方や若君と対面して後に出家していることや、敦盛の遺児が父の亡霊と再会する場面は描かれていないことなどは、従来の小敦盛説話とは大きく異なっている。とくに死後に亡霊となった父が子と対面するという設定については、近代社会においては受容され難いという判断が働いたのであろう。先にも記したように、そのような歴史的正確さや科学的根拠に乏しい説話を排除しようとする傾向に、この小敦盛説話が近代において消えて行った原因があるものと思われる。

かくて小敦盛説話はおよそ明治時代末頃をもって再生産が終わり、世間から忘れ去られていくことになった。この説話を最初に題材とした、能『生田敦盛』の成立からおよそ四〇〇年余りにわたり、この説話はさまざまに形を変え、媒体を変え、北の方や敦盛遺児の出家後の名を変えて伝えられ、生き続けてきた。そのような説話の変化の背後には、各時代に主流となった表現形式や、その時代を生きた人々の嗜好が緩やかに反映されているといえよう。

最後に、近年に残る小敦盛説話についても触れておきたい。京都の扇子商「京扇堂」のホームページには、小敦盛説話が簡単に紹介されていた。[16] 京扇堂は時宗にちなむ「眞阿弥」の屋号を持ち、御影堂扇の伝統を受け継いでいる。敦盛の北の方の扇の伝承は、近年まで辛うじて伝えられていたのである。

【註】

（1）以上の梗概については、説話として最もよく整った御伽草子『小敦盛絵巻』をもとにしている。

（2）なお、御伽草子には大きく二系統の本文があり、絵巻系本文が一の谷合戦の場面から起筆するのに対して、御伽文庫系本文は敦盛の北の方が子を捨てる場面から起筆するという違いがあるが、絵巻系が先行するという松本隆信の説（「御伽草子本の本文について――小敦盛と横笛草子――」『斯道文庫論集』第二、一九六三年三月）を尊重したい。

（3）以下の本文は、横山重校訂『説経正本集』第三（角川書店、一九六八年）に拠った。

（4）美濃部重克「「こあつもり」考」（『中世伝承文学の諸相』和泉書院、一九八八年）。

（5）第二次大戦中の五条通拡幅によって、滋賀県長浜市に移転した。天長元年（八二四）壇林皇后が嵯峨に創建したが、のち弘安・正応の頃一遍の弟子の王阿が中興し、時宗に改めた。もと時宗御影堂派の本山であった。

（6）以下、『京雀』の本文は『新修京都叢書』第一巻（光彩社、一九六七年）に拠った。

（7）『雍州府志』の本文は、『新修京都叢書』第三巻（光彩社、一九六八年）に拠った。

（8）奥野高広『戦国時代の宮廷生活』（八木書店、二〇〇四年）。なお、城殿扇はすでに『庭訓往来』にその名が見える。

（9）『山城名勝志』の本文は、『新修京都叢書』第七巻（光彩社、一九六七年）に拠った。

（10）橋本澄月編『京都名勝一覧図会』（風月堂、一八八〇年）。

（11）『新修京都叢書』第十六巻（光彩社、一九六九年）による。

（12）京都扇子団扇同業組合編、発行『近代扇史』（一九二一年）。

（13）熊谷無漏編『実説文庫』第一編（朝陽社、一九一一年）。

（14）三浦有田子編『連夜説教　熊谷直実』（其中堂、一八九五年）。
（15）渡辺守邦「〈狐の子別れ〉文芸の系譜」（『国文学研究資料館紀要』一五、一九八九年）。
（16）京扇堂ホームページ　https://www.kyosendo.co.jp/column/shinise/　参照（二〇一七年七月一日）。このページの文章は西川照子「玉琴姫と御影堂の扇」（淡交ムック『京老舗』淡交社、一九九八年）からの転載である。なお、二〇二三年一月現在、このページは閲覧できない。

おわりに

本書は、当初「軍記物語と江戸文芸」というテーマで構想した論集である。本書に収載した論文の対象とする作品が多岐に亘っていることから、全体としてやや散漫な印象を読者に与えているのではないかと危惧するが、それはひとえに私の研究の方向の定まらなさに拠っているのであって、まずはそのことをお許しいただきたい。

私の興味は、大学院生の頃から一貫して中世と近世の間の連続と非連続にあった。私の不定形なとりとめのない軍記物語と近世文芸の関係への興味を書き留めていくうちに、いつしかこのような形でまとめることになった。しかし、このことが私の想定の中になかったかと問われると、今となっては最初から予定されていたという気持ちもあることを正直に告白したい。中世と近世の間は繋がりつつ分断し、分断しつつ結び付いている。その関係のありようを見極めたいというのが私の研究の始発点であり、私はその問いを今日まで抱え続けてきたように思う。

以下に各章の初出について記しておきたい。

第一章　新稿

第二章　新稿
第三章　新稿（伝承文学研究会第三九一回東京例会〔二〇一一年十一月〕にて内容の一部を口頭発表）
第四章　原題「近松浄瑠璃と『平家物語』——「佐々木大鑑」を視座として」（『江戸文学』三十号、ぺりかん社二〇〇四年六月）
第五章　原題「『義経千本桜』と『平家物語評判秘伝抄』」（『藝文研究』九十五号、慶應義塾大学藝文学会二〇〇八年十二月）
第六章　新稿
第七章　新稿
第八章　原題「生命と貨幣——『三人吉三廓初買』の構造」（『歌舞伎　研究と批評』第十五号、歌舞伎学会一九九五年七月）
第九章　原題「和歌から物語へ——浅茅が宿と兼好法師集」（『日本文学』第六十三巻四号、日本文学協会二〇一四年四月）。大幅に加筆・修正を施した。
第十章　原題「小敦盛の近代」（堤邦彦・鈴木堅弘編『俗化する宗教表象と明治時代　縁起・絵伝・怪異』三弥井書店二〇一八年一月）

内容は浄瑠璃・歌舞伎に関するものが多くなったが、それは私の研究の主たる分野が中世・近世芸能にあったためである。私は幸いなことに、中世と近世の両方の文学を専門とすることができた。それは、両者を俯瞰する視野を私に与えてくれた。本書は甚だ拙いが、近世文芸の作者たちが中世の文学・芸能とどのように向き合い、それを自らのものとして受け入れ、血肉化し、新たな表現を開拓していったかという問いへの答えとして、素描を提示することができたのではないかと思う。

本書を閉じるにあたって、三人の先生方への感謝を記しておきたい。私の学部・大学院修士課程を通した指導教授である故岩松研吉郎先生からは、中世文学研究の手ほどきを受けた。学部から大学院にかけて指導を受けた内田保廣先生には、近世文学の豊かさへと導いていただいた。同じく学部時代からの恩師である渡辺保先生には能、浄瑠璃、歌舞伎から現代演劇に至るまで、演劇・芸能の世界の豊饒さと奥の深さを教えていただいた。私は三人の優れた先生方に師事することができたおかげで、中世・近世・演劇にわたる幅広い知識を得ることができて本当に幸運だった。たとえ僅かながらでも先生方の学恩に報じたいという願いが、本書の主たる執筆動機である。

最後になったが、慶應義塾大学出版会の佐藤聖さんには、前著『平家物語から浄瑠璃へ――敦盛説話の変容』に引き続き、このたびも大変お世話になった。心から感謝申し上げる。

佐谷　眞木人（さや　まきと）
1962年大阪市生まれ。慶應義塾大学文学部卒業、同大学院文学研究科国文学専攻博士課程単位取得。博士（文学）。現在、恵泉女学園大学人文学部教授。専攻は、中世・近世国文学、古典芸能史。主な著書に『柳田国男　日本的思考の可能性』（小沢書店、1996年）、『平家物語から浄瑠璃へ――敦盛説話の変容』（慶應義塾大学出版会、2002年）、『日清戦争――国民の誕生』（講談社現代新書、2009年）、『民俗学・台湾・国際連盟　柳田國男と新渡戸稲造』（講談社選書メチエ、2015年）などがある。

江戸の花道
――西鶴・芭蕉・近松と読む軍記物語

2023年４月10日　初版第１刷発行

著　者――――佐谷眞木人
発行者――――大野友寛
発行所――――慶應義塾大学出版会株式会社
〒108-8346　東京都港区三田2-19-30
TEL　〔編集部〕03-3451-0931
〔営業部〕03-3451-3584〈ご注文〉
〔　〃　〕03-3451-6926
FAX　〔営業部〕03-3451-3122
振替　00190-8-155497
https://www.keio-up.co.jp/
装　丁――――岩橋香月［デザインフォリオ］
印刷・製本――中央精版印刷株式会社
カバー印刷――株式会社太平印刷社

Printed in Japan ISBN978-4-7664-2890-2

凡例
＊この索引は、主な人名、書名・作品名、事項の３部からなる。
＊見出し項目の配列は、現代かな遣いの読み方による五十音順による。
＊人名には、作中人物名を含み、作中人物名には冒頭に＊印を付した。
＊（　）内は補足。「→」は関連項目を示す。

人名索引

あ　行

か　行

さ　行

た　行

な　行

は　行

ま　行

や・ら・わ行

書名・作品名索引

さ　行

た　行

な　行

は　行

ま　行

事項索引

か　行

さ　行

た　行

な　行

は　行

ま　行

や・ら・わ行